FAN

Im Goldmann Verlag
liegen bereits folgende Bände
der DRACHENLANZE-Saga vor:

Die Chronik der DRACHENLANZE:

1: Drachenzwielicht (24510)
2: Drachenjäger (24511)
3: Drachenwinter (24512)
4: Drachenzauber (24513)
5: Drachenkrieg (24516)
6: Drachendämmerung (24517)

Die Legenden der DRACHENLANZE:

1: Die Brüder (24527)
2: Die Stadt der Göttin (24528)
3: Der Krieg der Brüder (24530)
4: Die Königin der Finsternis (24531)
5: Der Hammer der Götter (24533)
6: Caramons Rückkehr (24534)

Die Geschichte der DRACHENLANZE:

1. Die Zitadelle des Magus (24538)
2. Der Magische Turm (24539)
3. Die Jagd des Toede (24540)
4. Der Zauber des Palin (24541)
5. Der edle Ritter (24542)
6. Raistlins Tochter (24543)

Das Heldenlied der DRACHENLANZE:

1. Das Ehrenwort (24587)
2. Verrat unter Rittern (24589)
3. Das Schwert des Königs (24591)

RICHARD A. KNAAK

Das Heldenlied der Drachenlanze 2

VERRAT UNTER RITTERN

Aus dem Amerikanischen
von Imke Brodersen

DRAGONLANCE™

GOLDMANN VERLAG

Das Buch erschien im Original unter dem Titel »Dragonlance Heroes,
Volume One: The Legend of Huma / Chapter 17–32«
bei TSR, Inc., Lake Geneva, WI, USA

*Dieses Buch ist meiner Familie gewidmet,
die all die Jahre zu mir gehalten hat.
Darüber hinaus widme ich es der Abteilung für Chemie an der University of Illinois in Champaign-Urbana. Zum Schluß hatten sie mich überzeugt, daß ich für eine andere Karriere gemacht war.*

Umwelthinweis:
Alle bedruckten Materialien dieses Taschenbuches
sind chlorfrei und umweltschonend.
Das Papier enthält Recycling-Anteile.

Der Goldmann Verlag
ist ein Unternehmen der Verlagsgruppe Bertelsmann

Published in the Federal Republic of Germany
by Wilhelm Goldmann Verlag, München
Deutschsprachige Rechte beim Wilhelm Goldmann Verlag, München
Umschlaggestaltung: Design Team München
Umschlagillustration: Jeff Easley
Innenillustrationen: Jeff Butler, Valerie Valusek, Larry Elmore, George Barr
Satz: IBV Satz- und Datentechnik GmbH, Berlin
Druck: Elsnerdruck, Berlin
Verlagsnummer: 24589
Redaktion: Andreas Helweg/SN
Herstellung: Peter Papenbrok
Made in Germany
ISBN 3-442-24589-3

1 3 5 7 9 10 8 6 4 2

1 BERG DER WANDLUNGEN ; GEFÄNGNIS VON WYRMVATER
2 RUINEN
3 SOLAMNISCHER AUSSENPOSTEN VON BUORON
4 ZITADELLE VON GALAN DRAKOS
SOLAMNIA
HYLO
PALANTHAS
4
BURG VINGAARD
ZITADELLE DES MAGUS
SOLANTHUS
THELGAARD
KYRE
SANKRIST
ERGOD
KARGOD
2
3
1
QUALINESTI
THORBARDIN
KHAROLIS

Kapitel 1

Humas Hand schwebte über dem Schwert. Der Glanz blieb bestehen, doch die Worte wiederholten sich nicht. Die Waffe war beeindruckend. Das Heft war hinreißend mit Edelsteinen besetzt. Von einem dicken, grünen Stein darunter schien der Glanz auszugehen. Die Klinge selbst war so scharf wie gerade erst geschmiedet. Humas Verlangen, sie zu berühren, wurde fast unbezwingbar stark. Mit diesem Schwert würde nicht einmal Wyrmvater ihn besiegen können.

Wyrmvater! Der Bann war gebrochen, als Huma der Drache einfiel. Mit dem Schwert – nein! Der Ritter zog sich davon zurück. Das Schwert war böse. Es suchte keinen Gefährten; es suchte einen Sklaven, der seinen Willen tat.

Als er sich von der Klinge abwendete, bemerkte er, daß das Licht von einer polierten Fläche in einer Ecke zurückgeworfen wurde. Huma watete durch die Münzen und Schmuckstücke, um das Ding genauer betrachten zu können.

Es war, wie er gehofft hatte. Ein exquisiter Spiegel, doppelt so groß wie Huma. Der Spiegel, von dem Wyrmvater geredet hatte. Huma rief sich die blicklosen Augen des Höhlenbewohners ins Gedächtnis und fragte sich, was ein blinder Drache mit einem Spiegel machte. Wyrmvater hatte seine Schätze eindeutig über Jahrhunderte hinweg zusammengetragen.

Spiegel. Das war der dritte. Einer gehörte der Nymphe. Ein anderer hing in Magus' Zitadelle. Alle magisch. Stammten sie alle von demselben Handwerker? Er glaubte kaum, daß er das jemals erfahren würde.

»Menschlein, ich will mit dir reden.«

Huma zuckte zusammen, als Wyrmvaters Stimme den Raum erfüllte. Plötzlich erstrahlte die Kammer in hellem Licht, und Huma verwünschte sich, weil er seinen Fehler nicht eher erkannt hatte. Es gab keine weiteren Zugänge zu der Höhle, weil die Decke der Zugang war! Der alte Drache war dabei, den riesigen Felsbrocken beiseite zu schieben, der den Deckel seiner hausgroßen Schatztruhe darstellte. Huma überflog suchend die Unmengen von Beutestücken, doch seine Augen blieben immer wieder an der verruchten Smaragdklinge hängen.

»Menschlein.« Wyrmvater schnüffelte, wobei ein breites Lächeln über sein gräßliches Gesicht zog. »Ist der Geruch von Reichtümern nicht berauschend?«

Huma war davon überzeugt, daß er nur zehn Sekunden bis zu dem Schwert brauchte. Würde er so viel Zeit haben?

»Es hilft nichts, wenn du dich versteckst, Menschlein. Ich kann dich aufspüren. Ich kann diese Kammer in Schutt und Asche legen. Aber ich brauche dich nicht zu töten. Vielleicht gibt es eine andere Möglichkeit.«

Huma bewegte sich auf das Schwert zu. Wyrmvaters Riesenkopf drehte sich zu dem Geräusch hin.

»Ein Angebot, Ritter von Solamnia? Einen kleinen Gefallen gegen etwas aus meinem Schatz? Bestimmt habe ich ein paar Dinge, die deinen Brüdern im Laufe der Jahre verlorengegangen sind.«

Huma kamen die Überreste der alten Rüstung in den Sinn, die das geschundene Abzeichen eines Ritters der Rose trugen. Hatte Wyrmvater ihm dasselbe Angebot gemacht? Hatte er seinen Preis ausgewählt, als der Drache ihn überwältigte?

Unter Humas Fuß rutschten lose Münzen weg. Plötzlich versperrte ihm der Drachenkopf den Weg. Huma zückte sein Schwert, wobei er sehnsüchtig zu dem anderen schielte, das so nah lag. So dicht dran!

Wyrmvater schnüffelte. »Wirklich, ein solamnischer Ritter! Das Versteckspiel ist zu Ende, Menschlein! Nimmst du mein Angebot an –«, die massiven Kiefer verzerrten sich wieder zu einem Lächeln, »– oder wollen wir sehen, ob wir andere Übereinkünfte treffen können?«

»Was willst du?«

Das Ungeheuer spitzte die Ohren. »Ahhh! Er spricht! Es ist schätzungsweise dreihundert Jahre her, seit ein Eindringling es gewagt hat, mich anzusprechen, ohne gleich um Gnade zu flehen! Nach all dieser Zeit erfreut mich sogar *deine* Stimme!«

»Wie schön«, sagte Huma, weil ihm nichts anderes einfiel.

Bei dem darauffolgenden Gelächter mußte er sich die Ohren zuhalten. »Mutig, das Menschlein! Ich mag dich. Was sagst du zu meinem Angebot?«

»Ich will es mal anhören.«

»*Wirklich* mutig! Dann hör zu, Menschlein!« Das Monstrum erhob stolz sein Haupt. »Ich bin Wyrmvater, Erstgeborener und Größter unter den Kindern meiner erhabenen Herrin, der erste, der ihrem Ruf Folge leistete! Siegreich kämpfte ich für sie gegen die lächerlichen Götter des Lichts und ihre lahmen Kröten, und immer bin ich im Triumph davongezogen! Meine Macht war so groß und schrecklich, daß schließlich Kiri-Jolit selbst gegen mich antreten mußte – und zwar voller Furcht, das kann ich dir sagen!

Wir kämpften über ein Jahr lang. Berge entstanden, verschwanden, entstanden von neuem. Unser Kampf ließ das Land erbeben, die Meere schäumen. Zuletzt machte ich einen Fehler, und Kiri-Jolit bezwang mich. Der Sieg war ihm jedoch nicht genug! Aus zermalmter Erde türmte er diesen Berg über mir auf, um mich vom herrlichen Himmel fernzuhalten! Er sagte, ich würde Teil dieses Berges bleiben. Nicht der leiseste Windhauch sollte mich erreichen. Nur einer seiner eigenen Brüder könnte mich befreien, spottete er! Nur einer wie er könnte mich freilassen!«

Die blinden Augen starrten Huma bedeutsam an, welcher allmählich begriff, worauf der Drache hinaus wollte.

»Lange glaubte ich, daß er einen seiner Mitgötter meinte. Ich tobte und wütete. Dann begann ich die List in seinen Worten zu verstehen. Er meinte keinen *Gott*. Ein aufrechter, treuer Krieger konnte tun, was ich nicht konnte, und sind die Ritter von Solamnia nicht die Söhne Paladins? Sind sie nicht im Geiste Brüder von Kiri-Jolit?«

Huma starrte das glänzende Schwert an, das tief in einem Hügel aus Gold und Edelsteinen steckte. Die Begierde in ihm war so groß, daß er sich fast darauf stürzte. Doch dann hing plötzlich wieder das grausige Gesicht von Wyrmvater vor ihm. Der heiße, schweflige Atem biß dem Ritter in die Augen.

»Befreit mich, Ritter von Solamnia, und alles, was ich habe, gehört dir! Sogar der Spiegel, der mir so gute Dienste geleistet hat, bevor die Dunkelheit kam!«

Der Spiegel. Huma schaute ihn an. Wenn er seine Geheimnisse erfahren konnte... seine eigene Kühnheit erstaunte ihn: »Wie funktioniert er? Vielleicht überlege ich es mir.«

»Du mußt an einen Ort denken, wo du hin willst, und dann bitten – Nein! Laß mich erst frei!«

Der Berg selbst erzitterte, als Wyrmvater wieder wie besessen zu toben begann.

Das Hämmern hatte wieder eingesetzt – noch lauter, sofern das überhaupt möglich war.

Wyrmvater erhob seinen gewaltigen Kopf und kreischte: »Ich laß mich nicht noch einmal reinlegen!«

Huma rannte zu dem Schwert. Der gequälte Drache holte zornig aus und sperrte weit seine riesigen Kiefer auf, aus denen die lange, bewegliche, gespaltene Zunge herausfuhr. Wyrmvater wollte den winzigen Menschen in einem Haps verschlingen.

Humas Hand umfaßte das Heft des Schwertes. Selbst durch die Handschuhe verursachte der Griff ihm brennende Schmerzen. Trotzdem riß er es heraus und hielt es hoch, wobei seine Bewegungen von Instinkt und Meisterschaft geführt wurden.

Wyrmvaters Kiefer schlossen sich um Huma, dabei verschlang der Drache unzählige Schätze. Einen Augenblick lang verschwand Huma im Maul des Giganten.

Mit einem markerschütternden Schmerzensschrei krümmte

sich das Ungeheuer. Gold, Silber, Statuen, Edelsteine und ein schlimm zugerichteter Huma purzelten aus seinem Schlund. Als der Ritter auf einen Schatzhaufen stürzte, raste der Schmerz durch seinen rechten Arm.

Über ihm warf Wyrmvater seinen Kopf hin und her, um das Schwert zu entfernen, das Huma in seinen Schädel getrieben hatte. Die Anstrengung war umsonst; sein Körper reagierte schon nur noch reflexartig. Das Gehirn des Drachen war tot, nachdem die grüne Klinge alle schützenden Schichten durchbohrt hatte. Der Todeskampf des Drachen trieb die Klinge nur immer tiefer hinein.

Huma rappelte sich gerade auf, als der Riesenkopf endgültig herunterzusinken begann. Selbst sterbend konnte Wyrmvater noch Humas Ende bedeuten. Der Ritter machte, daß er fort kam.

Haarscharf neben Huma knallte der gewaltige Schädel auf den Boden. Zusammen mit einem wahrhaft königlichen Schatz wurde der Ritter nach vorn geworfen. Seine letzten Gedanken galten Solamnia. Sein Körper traf den Spiegel –

– und landete im Matsch einer regennassen Einöde.

Sein erster panischer Gedanke galt dem Schwert. Es war im Maul des sterbenden Drachen zurückgeblieben. Huma mußte es zurückbekommen.

Aber wie? Er sah sich um – und fuhr überrascht hoch. Er war in Solamnia! Ganz in der Nähe von Burg Vingaard. Huma setzte sich hin und bedeckte mit den Händen sein Gesicht. Er hatte das Geheimnis des Spiegels entdeckt. Jetzt war er weit fort von den Bergen – und von seinen Gefährten!

Sein rechter Arm war taub und praktisch nutzlos, doch er ertastete keinen Bruch. Die momentane Lähmung würde in einigen Stunden vergehen. Sowohl er als auch seine Rüstung waren dreckverkrustet. Rasch faßte er an seinen Gürtel, woraufhin er einen kleinen Seufzer der Erleichterung ausstieß. Er hatte immer noch ein eigenes Schwert, wie mickrig es auch im Vergleich zu der wunderbaren Waffe erschien. Wenn er doch...

Ihm kam ein Gedanke.

Es war schwierig, die Richtung zu bestimmen, doch aus den wenigen Anhaltspunkten der Landschaft schloß er ziemlich sicher darauf, daß er südlich von Burg Vingaard war. Wäre es ein strahlend schöner Tag, so hätte er die mächtige Zitadelle von hier aus sehen können.

Nachdem er vergeblich versucht hatte, sich den Schmutz aus dem Gesicht zu wischen, brach Huma nach Norden auf.

Die Behausungen, an denen Huma vorbeikam, boten kaum einem wilden Tier Schutz, viel weniger noch einem Menschen. Das verrottete Fachwerk war am Vermodern. Die Strohdächer hatten den Namen Dach eigentlich nicht mehr verdient, so viele Löcher waren darin. Es gab auch kein Material mehr zum Abdichten. Der Lehm, der die Steine zusammenhielt, war an vielen Stellen so feucht, daß die Wände gänzlich auseinandergebrochen waren.

Der gehetzte Ausdruck in den Gesichtern der ausgemergelten Überlebenden in dieser armseligen Siedlung jagte ihm kalte Schauer über den Rücken. Was tat die Burg gegen diesen Zustand, fragte er sich. Die Menschen vegetierten nur noch dahin. Ihre Häuser waren höchstens Unterstände, und manche hatten noch nicht einmal das. Statt dessen saßen sie im Dreck, auf der zertrampelten Erde, und starrten auf die Verwüstungen um sie herum.

Er wußte, daß die Ritterschaft sich nicht um alles kümmern konnte, aber dennoch quälte ihn der Anblick. Huma betete um irgendein Fortbewegungsmittel, mit dem er zu dem Berg zurückkehren und – wenn möglich – die Prüfungen noch einmal angehen konnte. Er sorgte sich auch um seine beiden Kameraden. Suchten sie nach ihm?

Als er das verwüstete Land betrachtete, fand Huma, die Ritter hätten den Leuten helfen müssen, ihre Dörfer wiederaufzubauen, die Wälder zu sichern und Nahrung für sich zu sammeln oder anzubauen. Nichts dergleichen...

Huma blieb kurz stehen, weil er über diese regelrecht gotteslästerlichen Vorstellungen nachdachte. Was hätte Rennard dazu gesagt, wenn er sie gehört hätte? Huma lächelte schief. Wahrscheinlich sehr wenig, befand er.

Einige Dorfbewohner kamen heraus, um Huma mit gemischten Gefühlen anzustarren – Angst, Respekt, Zorn und Abscheu. Fünf Männer stellten sich ihm in den Weg. Huma sah sie an und wartete. Die fünf wichen nicht zur Seite.

Ihr Anführer war offenbar der große, breite Mann mit schmutzigem, schwarzem Bart, etwas zurückweichendem Haaransatz, einer schiefen Nase und über zweihundert Pfund Gewicht, die einst reine Muskeln gewesen waren. Er trug die üblichen, vor Dreck starrenden Hosen und die oftmals geflickte Tunika eines Bauern. Die Kleidung war bei dem rauhen Wetter nicht gerade angemessen. Die fleischige Hand des Mannes umklammerte einen Schmiedehammer.

»Wirf dein Schwert weg, Kleiner, dann tun wir dir nichts. Wir wollen deine Sachen, nicht dich.«

Ein dünner Kerl mit teigigem Gesicht kicherte nervös. Der Junge war fast kahl und wies alle Merkmale eines Überlebenden der Pest auf, einschließlich eines Anflugs von Wahnsinn. Die anderen drei waren ziemlich farblose Überbleibsel von Männern: Gesicht und Körper waren schon lange Zeit eingefallen. Keiner der fünf war ein richtiger Räuber. Heimlich betete Huma, daß er nicht gezwungen sein würde, seine Hand gegen sie zu erheben.

»Bist du taub?«

»Ich kann euch weder meine Wertsachen noch mein Essen abgeben, wenn es das ist, was ihr wollt. Ich habe selbst sehr wenig.«

»Du hast keine Wahl.« Der große Mann schwang versuchsweise mit großer Präzision seinen Hammer in Humas Richtung. »Ich denk' mal, du hast da was übersehen. Wir *nehmen* uns, was es zu holen gibt.«

Der Hammer hob sich drohend. Humas Klinge war bereit, doch er wollte sie nur sehr ungern benutzen. Die Entscheidung wurde ihm jedoch abgenommen, denn der Hammer des Räuberhauptmanns zischte knapp an Humas Gesicht vorbei.

Fünf Gestalten stürzten sich auf den einzelnen Ritter – oder versuchten es. Plötzlich traf Humas rechter Fuß einen Angreifer in den Magen. Seine freie Hand schlug den kichernden Burschen zusammen, der sich mit einem rostigen, alten Kurzschwert an ihn heranzupirschen versuchte. Mit der Breitseite seines Schwerts schlug Huma den Jungen bewußtlos. Den alten Mann mit den wäßrigen Augen entwaffnete er ohne Schwierigkeiten. Der Waffenlose zog sich hastig vom Kampf zurück, so daß Huma sich in Ruhe um die beiden übrigen kümmern konnte, besonders um den Anführer.

Voller Trauer mußte Huma erkennen, daß diese beiden nicht aufgeben wollten. Der Mann mit Schwert kämpfte mit der Kraft der Verzweiflung, was seiner ansonsten unscheinbaren Gestalt eine gefährliche Stärke verlieh. Der Räuberhauptmann lächelte böse, als er wieder und wieder angriff.

Unglücklich traf Huma seine Wahl. Vor den entsetzten Augen der Dorfbewohner durchbrach der Ritter der Krone die Deckung des Schwertkämpfers und traf ihn tief in die Brust. Der Mann gurgelte etwas und brach zusammen. Noch während dieser eine Gegner fiel, trieb Huma den Anführer Hieb um Hieb zurück. Der stämmige Wegelagerer begann, wild auf den Ritter einzuschlagen, doch Huma wartete ab. Als er seine Deckung öffnete, wie es Huma erwartet hatte, setzte ein einziger Stoß auch dem Leben des letzten dieser Bande ein Ende.

Keuchend sah Huma sich zu den Zuschauern um. Sie zeigten keine Regung. Er konnte nicht abschätzen, ob sie erfreut oder wütend waren.

Er betrachtete die drei Überlebenden. Zwei waren bewußtlos, der dritte davongelaufen. Die würden keinen Ärger mehr machen.

Angewidert wischte Huma sein Schwert ab, steckte es weg und machte sich wieder auf den Weg nach Norden. Er hatte das Dorf noch nicht hinter sich gelassen, als schon Streit ausbrach, weil die menschlichen Aasgeier um die wenigen Habseligkeiten der toten Diebe rangen.

Als er zum ersten Mal vor Burg Vingaard gestanden hatte, wo die Ritterschaft ihren Sitz hatte, seit Vinas Solamnus vor so vielen Jahrhunderten ihren Bau befohlen hatte, war sich Huma vorgekommen wie ein Staubkorn vor dem Palast der Götter.

Das Gefühl ließ nur sehr langsam nach.

Burg Vingaards Mauern waren sehr hoch. Nur wenige Angreifer wagten es, solche Mauern zu erstürmen. Die Mauern umringten die Zitadelle und hatten Zinnen für die Bogenschützen. Die einzige Öffnung der Mauer war dort, wo die massiven Eisentore den Eingang hüteten. Sie waren so dick, wie Humas Arm lang war, und konnten der Wucht eines angreifenden Drachen trotzen. Jedes Tor war mit dem dreiteiligen Symbol der Ritterschaft verziert – dem majestätischen Eisvogel mit halb ausgebreiteten Flügeln, der in seinen scharfen Krallen ein Schwert hielt, auf dem in der Mitte eine Rose abgebildet war. Über seinem Kopf hing die Krone.

Nach langem Warten im Regen kam auf Humas heiseres Rufen hin ein Wachtposten. Er spähte auf die gebeutelte Gestalt in teils solamnischer, teils ergodianischer Rüstung hinunter und rief: »Wer da? Sag deinen Namen und dein Begehr!«

Huma nahm seinen Helm ab. »Ich bin Huma, Ritter vom Orden der Krone, zurückgekehrt aus fernen Ländern. Ich muß Fürst Oswal oder sogar den Großmeister selbst sprechen! Die Sache eilt!«

»Den Großmeister?« Huma konnte das Gesicht des Mannes nicht erkennen, aber die Überraschung in seiner Stimme war überdeutlich. »Warte!«

Huma wunderte sich über die sonderbare Reaktion.

Schließlich öffneten sich langsam die Torflügel.

Derselbe Posten, der ihn befragt hatte, stand am Tor. Auf sein Zeichen folgte Huma ihm in die Burg. Der Gesichtsausdruck der Ritter, die das Tor geöffnet hatten, war derselbe wie der von Humas Führer. Es wurde immer geheimnisvoller.

Der Posten – ein junger Ritter der Krone – zog Huma aus dem beginnenden Nieselregen in eine dunkle Ecke. »Ich weiß, wer du bist, weil Meister Rennard dich im Training lobend erwähnt, darum wollte ich dich rechtzeitig warnen, bevor du einen Fehler machst.«

»Mich warnen? Wovor?«

»Erst heute morgen –«, der andere Ritter sah sich um, »– ist der Großmeister, Fürst Trake, einer heimtückischen, auszehrenden Krankheit erlegen.«

Huma hätte beinahe ›Nein!‹ gerufen. Der Großmeister tot! Trake hatte sich nie um Huma gekümmert – wie sein Sohn Bennett hatte er ihn sogar verachtet –, doch Huma fühlte dennoch dieselbe Trauer wie alle seine Kameraden angesichts des Todes des Oberhaupts der Ritterschaft.

»Das wußte ich nicht. Die Leute im Dorf wirkten unglücklich, aber sie haben nichts –«

»Sie wissen nichts!« zischte der andere Ritter. »Fürst Oswal hat verfügt, daß kein Wort aus der Burg dringen soll, bis der neue Großmeister gewählt ist! Wenn die Nachricht umgeht, daß wir in solcher Bedrängnis sind, zerfallen unsere letzten Linien!«

Letzte Linien? »Erzähl mir –«

»Garvin.«

»Garvin, erzähl mir, was passiert ist, nachdem die Finsternis unsere Linien überwältigte. Wo stehen wir jetzt?« Huma umklammerte die Arme des anderen Ritters.

»Bist du da nicht vorbeigekommen?« Garvin sah Huma neugierig an. »Die Front ist nur noch zwei Tagesritte entfernt, im Osten wie im Westen. Die Schwarze Garde des Kriegsherrn reitet unbehindert durch den Süden. Die meisten unserer Außenposten sind abgeschnitten. *Wir* sind abgeschnitten.«

»Gibt es keine Hoffnung?«

Garvin reckte sich. »Wir sind Ritter von Solamnia, Huma.«

Huma nickte, weil er wußte, daß sie in jedem Fall bis zum Ende kämpfen würden. Seine Gedanken schweiften zu der Höhle, den Prüfungen und vor allem dem Schwert. Jetzt verlangte es ihn danach. In seiner Hand würde es die bösen Armeen der Königin durchbrechen. Solamnia würde siegen. Huma würde vielleicht sogar ein kleines Königreich für sich selbst –

Gewaltsam schüttelte er den Kopf, woraufhin Garvin verwirrt die Stirn runzelte. Huma vertrieb die gottlosen Gedanken aus seinem Kopf. Dieses Schwert war nicht Paladins Vermächtnis an die Ritterschaft. Trotz all seiner majestätischen Macht war etwas daran, was Huma trotz seines Verlangens ganz krank machte. Es war sowieso nicht wichtig. Er hatte alles verloren, als er durch den Spiegel gefallen war. Es war hoffnungslos.

Nein! Er richtete sich auf und schenkte Garvin ein entschuldigendes Lächeln wegen seines merkwürdigen Verhaltens. Es blieb immer noch Zeit, sofern er jemanden zum Zuhören bringen konnte.

»Garvin, wo kann ich Fürst Oswal finden?«

»Jetzt?« Der andere Ritter starrte von dem Unterstand aus in den düsteren Himmel. »Das Abendessen ist schon vorbei, soviel weiß ich. Er wird in seinem Quartier sein. Er bereitet sich auf den Ritterrat von morgen abend vor.«

»Sie wollen bis *morgen abend* warten, um den neuen Großmeister zu wählen? Die Diener der Königin können noch heute vor unseren Toren stehen! Zumindest die Drachen!«

Garvin nickte. »Das sagte Fürst Oswal auch, aber der Rat ist der Rat.«

»Dann muß ich ihn sofort sprechen.«

Huma stürmte in den Regen hinaus.

Seit Beginn des Krieges hatte es nie so gegossen wie jetzt, fand Fürst Oswal. Bisher war es nie mehr als Sprühregen gewesen. Jetzt war es fast so, als könnte der Regen alles fortspülen.

Der Oberste Kommandant fuhr aus seinen Tagträumen auf. Er wurde wohl allmählich alt, zürnte er sich selbst, wenn er an Regen dachte, während das Schicksal der Ritterschaft und der Welt vielleicht davon abhing, daß jemand die Narren vom Rat dazu brachte, sich mit ihrer Entscheidung über den zukünftigen Großmeister zu beeilen. Er hatte seine eigenen Chancen verspielt, weil er seine Unentschlossenheit beim Rückzug eingestanden hatte. Es war nur ein kleiner Fehler gewesen, Entsetzen über die plötzliche Wendung und die Erkenntnis, daß sie diesen Angriff nicht zurückschlagen konnten. Aber es hatte hohe Verluste gegeben.

Oswals Neffe Bennett spielte sein eigenes Spiel. Er hielt sich immer innerhalb der Grenzen von Kodex und Maßstab, doch er war ehrgeizig und versuchte, die Entscheidung zu beeinflussen. Logischerweise sollte einer der drei Ordensmeister Nachfolger des Großmeisters werden. Aber Bennett fand, daß er seinem Vater folgen sollte. Trake hatte sich das immer gewünscht. Jetzt stand ihm nur Oswal im Weg.

»Fürst Oswal?«

Er blickte auf und bemerkte, daß Rennard ihn intensiv musterte. Der bleiche Ritter stand neben dem einzigen anderen Stuhl in Oswals Zimmer.

Rennard. Trotz seines kühlen Gehabes schätzte der Oberste Kommandant Rennard fast so sehr wie Huma. Nur – Huma war bei der Niederlage im Feld geblieben. Offenbar hatte er bis zuletzt die Stellung gehalten.

»Was gibt es, Rennard?«

»Ihr habt noch immer nicht gesagt, was Ihr plant. Ich fände es klug –«

Draußen entstand Lärm, als sich die zwei Wachen vor seiner Tür mit jemandem herumstritten. Der Ankömmling war hartnäckig, und seine Stimme klang überraschend vertraut.

»Rennard, was –«

Der blasse Ritter hatte die Tür geöffnet und – der alte Ritter konnte es kaum fassen – starrte jetzt mit offenem Mund den arg mitgenommenen Ritter an, der mit den zwei Wachen rang. Fürst Oswal brauchte nicht lange, um den Mann zu erkennen, woraufhin auch er in überraschtem Entzücken die Augen aufsperrte.

»Huma!«

Die Posten verstummten sofort, als sie den Tonfall ihres Vorgesetzten bemerkten. Rennard fing sich ebenfalls und sagte, gelassen wie immer, bloß: »Laßt ihn passieren.«

Der befreite Huma stürmte ins Zimmer. »Oswal, mein Fürst, Rennard –«

»Achtung, Huma!« unterbrach ihn der hagere Ritter.

Sofort nahm Huma Haltung an. Rennard drehte sich zu Oswal um, welcher nickte. Den Wachen erklärte Rennard: »Geht wieder auf eure Posten. Befehl des Obersten Kommandanten.«

Als sich die Tür geschlossen hatte, blickte Fürst Oswal den bebenden Ritter an. Huma hatte etwas zu sagen und wollte es offensichtlich sagen, bevor es den Kopf sprengte.

»Rühren, Huma. Komm, setz dich. Erzähl uns, welches Wunder dich von den Toten zurückgebracht hat.«

Huma kniete vor dem älteren Ritter. Erleichtert sprudelte er endlich seine Geschichte heraus.

Fürst Oswal und Rennard hörten gebannt zu, während Huma seine Geschichte Stück für Stück berichtete. Die Mission von Magus – die Jagd der Schwarzen Garden – die allgegenwärtigen Schreckenswölfe – die Berge, die Höhle, der Drache, das Schwert ... Wäre es nicht Huma gewesen, der erzählte, so hätte keiner der beiden Ritter ein Wort geglaubt. Ihm aber glaubten sie alles.

Das gewaltige Metallgetöse, das so sehr den Klängen der burgeigenen Schmiede glich, interessierte Fürst Oswal am meisten. Er fragte Huma nach dessen Meinung über den Lärm.

»Ein Ort der Götter. Anders kann man es nicht beschreiben. Wenn es nicht Reorx selbst ist, der irgendwo in diesem Berg das Metall schmiedet... Ich kann nichts mehr hinzufügen, außer daß ich das Gefühl habe, dorthin zurückzumüssen«, sagte Huma, um gleich hinzuzufügen: »So Paladin will.«

»Gut.« Das war alles, was der Oberste Kommandant vorerst sagen konnte. Rennard nickte nur.

Fürst Oswal dachte einen Augenblick nach. »Das mit dem Schwert klingt faszinierend. Könnte es –?«

Huma unterbrach ihn auf der Stelle. »Ich fürchte, es ist für uns verloren. Wyrmvater ist sein Sarg.«

Sein Ton war vorsichtig. Er wollte, daß sie das Schwert vergaßen, nicht nur weil es ihm nicht geheuer war, sondern auch wegen Humas Versuchung, es zu ergreifen und zu schwingen.

Der Oberste Kommandant nahm seine Worte für bare Münze. »Ich vertraue deinem Urteil.« Er sah von Huma zu Rennard und wieder zurück. »Mir scheint, daß diese Angelegenheit keinen Aufschub duldet. Uns rennt die Zeit davon.«

Während er seine nervöse Begeisterung bezähmte, sagte Huma rasch: »Ich brauche nur ein Reittier. Ein Pferd – oder sind Drachen in der Nähe? Vielleicht einen von ihnen?«

Der Oberste Kommandant runzelte die Stirn. »Ich kann einfach nichts für dich tun, Huma. Noch nicht. Wenn ich dich auf eine so abenteuerliche Mission schicke, kann ich jede Chance vergessen, die Ritterschaft vor den Händen derer zu bewahren, die mehr an Macht und Ansehen als am Kodex und am Maßstab interessiert sind. Du wirst warten müssen, bis ein neuer Großmeister gewählt ist.«

Huma war überrascht. »Aber –« Huma konnte nicht glauben, daß seine Mission aus einem so lächerlichen Grund verzögert und vielleicht ganz verhindert wurde.

»Ich glaube, ich kann die Sache gewinnen, Huma. Es tut mir leid, aber du wirst warten müssen. Rennard, er gehört zu deinen Leuten. Kümmere dich darum, daß er sich waschen kann, zu essen bekommt und einen Schlafplatz erhält. Ich will einen sauberen Kopf auf seinen Schultern sehen, wenn der Tag anbricht.«

»Ja, mein Fürst.« Rennard legte Huma eine freundliche, aber feste Hand auf die Schulter. Der junge Ritter stand widerstrebend auf.

Schweigend gingen sie fort. Huma wurde immer bedrückter. Nicht nur seine Mission war bedroht, sondern auch das Leben eines Mannes, der ihm am ehesten den Vater ersetzt hatte. Niemand anders als Fürst Oswal konnte die Ritter in einer solchen Zeit anführen. Trotz all seiner Vorzüge fehlte Bennett die Erfahrung. Das wußte sogar Huma. Die Ritter von Solamnia brauchten eine starke Führung, die nur Fürst Oswal garantieren konnte. Ohne Oswal würde die Ritterschaft zerbrechen.

Wenn nicht der Oberste Kommandant das Kommando hatte, so erkannte Huma plötzlich, würde er nie zu dem Berg zurückkehren können.

Kapitel 2

In dieser Nacht ließ der Regen nicht nach. Huma konnte trotz seiner Erschöpfung nicht schlafen. Wie Fürst Oswal sah er in dem plötzlichen Wechsel von ewiger Wolkendecke zu unablässigem Regen eine Vorbedeutung.

Er hörte Pferde vorbei traben. Selbst mitten in der Nacht war immer etwas los. Manche Männer schliefen, andere arbeiteten. Man würde Burg Vingaard nie unbewacht antreffen.

Eine Patrouille kehrt zurück, befand er. Die Geräusche verklangen in Richtung der Stallungen. Huma überlegte, was für Neuigkeiten es geben mochte, wenn überhaupt. War die Front noch weiter zurückgewichen? Würden die Ritter sie bald von der Burg selbst sehen können? Wie lange konnte es noch dauern, bis sich die Zange endgültig um die Wiege der Ritterschaft schloß?

Huma stand langsam auf, um nicht die anderen zu stören, mit denen er das Gemeinschaftsquartier der Ritter der Krone teilte. Das Haus bestand im Grunde nur aus einem großen Raum, in dem sich flache, harte Betten und kleine Truhen für jeden Bewohner aneinander reihten. Da die Ritter in Schichten eingeteilt waren, war der Raum nie ganz voll. Viele waren auch aus dem einen oder anderen Grund nicht in der Burg. Nur die hochrangigsten Ritter hatten Privatquartiere.

Etwas frische Luft würde ihm guttun, beschloß Huma. Mit vorsichtigen Schritten tastete er sich zwischen seinen Kameraden durch.

Die Luft war kalt und der Wind etwas rauher, als er gedacht hatte. Voller Dankbarkeit für diesen Augenblick, wo er kurz von all den Sorgen und der Verwirrung ausruhen durfte, atmete er tief durch. Huma betete, daß morgen alles gut laufen würde.

Dann riß er die Augen auf. Sie fingen an, ihm Streiche zu spielen, denn er war sich einen Moment lang sicher gewesen, daß eine dunkle Gestalt sich zu Fürst Oswals Räumen, gleich hinter den beiden Wachen, geschlichen hatte. Er dachte daran, Alarm zu schlagen, doch keine der Wachen wirkte beunruhigt. Als er wieder hinsah, war von dem Eindringling nichts mehr zu sehen. Huma hatte keine Lust, sich lächerlich zu machen. Nicht jetzt. Er starrte in die Nacht hinaus und legte sich nach ein paar Minuten wieder hin. Diesmal kam der Schlaf rascher.

Der nächste Tag verstrich viel zu schnell. Huma hatte beabsichtigt, sich zumindest so lange von den anderen Rittern fernzuhalten, bis die Kommandofrage gelöst war. Zuviel hatte er erlebt, und er hielt sich in dieser Frage nicht mehr für neutral. Was er sagte, würde zweifellos auf Fürst Oswal abzielen, der immer zu ihm gehalten hatte. Sogar Rennard konnte beeinflußt werden.

Doch zwei Stunden vor dem Treffen des Ritterrats ließ Fürst Oswal Huma holen. Der Ritter der Rose, der die Nachricht brachte, betrachtete Huma mit großer Neugier, stellte jedoch aus Loyalität zum Obersten Kommandanten keine Fragen.

Auf dem Weg zu Fürst Oswals Räumen traf Huma genau den Menschen, den er hatte meiden wollen.

»Mir wurde berichtet, daß du noch lebst. Ich hatte jedoch meine Zweifel, bis ich dich eben sah.«

Bennett war standesgemäß gekleidet und trug einen purpurfarbenen Umhang, der die Abzeichen der Ritterschaft und der Güter seiner Familie zeigte. Quer über seinen Brustpanzer verlief eine schwarze Schmarre. Selbst jetzt, wo es immer noch nieselte und die Nacht kurz bevorstand, schien er zu strahlen. Trotz allem war Bennett der Sohn seines Vaters. Die habichtartigen Züge waren das getreue Abbild des älteren Ritters.

»Verzeiht mir, Fürst Bennett.« Die Besitztümer der Familie waren von Oswal und Trake zu gleichen Teilen verwaltet worden, bis der letztere zum Großmeister aufgestiegen war. Als Trakes Erbe stand dieser Titel jetzt Bennett zu. Da Oswal keine eigenen Nachkommen hatte, würden die Güter eines Tages nur noch einem Mann unterstehen. »Ich wollte Euch schon früher mein Beileid aussprechen –«

»Verkauf mich nicht für dumm, Ziegenhirte«, fiel ihm Bennett ins Wort. »Du hast mich gemieden, weil wir immer Feinde waren. Ich glaube immer noch nicht, daß du zu uns gehören solltest, aber mein eigenes, gutes Herz hat deinen Rausschmiß jetzt praktisch unmöglich gemacht. Wie konnte ich wissen, als ich dich pries – meiner Meinung nach im Gedenken –, daß du wiederkommen würdest?«

Humas gesamter Körper versteifte sich, doch er wollte sich auf keinen Fall von Bennett provozieren lassen. Er war fest davon überzeugt, daß viel von seinem Zorn dem plötzlichen Tod seines Vaters zuzuschreiben war.

»Ich bin nie Euer Feind gewesen, mein Fürst. Ich habe Euch vielmehr immer bewundert, obwohl Ihr gegen meine Aufnahme gesprochen habt.« Bennetts Gesicht verriet bei Humas Worten tatsächlich einige Überraschung. »Euer Verhalten, Eure Kampfkunst, Eure Fähigkeit, selbst unter widrigsten Umständen das Kommando zu führen – Ihr seid mein Vorbild, das ich vielleicht nie erreiche. Ich bitte nur darum, meine Pflicht tun zu dürfen.«

Bennetts Mund ging wieder zu. Er schaute Huma kurz an, um dann zu murmeln: »Vielleicht.«

»Vielleicht?« Huma zog eine Augenbraue hoch. »Was soll das heißen?«

Der junge Fürst von Baxtrey jedoch hatte sich bereits abgewendet. Huma konnte ihm nur hinterhersehen, wie er in der Burg verschwand.

Also setzte Huma seinen Weg zu Fürst Oswal fort.

Dort traf er auf Rennard. Huma unterbrach die beiden beim Kartenlesen. Fürst Oswal zeigte gerade auf einen Punkt im Norden. Als Huma eingelassen wurde, sahen sie auf, und der Oberste Kommandant lächelte kurz. Rennard nickte nur.

Fürst Oswal rollte die Karte zusammen. »Warst du nicht in den Quartieren der Krone?«

»Doch. Ich hatte unterwegs leider eine kleine Auseinandersetzung mit Eurem Neffen, mein Fürst.«

Der ältere Ritter schüttelte den Kopf. Er wirkte viel erschöpfter als letzte Nacht. »Ja, ja. Achte nicht auf ihn, Huma. Er ist durcheinander, weil du offenbar von den Toten zurückgekehrt bist.«

»Er haßt mich noch immer.«

»Dann ist er ein Narr«, warf Rennard unvermittelt ein. »Du hast bewiesen, daß du zehnmal mehr ein Ritter bist als er.«

»Vielen Dank, auch wenn ich das nicht finde.«

»Dann bist auch du ein Narr.«

Fürst Oswal mischte sich ein. »Das letzte, was wir brauchen, ist Zwietracht untereinander.« Der Oberste Kommandant legte die Hand an die Stirn, wobei er fast eine brennende Kerze umgestoßen hätte. Huma wollte ihn stützen, doch Oswal winkte ab. »Es geht mir gut. Hab' wohl heute nacht nicht genug geschlafen. Genau die falsche Nacht für Schlaflosigkeit, möchte man meinen.«

»Werdet Ihr das Treffen des Rates durchstehen können?« fragte Rennard.

»Mir bleibt keine andere Wahl. Vielleicht ist das nur meine persönliche Meinung, aber wenn mein Neffe – der ohne Zweifel glaubt, daß er nur das Beste tut – irgendeinen Einfluß auf den nächsten Großmeister hat, werden wir in den Untergang rennen.«

Dieses deutliche Urteil des Obersten Kommandanten bezüglich seines Neffen überraschte Huma. Er hatte gewußt, daß die beiden sich nicht verstanden, aber das... »Warum?«

»Wie so viele von uns ist Bennett zu sehr den Legenden der Ritterschaft verhaftet. Er ist der Typ von Anführer, der jeden verfügbaren Ritter von Burg Vingaard in einem einzigen, heldenhaften Ausfall hinausschicken würde, bei dem alle umkommen würden.«

»Würde er das?« Huma zweifelte. Selbst angesichts der Finsternis war ihm Bennett berechnend und im Vollbesitz seiner Sinne erschienen.

»Er würde. Du hast Bennett noch nie in einem Kriegsrat erlebt; er ist für Blitzangriffe oder vernichtende Wellen, nie für solide, langfristige Strategien. Seit Trakes Tod ist er, glaube ich, mehr denn je dazu entschlossen, etwas Bedeutendes zu tun – um das Andenken seines Vaters zu ehren.«

»Huma wird das vielleicht kaum glauben können, aber ich kenne Bennett schon länger. Ich würde dem beipflichten«, ergänzte Rennard.

Fürst Oswal sah zu Huma hoch. »Noch etwas. Er würde dir nie deine Geschichte über Zauberschwerter, gefangene Drachen und göttliche Prüfungen abnehmen, die den Schlüssel zum Sieg halten. Ich schon. Nenn es Glauben an Paladin, aber ich tue es.«

Der alte Ritter beugte sich plötzlich vor und preßte eine Hand gegen seinen Kopf.

»Ruhe. Ich brauche etwas Ruhe«, stammelte Oswal.

»Hilf mir, Huma.«

Gemeinsam geleiteten die beiden Ritter den Obersten Kommandanten zu seinem Bett. Während sie ihm halfen, sich hinzulegen, faßte Fürst Oswal nach Rennard. »Du bist dafür verantwortlich, daß ich rechtzeitig zur Ratssitzung wieder wach bin. Hast du verstanden?«

Das blasse Gesicht wendete sich Huma zu, dann wieder dem Obersten Kommandanten. Mit gewohnt ausdruckslosem Gesicht antwortete Rennard: »Natürlich. Das wißt Ihr doch.«

»Gut.« Fürst Oswal schlief fast augenblicklich ein. Die beiden Ritter gingen leise davon. Als sie mit dem Rücken zur Tür standen, wandte Rennard sich an Huma.

»Er will dich im Ritterrat dabei haben.«

»Was ist mit ihm?« Huma fürchtete um Oswals Wohlergehen.

»Er wird dort sein. Ich habe versprochen, mich um ihn zu kümmern.« Rennard lächelte sogar ein wenig. »Ich habe alles in der Hand. Du wirst schon sehen.«

Huma sorgte dafür, daß er als erster da war.

Nicht jede Sitzung des Ritterrats war öffentlich. Bei den meisten waren nur die regierenden Ritter und die Personen zugelassen, die etwas mit einzelnen Punkten der Tagesordnung zu tun hatten. Es gab auch einen vorgeschriebenen Ablauf, dessen Schritte unter normalen Bedingungen eingehalten wurden. Der Kommandostab fand jedoch, daß die Wahl eines neuen Großmeisters etwas war, das jeden anging, und obwohl nicht alle in den Saal paßten, würde die Ritterschaft als Ganzes gut vertreten sein.

Die Meister des Ordens der Krone und des Schwertes hatten bereits Platz genommen. Arak Falkenauge zupfte an seinem winzigen Ziegenbärtchen und starrte seinen Kollegen vom Schwert arrogant an. Den Mann neben Fürst Falkenauge kannte Huma nicht. Es war nicht derselbe Ritter, der den Orden des Schwertes in den letzten vier Jahren geführt hatte. Der letzte Befehlshaber war an der Ostfront gefallen, und sein Nachfolger war als Notbehelf auf dem Schlachtfeld gewählt worden. Das kantige Gesicht des Ritters erinnerte Huma mehr an eine Statue als an einen Menschen. Sein Bart war lang und gut gestutzt, die Augen unter den dicken, buschigen Brauen fast unsichtbar. Als Bennett eintrat, wurde klar, wer in Wirklichkeit die Macht im Orden des Schwertes innehatte, denn die anderen nahmen Haltung an.

Irgendwann war der Saal voll, und das Warten begann. Nur noch zwei maßgebliche Männer fehlten: Rennard und Fürst Oswal. Der Ritterrat wartete geduldig, während sich seine Mitglieder pausenlos untereinander berieten. Schließlich marschierte Bennett herrisch zu Fürst Falkenauge hinüber und redet mit ihm, nicht ohne eine gewisse Schärfe in der Stimme. Falkenauge antwortete im gleichen Tonfall, und der Streit ging minutenlang hin und her. Leider sprachen sie nicht laut, so daß Huma nur raten konnte, was zwischen ihnen vorgegangen war.

Da kam Rennard atemlos hereingerannt. Auf seinem Gesicht lag ein gehetzter Ausdruck. Daß der normalerweise gelassene Ritter so aufgewühlt erschien, war Anlaß genug für mehr als einen, in Erwartung schlechter Neuigkeiten aufzustehen.

Rennard flüsterte Fürst Falkenauge eilig etwas zu. Bennett und die anderen Ratsmitglieder hörten so gut wie möglich mit. Bennetts Gesicht wurde weiß, und er mußte sich an einem Stuhl festhalten. Arak Falkenauge erhob sich, um sich an die plötzlich besorgte Menge zu wenden.

»Unsere Versammlung wird bis auf weiteres vertagt. Ich bedaure, den Anwesenden mitteilen zu müssen, daß Fürst Oswal von Baxtrey, Oberster Kommandant und Meister des Ordens der Rose erkrankt ist – an derselben Krankheit, der der Großmeister erlegen ist.«

»Die Burg steht unter Quarantäne. Fürst Oswal wird die Nacht wahrscheinlich nicht überleben.«

Rennard bebte immer noch.

»Ich kam, um ihn zu wecken, wie er es gewünscht hatte, und fand ihn zitternd und bewußtlos im Bett vor, obwohl er unter zwei oder drei Decken lag. Ich habe ihn versorgt, so gut ich konnte, und dann einen Kleriker geholt.«

Huma hatte ihn noch nie im Zustand solcher Aufregung erlebt. Es war fast, als erlebte der blasse Ritter seine eigene Begegnung mit der Seuche noch einmal.

»Was hat der Kleriker gemacht?«

»Wenig. Die Krankheit hat ihn entsetzt. Wahrscheinlich ein weiteres Geschenk der Königin, verdammt soll sie sein.«

»Kann man denn überhaupt nichts tun?« Huma fühlte sich plötzlich schwach. Fürst Oswal war sein Lehrer, sein Freund, fast ein Vater für ihn. Er durfte nicht sterben!

»Wir können nur warten und beten.« Lag da ein Hauch von Spott in Rennards Stimme? Huma konnte es ihm kaum verübeln. Er fühlte sich selbst so ohnmächtig. Die Drachenkönigin, Crynus und der verräterische Zauberer Galan Drakos würden sich über ihr Los kaputtlachen, nahm er an.

»Huma.« Rennard legte ihm die Hand auf die Schulter. Sein blasses Gesicht wirkte noch immer erschöpft. Wieviel Rennard für Oswal empfunden hatte! »Leg dich eine Weile hin.«

Sie standen im Vorraum des Paladintempels der Burg, wohin man den Obersten Kommandanten in der Hoffnung getragen hatte, daß die Götter seine Genesung günstig beeinflussen würden. Im Moment waren die Kleriker, die den alten Ritter behandelten, ratlos. Manchmal dachten sie, sie hatten die Krankheit besiegt, doch im nächsten Moment kam sie stärker zurück als zuvor. Die Zeit wurde knapp. Fürst Oswals Körper konnte nicht mehr viele schwere Erschütterungen seiner Gesundheit aushalten.

Rennard lächelte dünn. »Ich verspreche dir, dich zu wecken, wenn es etwas Neues gibt.«

Trotz seiner guten Vorsätze wurde Huma auf einmal schläfrig, als hätte ihn die bloße Erwähnung von Schlaf müde gemacht. Er nickte Rennard zu und stand auf.

»Du weckst mich aber *wirklich.*«

»Das hatte ich Fürst Oswal auch versprochen«, erwiderte Rennard bitter.

Als Huma ging, konnte er immer noch Bennetts Stimme aus dem Nebenraum hören, wo die Kleriker sich berieten. Bennett schien sein Onkel fast ebenso wichtig zu sein wie sein Vater. Bei der Nachricht von der Erkrankung des Obersten Kommandanten war es Bennett gewesen, der eine Panik verhindert, die vorläufige Quarantäne angeordnet und die Verlegung des kranken Edelmanns in den Tempel veranlaßt hatte. Jetzt widmete er sich abwechselnd dem Gebet für seinen Onkel und dem Streit mit den Klerikern, die seiner Meinung nach zu langsam reagierten.

Und der Krieg? Es sah aus, als hätten die, die hinter den Mauern der Burg hockten, ihn völlig vergessen. Auf dem Weg zu seinem Bett nagte dieser Gedanke unablässig an Huma.

Er wachte auf. Sein Verstand war sofort hellwach. Fürst Oswal war sein erster Gedanke, und Huma rechnete sofort mit dem Schlimmsten. Die anderen schliefen weiter, weil sie den täglichen Verlust kostbarer Leben anscheinend mehr gewohnt waren.

Huma schlich sich in die Nacht hinaus und sah sich um. Im schwachen Fackelschein konnte er aufmerksame Posten auf den Mauern erkennen, während andere den Hof kontrollierten. Vor der Tür zum Quartier des Obersten Kommandanten standen noch Wachen. Das war ein gutes Zeichen.

Da er nicht weiter schlafen konnte, beschloß Huma, in den Tempel zurückzukehren. Es überraschte ihn nicht, daß Rennard nicht zu ihm gekommen war; der blasse Ritter wollte offenbar die ganz Zeit über wach bleiben, wenn das möglich war.

Der Regen hatte immer noch nicht nachgelassen, und der Hof hatte sich in eine einzige Schlammpfütze verwandelt.

Der Paladintempel wirkte düster, als er näher kam. Niemand stand Wache, was ihn nicht überraschte. Doch als er die Stufen hoch kam und an die Tempeltore klopfen wollte, bemerkte er, daß eine etwas offen stand. Nachdem er sie aufgedrückt hatte, stellte er fest, daß auch der Hauptgang dunkel war. Er wußte, daß das nicht so sein sollte. Hier hätte ein Posten oder zumindest ein Kleriker sein müssen.

Plötzlich stand Huma vor einem Ritter der Rose, der als Ehrengarde und Leibwache für den kranken Obersten Kommandanten eingeteilt war. Der Ritter stand mit strengem Blick an der Tür, so daß Huma fast salutiert hätte, ehe er merkte, daß der Mann nicht ohne einen guten Grund in der Dunkelheit stehen würde. Vorsichtig schlich sich Huma über den Marmorboden und blieb erst unmittelbar vor dem Wächter stehen.

Der Ritter der Rose starrte zurück, ohne ihn zu sehen.

Huma hielt dem anderen eine Hand vors Gesicht. Er konnte den Atem des Mannes hören und fühlen, doch es war das Atmen von jemandem im Tiefschlaf. Huma wagte es, den Mann leicht auf die Wange zu klapsen. Der Ritter rührte sich nicht.

Huma kam ganz nah, um die offenen Augen zu untersuchen. Sie waren wie verschleiert. Er hatte schon früher einmal solche Männer gesehen, wenn sie aus dem einen oder anderen Grunde betäubt worden waren. Huma vermutete, daß der Ritter der Rose nichts von seiner Pflichtvergessenheit wissen würde. Er hatte auch den Verdacht, daß dem Rest der Tempelbewohner dasselbe geschehen war – einschließlich Rennard.

Mit einem Gebet zu Paladin zog Huma sein Schwert. Er

folgte den dunklen Gängen, bis er zu dem Platz kam, wo Rennard gesessen hatte. Der hagere Ritter war verschwunden. Die Tür zu dem Raum, wo Fürst Oswal ruhte, stand ebenfalls einen Spalt offen, und Huma fand zwei weitere Posten in demselben betäubten Zustand vor.

Er befürchtete das Schlimmste. Rennard und Fürst Oswal waren bestimmt überwältigt worden, schloß er rasch.

Vorsichtig öffnete Huma die Tür zu Fürst Oswals Zimmer. Die Dunkelheit verwirrte ihn nur einen Moment lang, dann nahmen seine geschärften Sinne sogar den noch dunkleren Fleck wahr, wo Fürst Oswal neben der Pritsche stand.

Stand! Huma zwinkerte, damit sich seine Augen schneller an die Dunkelheit gewöhnten. Nein, das war nicht der Oberste Kommandant. Oswal lag noch immer auf dem Bett. Was dann? Ein Schatten?

Huma trat vor, und die Dunkelheit schien sich zu verlagern. Er zwinkerte wieder. Die Gestalt – oder was er dafür gehalten hatte – war nicht mehr da. Etwas zögernd ging Huma weiter, bis er neben dem stillen Körper von Fürst Oswal stand. Zu seiner Erleichterung hörte er die regelmäßigen Atemzüge des Obersten Kommandanten.

Humas Fuß stieß gegen etwas. Er sah nach unten und entdeckte den unbeweglichen Körper eines der Kleriker. Er schlief, wie die Wachen geschlafen hatten, mit offenen, aber glasigen Augen. Huma schüttelte ihn kräftig, um ihn zu wekken, doch der Mann rührte sich nicht einmal.

Er spürte mehr, als daß er es hörte, wie sich die Dunkelheit hinter ihm bewegte. Er zögerte, und dieses Zögern hätte ihn fast das Leben gekostet, denn etwas Metallenes traf seinen Brustharnisch und wäre tief in seine Gurgel gedrungen, wenn er nur ein wenig langsamer reagiert hätte.

Mit einem Fluch über sich selbst parierte Huma einen weiteren heimtückischen Stich von einer winzigen, gekrümmten Klinge. Er konnte einen ersten Blick auf seinen Angreifer werfen, eine von Dunkelheit umflutete Gestalt mit rotglühenden Augen. Die Gestalt warf die Klinge nach seinem Kopf. Während Huma noch die Waffe abwehrte, zog das Schattenwesen einen kleinen Beutel hervor und erhob ihn.

Der Ritter fuhr sofort zurück. Jetzt gab es keine Frage mehr, wem er gegenüber stand. Das Verhalten, die Erscheinung – er war überrascht, daß er den Eindringling nicht sofort entlarvt hatte. Es war einer der Anhänger Morgions, des Gottes von Krankheit und Verwesung. Einer von diesem Ungeziefer hatte sich in Burg Vingaard eingeschlichen – und es war ihm bereits gelungen, einen, vielleicht auch zwei der wichtigsten Vertreter der Ritterschaft umzubringen.

Die zerlumpte Figur zögerte, bevor sie den Inhalt des Beutels warf.

Huma sprang vor, wobei er sein erhobenes Breitschwert vor sich hielt. Mit der flachen Klinge traf er einen berstenden Beutel und schleuderte durch den Schwung einen Großteil seines Inhalts auf den vermummten Eindringling zurück. Huma taumelte zurück, um der tödlichen Dusche auszuweichen, die auf den anderen herunterregnete.

Der Mörder hustete stoßweise, als ihm der Staub ins Gesicht rieselte. Er stolperte rückwärts, doch Huma wagte es nicht, ihm zu folgen. Der Kultanhänger fiel auf eine Bank, wo er sich langsam wieder aufrappelte.

»Wenn du glaubst« – die rauhe, keuchende Stimme klang bekannt – »daß du mich mit meinen eigenen Waffen schlagen kannst, so wisse, daß Morgion die Seinen beschützt. Außerdem wollte ich dich bloß einschläfern. Jetzt läßt du mir keine Wahl.«

Huma konnte bloß noch sein Schwert umklammern, als die vermummte Gestalt sich den Staub aus der Kehle gehustet hatte und die Stimme zu erkennen war. Erschüttert trat Huma einen Schritt zurück, obwohl der Kultanhänger ein Breitschwert zog, das er in seiner Robe verborgen hatte.

»Die Messerspitze hätte dich nur geritzt, und du hättest auch wieder geschlafen. Aber ich fürchte, jetzt bleibt mir nur noch das.« Die Klinge zeigte mit der Spitze auf Humas Hals.

Huma konnte sich nicht zum Kämpfen durchringen. Das konnte nicht wahr sein. So durfte es nicht geschehen. Das war ein schrecklicher Alptraum, aus dem er gleich erwachen würde!

Der Mörder lachte leise. Sein Schwert senkte sich ein wenig. Das Lachen schien durch Humas Kopf zu hallen und alles zu verspotten, an das er je geglaubt hatte.

»Ich habe versucht, dich davor zu bewahren. Es tut mir *wirklich* leid, Huma.«

Und obwohl Huma die Worte zuerst nicht herausbrachte, erschallten sie in seinem Kopf, schrien in seinem Herzen:

Warum, Rennard!

Kapitel 3

Hast du nichts zu sagen?« fragte Rennard. »Wir haben Zeit. Hier schläft alles. Die Wände sind dick. Sie werden unsere Schwerter nicht hören. Ja. Ich denke, wir haben Zeit.«

»Im Namen Paladins, Rennard. *Warum!*«

Huma konnte beinahe das Gesicht erkennen, trotz der Kapuze und der Dunkelheit. Er konnte die Bitterkeit fast fühlen, als Rennard begann.

»Als ich mit Pest im Sterben lag, flehte ich zu Paladin, zu Mishakal, zu allen Göttern des Hauses, mich zu erlösen. Sie taten nichts. Ich siechte dahin, war am Verwesen. Heute erschreckt mein Gesicht viele Leute; es hätte sie noch mehr entsetzt, wenn sie es damals gesehen hätten. Ich hatte mir nämlich die Rote Pest zugezogen.«

Die Rote Pest. Von allen Seuchen, die über die Jahre ausgebrochen waren, war die Rote Pest die schlimmste gewesen. Die Ritterschaft war gezwungen gewesen, ganze Dörfer niederzubrennen, weil nicht einmal die größten Heiler die Krankheit unter Kontrolle halten konnten. Die Opfer siechten dahin, doch jeder Tag war eine Qual, und viele brachten sich um, lange bevor die Krankheit das tat. Der Name stammte von der Röte der Haut, die entstand, wenn die Krankheit das Opfer von innen heraus verbrannte. Es war etwas Fürchterliches, von dem man nur im Flüsterton redete.

»Als ich dann sicher war, daß diese Qualen mich schließlich umbringen würden, bekam ich Besuch – nicht von den Göttern, zu denen ich gebetet hatte, sondern von dem einen Gott, der bereit war, mir den Schmerz zu nehmen – zu einem hohen Preis.« Die Spitze der Klinge hob sich wieder. »Morgion. Nur ihn kümmerten meine Gebete, obwohl ich ihn nie angefleht hatte. Er war bereit, meinen Schmerz zu stillen, mich zu heilen, wenn ich ihm folgen würde. Es war keine schwere Entscheidung, Huma. Ich habe sofort erleichtert eingeschlagen.«

Huma betete, daß etwas passieren würde – Fürst Oswal konnte sich regen, Ritter konnten kommen, um die Ursache der Dunkelheit zu erforschen, *irgend etwas* –, aber alles blieb ruhig. Wie lange hatte Rennard das geplant? Wie lange hatte er auf diesen Augenblick gewartet?

Huma hörte mehr, wie die Klinge kam, als daß er sie sah. Der andere Ritter bewegte sich wie geübt in der Finsternis. Doch

Huma gelang es wieder und wieder, jeden Hieb abzuwehren, obwohl er wußte, daß Rennard im Zweikampf angeblich jedem überlegen war. Besonders wenn er einem Huma gegenüber stand, der auch noch mit sich selbst kämpfte.

Dann ließ Rennard ebenso plötzlich ab, wie er angegriffen hatte. Er lachte leise. »Sehr gut. Ganz der Vater.«

»Mein Vater?«

Sie hatten sich beim Kampf weiter von den Türen entfernt und standen jetzt da, wo die Kleriker bei ihren Zeremonien standen. Rennard zog die Kapuze zurück, und selbst in der Dunkelheit konnte Huma die blasse, zernarbte Haut sehen. »Vater. Oh, ja. Darum habe ich dich beschützt, weißt du. Das Zeichen von Morgion ist selbst auf einer arglosen Person ein Zeichen, daß demjenigen von keinem Diener Morgions ein Leid geschehen darf.«

Huma erinnerte sich an die Worte der Kultanhänger in den Ruinen. Sie hatten das Zeichen gesehen und darüber gestritten. Skularis hatte den Grund dafür nicht gewußt.

»Was bin ich doch für ein sentimentaler Trottel«, fuhr Rennard fort, »daß ich die Meinen bewahren wollte.«

Die Meinen? Entsetzt schüttelte Huma den Kopf.

»Du gleichst so sehr meinem Bruder, Huma. Durak hieß er, Durak, Fürst von Eldor, einem Land, das bald überrannt wurde, nachdem er und ich uns der Ritterschaft angeschlossen hatten. Außer ein paar armseligen Ruinen ist von Eldor heute nichts mehr übrig. Was soll's. Im Gegensatz zu Baxtrey, wo Oswal und Trake gemeinsam herrschen, hätte ich nichts geerbt. Als ältester Sohn erbte dein Vater.«

»Hör auf!« Huma hieb gewaltsam auf den Mann ein, der alles verraten hatte, woran er glaubte. Ein Mann, der einst sein Freund gewesen war.

Rennard verteidigte sich mit Leichtigkeit. Nach einigen Minuten ließen sie wieder voneinander ab.

»Ich gehörte schon längst zu Morgion, als unser Vater uns als Knappen nach Burg Vingaard schickte. Von Anfang an habe ich versucht, Durak zu schützen. Er gehörte schließlich zur Familie. Die anderen Gefolgsleute Morgions hätten das vielleicht nicht verstanden, darum pflanzte ich ihm dasselbe unsichtbare Zeichen ein, das dich vor ihnen beschützt. Es sollte nutzlos bleiben. Dein Vater fiel in der Schlacht, als er ein Jahr Ritter war. Er blieb mit einer Handvoll Getreuer zurück, um einen Paß durch die Berge im Osten von Hylo zu halten, den einzigen Paß, durch den die Armeen der Königin von hinten angreifen konnten. Wir anderen ritten weiter, um die Hauptarmee zu warnen. Ich konnte nichts machen. Ironie des Schicksals, nicht wahr? In diesem letzten Moment wollte ich ihm die Wahrheit über mich sagen, aber das durfte ich natürlich nicht. Damals wußte ich nicht, daß er Frau und Sohn zurückließ.«

Huma bebte. Ein Teil von ihm wollte unbedingt die Geschichte hören; ein anderer Teil schrak davor zurück.

»Frag Fürst Oswal irgendwann mal nach Durak – wenn du ihn auf der anderen Seite triffst!« Rennard griff an und erwischte den gepeinigten Ritter in einem Moment der Unaufmerksamkeit. Sie rangen miteinander. Huma merkte, daß er in ein Gesicht starrte, das vom Wahnsinn verzerrt war. Verschwunden war die gefühllose Fassade, über die er sich immer gewundert hatte, hinter der Rennard seinen Verrat verborgen hatte. Es gelang Huma, den anderen Ritter wegzustoßen.

»Wie war noch ihr Name, Neffe? Karina? Ich habe sie nur einmal gesehen, Jahre später, als ich endlich das Dorf fand, das er vor seinem Tod immer aufgesucht hatte. Sie war eine schöne Frau – weizenblondes Haar, elfisches Gesicht, schlank –, eine

Frau voller Leben. Ich wollte ihr den Hof machen, bis ich dich sah – ganz Durak, obwohl du noch ein Junge warst. Da wußte ich, daß sie mich durchschauen würde. Warum hatte ich Idiot an etwas anderes als an mein Versprechen gegenüber meinem wahren Herrn gedacht?« Rennards Schwert sauste durch die Luft auf Huma herab. Der junge Ritter rollte sich zur Seite und landete auf den Knien.

»Du hast sie umgebracht, nicht wahr?« Humas Stimme war kalt und tonlos, als er die Tage der tödlichen Krankheit seiner Mutter wieder vor sich sah, die scheinbar aus dem Nichts gekommen war.

»Du solltest mir dankbar sein. Ich dachte nur an dich. Ich wollte dich zu dem Ritter machen, der Durak gewesen war. Ich dachte, ich könnte dir die Wahrheit vorenthalten.«

»Der Traum. Ich hatte einen Traum über deinen verruchten Gott.«

»Ich dachte, ich könnte dich auf meine Seite ziehen, dich zu einem Kameraden machen und uns das hier ersparen.«

»Beim Platindrachen, was geht hier vor?«

Beide Gegner blieben wie angewurzelt stehen, als Licht in den Raum strömte. Bennett stand in der Tür, flankiert von zwei seiner Gefährten vom Orden des Schwertes. Ein rascher Blick zeigte, daß Rennard seinen Fehler erkannt hatte. Bennett mußte sich aus eigenem Antrieb hingelegt oder sich abgesondert haben, und Rennard war es nicht gelungen, ihn ebenso zu bezaubern wie all die arglosen anderen.

»Rennard? Huma?« Was für Fehler er auch haben mochte, der Sohn des alten Großmeisters war nicht schwer von Begriff. Er nahm die Szene wahr, erblickte den zerrissenen Kapuzenmantel über Rennards Rüstung und wußte, zu welcher Seite der Ritter gehörte.

Bennett zückte sein Schwert und richtete es auf den Verräter. »Er gehört mir!«

»Wie schnell doch das bißchen Würde den erbärmlichen Gefühlen weicht«, stellte Rennard trocken fest. Ohne ein weiteres Wort führte er einen wilden Hieb in Humas Richtung – der auswich – und sprang über die Tempelbänke.

»Er kann nirgends hin!« Bennetts Ähnlichkeit mit einem Raubvogel war jetzt noch deutlicher. Seine Augen waren weit aufgerissen und brannten schrecklich, doch sie nahmen jede Bewegung wahr, sahen jeden Winkel. Seine Bewegungen waren fließend und genau bemessen. Bennett war ein Habicht, der sich gleich auf seine Beute stürzen würde. Jetzt trieb er Rennard in die Enge.

Doch Rennard trat in die Schatten der Wand – und schlüpfte hindurch. Huma war vor den anderen an der Wand und betastete den Platz. Er glaubte nicht, daß Rennard durch Zauberei entkommen war wie einst Magus. Nein, da könnte – ja! Humas Finger fanden eine kleine Kerbe, und die Wand ging plötzlich auf, um ihn aufzunehmen. Hinter sich konnte er Bennett nach den anderen beiden rufen hören, dann schloß die Wand sich wieder. Huma hatte keine Zeit, auf sie zu warten.

Wo wollte Rennard hin?

Die schnellen Schritte des älteren Kriegers waren kaum noch zu hören. Sie führten nach oben. Was hoffte Rennard dort zu finden?

Es war keine alte Geheimtreppe, wie Huma zunächst gedacht hatte, denn auf seinem Weg zum nächsten Stock kam er an zwei Fenstern vorbei. Die Treppe endete an einer Falltür in der Decke. Vorsichtig griff er hoch und stieß sie auf. In der anderen Hand hielt er sein Schwert stoßbereit. Wind und Regen strömten ihm entgegen.

Der erwartete Angriff fand nicht statt.

Schritte hinter ihm erinnerten ihn an Bennett und seine zwei Gefährten. Huma wollte nicht, daß sie Rennard stellten. Das war seine Sache. Langsam kletterte Huma hinaus in den Regen.

Das Dach war leer. Es gab kein Versteck, nichts, wohin man fliehen konnte. Der Ritter ging zum nächsten Dachrand und sah hinunter. Unten begannen sich Ritter zu versammeln; Bennett hatte Alarm geschlagen.

Der erste von Bennetts Begleitern zog sich aufs Dach. »Wo ist er? Hast du ihn erwischt?«

Huma schüttelte den Kopf. Wo *war* Rennard? Die eben Angekommenen untersuchten gleichfalls das Dach, konnten jedoch keine Spur finden. Rennard war einfach verschwunden.

Bennett weigerte sich, das zu glauben. Die Ritter durchsuchten alle umstehenden Gebäude und, nachdem das nichts ergeben hatte, auch den Rest der Burg. Rennards Habseligkeiten wurden untersucht, doch sie gaben kaum Hinweise.

Die Kleriker waren zu Fürst Oswal geeilt, sobald sie von dem Anschlag erfahren hatten. Zu ihrem Erstaunen schien er auf dem Wege der Besserung zu sein. Wie einer der Kleriker Huma, Bennett und den anderen Anwesenden erklärte, wehrte sich Fürst Oswals Körper gegen die Wirkung der Dosis, die Rennard ihm zuvor verabreicht hatte – darum hatte der Mörder ihm eine weitere Dosis verpassen wollen, bevor sich der Oberste Kommandant erholte.

Als die Ritter ausschwärmten, einige, um weiter nach dem Verräter zu suchen, andere zu ihren jeweiligen Aufgaben, spürte Huma eine Hand auf seiner Schulter. Er zuckte zusammen, denn sein erster Gedanke war, daß Rennard gekommen war, um ihn endgültig zu erledigen. Die Gestalt hinter ihm sprach:

»Ich bin's, Bennett.«

Huma drehte sich langsam um, und die beiden sahen sich an. Oswals Neffe schien eine Menge Gefühle gleichzeitig zu bekämpfen, denn auf seinem Gesicht zeichnete sich Scham, Zorn und Verwirrung ab. Schließlich streckte er die Hand aus.

»Danke für alles, was du getan hast.«

Aus Unsicherheit, wie er reagieren sollte, nahm Huma einfach die Hand und drückte sie. »Es ist mir nicht gelungen, den Mörder deines Vaters zu erwischen.«

Bennett zwang sein Gesicht zu einer unbeweglichen Miene. Huma wußte, daß der andere Ritter sehr befangen war. »Du hast ihn entlarvt. Du hast meinen Onkel gerettet. Sogar – sogar den gemeinen Verräter aufgehalten, was ich nie geschafft hätte.«

Der Ritter mit dem Habichtgesicht salutierte rasch, um dann zu verschwinden. Huma sah ihm nach, und ein leises Lächeln spielte um seine Lippen, bevor auch er sich umdrehte und ging, um vielleicht eine Spur von Rennard zu entdecken.

Es überraschte niemanden, daß zwei Tage später Fürst Oswal der neue Großmeister wurde. Er hatte sich vor dieser Entscheidung isoliert und nur mit den Ratsmitgliedern gesprochen. Jede mögliche Gegnerschaft seitens Bennett war verschwunden; statt dessen ersuchte der Neffe des neuen Großmeisters darum, in den Orden der Rose aufsteigen zu dürfen. Mit aller Wahrscheinlichkeit würde er zugelassen werden. Es war auch wahrscheinlich, daß er schon bald selbst die Abzeichen des Obersten Kommandanten tragen würde.

Huma kämpfte die zwei Tage darum, vorgelassen zu werden. Als ihm schließlich eine Audienz mit Fürst Oswal gewährt wurde, zitterte Huma sichtlich. Für ihn war der Großmeister jemand, der fast so verehrungswürdig war wie Paladin, denn er war schließlich die lebende Verkörperung aller Bestrebungen des Triumvirats.

Als Huma demütig so da kniete, drang ein seltsames Geräusch in seine Ohren, und er wagte es aufzublicken. Flankiert von einer eindrucksvollen Ehrengarde aus Veteranen der drei Orden saß der Großmeister lachend auf seinem Thron.

»Steh auf, Huma. Du brauchst mir deine Aufwartung nicht zu machen. Nicht jetzt.«

Huma erhob sich und kam näher. »Großmeister –«

Ein Seufzer. »Wenn du schon förmlich sein mußt, dann sag Fürst Oswal. Ich bin nicht so eingebildet wie mein Bruder – noch nicht.«

»Fürst Oswal, bevor ich anfange, erzählt mir von Durak von Eldor.«

»Durak? Ich kannte zwei oder drei dieses Namens. Eldor... Ich weiß nicht –«

»Bitte. Ihr wißt, wen ich meine. Rennards Bruder. Mein – Vater.«

Der neue Großmeister starrte ihn mit offenem Mund an. »Vater? Durak? Dann ist Rennard –«

»Mein Onkel.« Huma zwang sich, das bittere Wort auszusprechen.

»Paladin!« Fürst Oswals Stimme war nur noch ein Flüsterton. »Huma, das tut mir wirklich leid.«

»Sir. Mein Vater?«

Der Großmeister wischte sich etwas aus dem Auge. »Es tut mir leid, Huma. Ich wünschte, ich könnte dir alles erzählen, aber ich kann mich nicht an viel erinnern. Durak war ein guter Ritter, wenn auch etwas übereifrig. Er kämpfte hervorragend, ein geborener Krieger, der neue Waffen so leicht erlernte, wie ich ein Messer nehme. Ich weiß noch, daß er viel Zeit im Westen verbrachte, aber mir war nie klar, daß er dort eine Familie hatte. Ich erinnere mich jedoch daran«, sagte Oswal, wobei er sich übers Kinn strich, »daß er uns etwas zurief, als wir ihn und die anderen am Paß zurückließen. Jetzt verstehe ich, was er meinte. Als er sagte ›Paß auf sie auf‹, dachte ich, er meinte die Männer. Wie dumm! Er meinte seine Familie, und nur Rennard wußte das.«

Der Großmeister wußte darüber hinaus wenig zu erzählen, was Huma enttäuschte, obwohl er es nicht zeigte. Es war Oswal, der die lastende Stille brach, indem er sagte: »Du hast meine Erlaubnis, nach Ergod zu deinen Bergen aufzubrechen. Wie viele Ritter sollen dich begleiten?«

»Keiner.«

»Keiner?« Der Großmeister lehnte sich nach vorn. »Wie du selbst erwähnt hast, geht es um eine Sache von äußerster Tragweite. Ich will, daß du erfolgreich bist. Paladin hat geruht, uns diese Chance zu geben, und ich werde dich keinen unnötigen Risiken aussetzen.«

»Was Paladin will, kann nur ich allein erfüllen«, entgegnete Huma. »Das weiß ich jetzt. Ich kann es nicht erklären. Ich fühle einfach, daß es so ist.«

Oswal lehnte sich seufzend zurück. »Du sprichst mit tiefer Überzeugung. Mein Kopf sagt, daß du einen Fehler machst, aber mein Herz hört dir zu. Ich glaube, ich werde in dieser Sache meinem Herzen folgen, denn dort beginnt der Glaube.«

»Danke, mein Fürst.«

Fürst Oswal stand auf. Huma folgte seinem Beispiel. Der Großmeister legte Huma die Hände auf die Schultern. »Ganz gleich, woher du stammst und wer deine Eltern waren: Ich werde dich immer als *meinen* Sohn ansehen.«

Sie umarmten einander kurz, bis Oswal losließ. »Geh. Raus, bevor ich noch sentimentaler werde, als ich schon bin.«

Es waren nur wenige Ritter im Hof, als Huma fortritt. So hatte er es sich gewünscht. Es würde die Abreise zumindest für ihn leichter machen. Ein Teil von ihm kam sich vor, als würde er davonlaufen. Er hätte in Burg Vingaard bleiben sollen, bis Rennard gefunden und bestraft war. Doch Huma wollte nicht mehr an der Hetzjagd nach dem flüchtigen Ritter teilhaben. Er hatte Rennard viel zu lange gekannt, um ihre Freundschaft einfach zu vergessen.

Eine Gestalt nahm er auf der Mauer wahr. Bennett stand hinter den Zinnen und ließ seinen Blick schweifen. Der Neffe des Großmeisters suchte immer noch nach dem Mörder seines Vaters. Die Durchsuchung von Rennards Sachen hatte alte Pläne der Burg zutage gefördert, die man längst verloren geglaubt hatte. Sie zeigten auch zwei Gänge im Tempel, von denen nicht einmal die Kleriker gewußt hatten.

Der strenge Bennett wendete seinen Blick von den Ländereien um Vingaard ab und entdeckte Huma. Er nickte langsam, dann drehte er sich wieder um. Das war alles.

Humas Weg führte ihn durch ein weiteres, halbverfallenes Dorf. Er war eine Stunde geritten. Zweimal hatte Huma Ritterpatrouillen getroffen und hatte beiden erzählt, daß in Burg Vingaard vergeblich nach dem verräterischen Rennard gesucht wurde.

Die Bewohner dieses speziellen Dorfes sahen den einsamen Ritter mit anderen Augen an als in den Dörfern davor. In jeder ihrer Bewegungen lag Spannung und große Angst, als ob sie erwarteten, daß die Drachenkönigin jeden Moment persönlich vom Himmel herabstürzen würde. Langsam begannen sie Huma und sein Pferd einzukreisen.

Das Streitroß verlangsamte nervös seinen Schritt und schnaubte, als es die möglichen Feinde anstarrte. Huma straffte die Zügel, um das Tier wieder unter Kontrolle zu bekommen. Er wollte nicht das Blut unschuldiger Bauern an den Händen haben.

Bald konnte das Pferd nicht mehr weiter, so eng hatte die kleine Menge es umschlossen. Huma begann die ängstlich gestammelten Fragen zu verstehen, die sich um die Ereignisse in der Burg drehten.

Eine schmierige, knochige Hand berührte sein rechtes Bein. Eine belegte Stimme fragte: »Ist es wahr? Hat man den Großmeister umgebracht? Sind wir nicht mehr sicher?«

»Ich habe gehört, daß der Rat sich ergeben will!« rief eine Stimme, die der Ritter nicht zuordnen konnte.

Dieser Ausruf verstärkte die Besorgnis der Dorfbewohner. Sie drängten noch näher heran, ohne auf die Gefahr zu achten, die die Hufe des trainierten Streitrosses für sie darstellten. Huma versuchte, sie wegzuscheuchen.

»Beiseite! Laßt mich durch! Sonst wird das Pferd euch noch verletzen!«

»Er flieht!« keifte dieselbe Stimme. »Die Ritter sind verloren!«

»Wir sind alle verloren!« heulte eine alte Frau. Sie wurde ohnmächtig und verlor sich zwischen den drängenden Körpern.

»Ihr könnt uns nicht im Stich lassen!«

»Du versuchst, deine eigene Haut zu retten!«

»Zurück!« Zornige und verwirrte Gesichter zogen an Huma vorbei. Hände griffen nach ihm. Das Pferd keilte aus und bäumte sich auf. Diejenigen vor seinem Pferd kamen wieder zur Vernunft und wollten weglaufen. Doch die hinter ihnen drängten weiter vor.

Ein älterer Mann fiel hin. Es gelang dem Ritter, sein Pferd zu beruhigen. Dann versuchte er, sich einen Weg zu bahnen, damit er dem Alten helfen konnte.

»Er hat uns alle verraten! Er hat den Alten niedergestreckt! Ergreift ihn!«

Hagere, zerlumpte Gestalten stürzten sich auf Huma. Er zog sein Schwert und bedrohte sie damit. Die Dörfler wichen zurück, waren jedoch nicht bereit aufzugeben. Schließlich befürchteten sie, daß die Ritter von Solamnia sie der Drachenkönigin überließen.

Diesmal konnte Huma den Aufrührer ausmachen, der etwas abseits stand und wie ein einfacher Bauer gekleidet war. Der Mann versuchte gar nicht erst, davonzurennen, als er bemerkte, daß er entdeckt war. Statt dessen zog er sein Breitschwert und enthüllte erneut das Gesicht des Bösen.

Huma lenkte sein Pferd durch die Menge, trieb die Menschen mit dem Schwert zurück und dankte Paladin, daß es noch niemand gewagt hatte zuzuschlagen. Weniger als sechs Fuß vor der Gestalt zügelte er sein Pferd.

»Bennett vermutet dich immer noch in der Burg.«

Rennard lächelte kurz. »Da war ich auch bis zur offiziellen Ernennung von Fürst Oswal. Dann kam ich her, um ihnen die Nachricht zu bringen.«

Huma sprang vom Pferd, ohne die Augen von seinem Onkel zu wenden oder sein Schwert zu ziehen. »Um Furcht in ihre Herzen zu säen, meinst du wohl. Um ihr Vertrauen zu brechen, damit wir uns selbst bekämpfen.«

»Das ist – meine Aufgabe. Aber nicht nur hier. In allen Dörfern dieser Gegend. Ich habe seit gestern nicht geruht.«

»Sie haben deine Geheimgänge doch noch gefunden.«

»Ich weiß. Ich habe die Karten absichtlich zurückgelassen. Ich brauchte sie nicht mehr.«

»Das ist Wahnsinn, Onkel.«

»Onkel. Ich dachte nie, daß du dieses Wort einmal aussprechen würdest. Ja, es ist Wahnsinn. Die ganze Welt ist wahnsinnig. Ich versuche, dagegen zu arbeiten.« Rennard zeigte auf die Dorfbewohner und redete so leise, daß sie ihn nicht verstehen konnten. »Die Angst wird sich ausbreiten. In ihrer Verzweiflung werden sie zur Burg marschieren, und die Ritterschaft wird gezwungen sein, sie davonzujagen, was zumindest ein paar Menschenleben kosten wird. Die großartigen Ritter von Solamnia werden sowohl traurige Berühmtheit erlangen, als auch einen schrecklichen Schlag gegen ihre Moral erleiden. Ich muß dir das nicht weiter ausmalen.«

»Du hast das alles geplant.«

»Natürlich. Ich hätte den gesamten Rat umbringen können, aber das hätte die Ritterschaft nur noch mehr zusammengeschweißt. Deshalb habe ich die umliegenden Gebiete bereist und in Verkleidung den Pöbel aufgehetzt.« Rennard richtete sich auf. »Meine letzte Pflicht bist du, Huma. Ich wußte, daß du diesen Weg wählen würdest. Ich kann dir nicht erlauben, in diese Höhle zurückzukehren. Vielleicht ist es Irrsinn deinerseits, aber das glaube ich nicht. Ich darf es nicht riskieren, einen Fehler zu machen.«

Mit einem Schwung hob er sein Schwert. Huma wehrte den Schlag ab. Die Dorfbewohner wichen zurück, als die beiden Ritter kämpften, doch die abscheulich erwartungsvollen Blicke der Menschen verrieten Huma, daß sie darauf warteten, einen der Ritter sterben zu sehen. So vollständig waren sie Rennards Geschöpfe geworden.

Der hagere Ritter holte aus und gab sich damit eine Blöße. Rennards rasche Reaktion ließ ihn einen Teil des Hiebes abfangen, aber dennoch traf ihn Humas Klinge und riß ein tiefes Loch in die Kleider des Verräters. Das Schwert prallte jedoch von einer festen Oberfläche unter Rennards Tunika ab. Über sein Gesicht huschte kurz ein wissendes Lächeln. Unter dem Rock trug er noch immer seine Rüstung.

Ihre Klingen trafen wieder und wieder aufeinander, während sie sich durch das regennasse Dorf kämpften. Die Menschenmauer um sie herum bog und drehte sich, doch sie gab keine Lücke frei. Huma fragte sich, was mit ihm geschehen würde, wenn er Rennard besiegte. Die Dörfler konnten durchaus über ihn herfallen.

»Sehr gut!« zischte Rennard. »Ich habe dich gut trainiert!«

»Gut genug.« Huma sagte nichts weiter. Er wußte, daß er jedes bißchen Kraft brauchte, weil Rennard seinen ganzen Wahnsinn auslebte und mit beängstigender Wildheit focht.

Als Rennards Schwert an Humas Hals vorbeifuhr, rutschte dieser im Matsch aus. Der Verräter stürzte ebenfalls, so daß Huma ihn am Bein erwischen konnte. Rennard schrie nicht auf, obwohl sein Bein fast augenblicklich blutüberströmt war. Er hinkte von Huma fort.

Wieder wandten sie sich einander zu. Huma war am Rande der Erschöpfung, während Rennard durch die schreckliche Wunde an seinem rechten Bein geschwächt wurde. Humas Klinge hatte knapp die Sehnen und Muskeln verpaßt, was Rennard sein Bein gekostet hätte.

»Gib auf, Rennard. Du bekommst einen fairen Prozeß, das schwöre ich.«

Der blasse Ritter wirkte mitgenommener als sonst. »Das glaube ich nicht. Ein Verräter wie ich, der einen Großmeister und fast noch den nächsten getötet hat, kann von der Ritterschaft kaum Gerechtigkeit erwarten.«

Huma wußte, daß seine Kraft zurückkommen würde, je länger sie redeten, während Rennard immer mehr Blut verlor. Schon jetzt fiel es ihm schwer, stehenzubleiben.

»Komm, Neffe. Laß es uns zu Ende bringen.« Mit erstaunlicher Energie griff Rennard Huma an und attackierte ihn immer wieder. Huma hielt stand und ging dann allmählich zum Gegenangriff über. Rennards Gesicht verschwamm, denn alles geschah fast automatisch, und die Lehrstunden – ironischerweise Rennards Stunden – ermöglichten es Huma, jeden einzelnen Hieb abzufangen.

Ein Ausfall durchbrach Rennards Verteidigung. Huma erwischte ihn am Schwertarm, so daß der Verräter fast seine Waffe fallen gelassen hätte, als der verletzte Arm einen Augenblick unkontrolliert zuckte. Er konnte sich nicht verteidigen, und Humas Klinge stand direkt vor seinem Gesicht.

Beide waren schlammverkrustet. Rennard hatte den Wahnsinn abgeschüttelt, der von ihm Besitz ergriffen hatte, und schien jetzt zu merken, daß er verloren hatte. Huma war besser als er; Rennards Augen verrieten diese Erkenntnis, obwohl sein Gesicht keine Regung verriet. Alles, was Rennard jetzt noch konnte, war, den tödlichen Schlag abzuwehren.

Wieder durchbrach Huma die Deckung seines Onkels, und plötzlich schwankte Rennard auf zwei stark blutenden Beinen.

Er sank auf die Knie.

Das löste den Bann. Huma sah auf Rennard hinunter, dessen Lebenssaft sich mit dem Dreck vermischte. Abscheu zeichnete sich auf Humas Gesicht ab.

»Es ist aus, Rennard. Ich werde dich nicht töten. Das würde dir nicht helfen.«

Rennard versuchte aufzustehen. Auf einem Knie wartete er, das Schwert auf Schulterhöhe verteidigungsbereit erhoben.

»Ich werde nicht zurückkehren, Huma. Ich werde nicht die Farce eines Prozesses über mich ergehen lassen.«

Huma senkte sein Schwert. »Laß mich dir helfen. Du warst schließlich ein guter Ritter. Einer der besten.«

Das Lachen, das Rennard zur Antwort gab, wurde zu einem würgenden Husten. Der Kultanhänger wäre um ein Haar vornüber gekippt. »Begreifst du es nicht? Ich bin nie ein Ritter gewesen! Seit jenem Tag liegt mein Leben in den Händen eines anderen Gottes, und selbst den habe ich enttäuscht. Schau mich an!« Rennard lächelte schwach, und Huma bemerkte zu seinem Entsetzen, daß die bleiche Haut seines einstigen Gefährten allmählich scharlachrot wurde. »Die Belohnung für mein Versagen. Ich bin nie wirklich geheilt worden. Ich habe nur immer für einen weiteren Tag gelebt.«

»Rennard. Es wird eine Patrouille vorbeikommen. Sie können einen Kleriker holen.«

»Kein Kleriker wird mich anrühren.«

Welchen Zauber oder Alptraum der ehemalige Ritter auch über den Ort gelegt hatte, jetzt war er verflogen, denn die Menschen kreischten und schrien bei diesem Anblick der schlimmsten Form der Pest. Innerhalb von Sekunden standen die beiden Ritter alleine da.

»Rennard –«

Dem anderen Ritter fiel mittlerweile sogar das Sprechen schwer. Die Pest fraß sich durch seinen Körper.

»Komm mir nicht zu nahe, Huma. Sie wird durch Berührung weitergegeben.« Rennard lächelte. »Wenn es zu Ende ist, wird nichts mehr übrig sein. Sie können von Glück sagen, wenn sie mehr als meine Hülle finden.«

Wo war eine Patrouille? Gequält suchte Huma den Horizont ab.

»Was es auch wert ist, Neffe«, stammelte die sterbende Gestalt, »ich hoffe, du findest, was du suchst. Vielleicht gibt es noch eine Chance.«

Da! Huma entdeckte Reiter in der Ferne. Sie waren jedoch zu langsam. Viel zu langsam.

»Huma…«

Der junge Ritter sah hinunter. Rennards Gesicht verzog sich vor Schmerz. »Bete zu Paladin, Rennard! Es kommt eine Patrouille. Wenn ich ihnen erkläre –«

»Es gibt nichts zu erklären, außer daß sie meinen Körper an Ort und Stelle verbrennen müssen.« Rennard richtete sich auf und umklammerte mit beiden Händen das Heft seines Breitschwerts, um es besser halten zu können.

Mit einer Geschwindigkeit, die seinen Zustand Lügen strafte, zog sich Rennard die Klinge durch den Hals.

»Nein!« Nur das Bewußtsein, daß er sich mit der Pest anstekken würde, bewahrte Huma davor, der zerlumpten Gestalt das Schwert zu entreißen. Es war zu spät. Kein Kleriker konnte eine solche Wunde rechtzeitig verbinden.

Rennards schlaffe Hand ließ das Schwert fallen, das im Schlamm versank. Rennards lebloser Körper brach darüber zusammen. Huma ließ seine eigene Waffe fallen und sank auf die Knie.

»Nein.« Seine Stimme war nur mehr ein Flüstern. Huma legte sich die Hände vors Gesicht und ließ seinen Gefühlen freien Lauf. In der Ferne hörte er das Getrappel vieler Pferde. Dann war alles still.

Kapitel 4

Stille.

Das Wiehern der ankommenden Pferde; die Schreie der entsetzten Dorfbewohner, die glaubten, daß die Pest ausgebrochen war; der Tumult der Hufe – selbst der Wind: Alles verstummte plötzlich.

Die Stille wurde nur durch das ferne Hämmern von Metall auf Metall unterbrochen.

Langsam und ungläubig hob Huma den Kopf aus den Händen

und sah sich mit großen Augen um. Die verwüsteten Felder um Burg Vingaard, die gesamte Umgebung war auf einmal verschwunden.

Was jetzt vor ihm stand, war der Spiegel – derselbe Spiegel, durch den er Tage zuvor gestürzt war. Alles, was er jetzt zeigte, war die Gestalt eines mitgenommenen Ritters.

Er war wieder in Wyrmvaters Höhle.

War es wirklich geschehen? Das erschien ihm zunächst unwahrscheinlich. Es war wohl eher eine Illusion gewesen. Aber Huma fühlte die Schmerzen, die er in diesem scheinbaren Traum erlitten hatte. Ein Alptraum also. Ein sehr lebensechter Alptraum. Denn Rennard war wirklich tot.

Huma lehnte sich zurück und streifte die Handschuhe ab. Während er sich die Augen rieb, starrte er den verfluchten Spiegel an. Er war gleichermaßen wütend wie erleichtert. Wütend, weil er sich wie eine willenlose Marionette vorkam; erleichtert, weil er nun seine Mission fortsetzen und sich vielleicht wieder mit Kaz und Magus treffen konnte.

Wo die wohl die ganze Zeit steckten?

Huma starrte weiter in den Spiegel. Der Schock über Rennards Verrat und Tod saß tief. Rennard war tot, und Huma würde für ihn beten, doch die Ritterschaft – nein, ganz Ansalon – hatte noch eine Chance, wenn das stimmte, was man Huma erzählte hatte: daß irgendwo in diesen Bergen der Schlüssel zum Sieg lag.

Sein Spiegelbild starrte ihn aus dem Spiegel an. Endlich wurde Huma bewußt, was er da sah.

Rasch stolperte er vorwärts. Einen Augenblick lang hatte Huma vergessen, was in der Schatzkammer vorgefallen und was ihm passiert war. So wenig es zu glauben war, er hatte Wyrmvater praktisch aus seinen Gedanken verdrängt.

Wenn hier genausoviel Zeit vergangen war wie in Burg Vingaard, dann hätte bei dem riesigen Körper bereits die Verwesung eingesetzt. Aasfresser aller Art waren aufgetaucht.

Der riesige Kopf und der Hals lagen immer noch genau da, wo sie hingefallen waren. So weit, so gut. Doch erstaunlicherweise hatte sich Wyrmvaters enormer Leib in Metall verwandelt, reinstes Metall, glänzender als Silber. Gleichzeitig ähnelte es jenem anderen Metall mehr als irgend etwas sonst. Er ließ seine Hände darüber gleiten, spürte die glatte Oberfläche und staunte über diese enorme Menge. Da ihm kein besserer Name einfiel, nannte er es Drachensilber.

Er stolperte ungeschickt um den Silberberg herum. Irgendwo in den massiven Kiefern verbarg der riesige Leichnam das Schwert, das zu Huma gesprochen hatte. Er war sich sicher, daß es ihn gerufen hatte, und er war sich ebenso sicher, daß er es haben mußte. Auch wenn Huma aus diesem Abenteuer keinen weiteren Gewinn ziehen konnte – dieses Schwert mußte er haben.

Der Kopf des toten Titanen lag verkehrt herum. Huma stellte fest, daß der Unterkiefer schwer auf dem Oberkiefer ruhte. Das bedeutete, daß das Schwert unter reinem Metall begraben und unmöglich zu bergen war. Wütend schlug Huma mit der Hand gegen die harte Drachenschnauze. Der Schmerz brachte ihn wieder zu Verstand, und er fragte sich, wieso ihn das alte Schwert so in Bann schlug. Am besten sollte er –

Sein Fuß stieß gegen etwas, und es schepperte. Huma sah nach unten und erblickte genau das, was er gesucht hatte. Mit einem überraschten Ausruf fiel er auf die Knie, um die Waffe regelrecht in die Arme zu schließen. Jetzt sollte sie ihm gehören. Wenn das kein Zeichen war!

In dem Moment, wo seine Hände es berührten, begann das

Schwert wieder zu schimmern. Huma sonnte sich glücklich in seinem Glanz, der ihn die schrecklichen Ereignisse der letzten Tage vergessen ließ. Vorsichtig steckte er das Schwert in die Scheide und kletterte auf das Ungeheuer. Wyrmvaters Hals erwies sich als ausgezeichnete Rampe, von der aus Huma in einen der oberen Tunnel klettern konnte. Dort konnte er endlich nach dem geheimnisvollen Schmied suchen. Der mußte nämlich sein eigentliches Ziel sein.

Jetzt, nachdem er das Schwert hatte, interessierten ihn weder die unzähligen Goldhaufen noch die glitzernden Edelsteine. Zwar faszinierte ihn auch der Spiegel, aber den konnte er unmöglich in der Höhle mit sich herumschleppen. Er tröstete sich mit dem Gedanken, daß er schließlich zurückkehren konnte, wenn er seine Aufgabe mit Erfolg gelöst hatte.

Mit dem anständigen Schwert in der Hand war Huma nun sehr viel zuversichtlicher, als er den erstaunlich langen Hals von Wyrmvater hinaufkletterte.

In den darüberliegenden Tunneln leuchtete der Fels, wenn auch nicht so stark wie in den tiefer gelegenen. Huma konnte keine weiteren Unterschiede zwischen diesen und den anderen Gängen feststellen. Überall gab es dunkle Stellen. Da er jetzt eine Waffe hatte, die seiner wert war, stieg Huma kühn vom Hals des versteinerten Lindwurms und betrat den nächstbesten Tunnel.

Die Zeit verrann, und da er nur immer von einem Gang in den folgenden lief, wurde er ungeduldig. Wo warteten die Prüfungen auf ihn? Wyrmvater war die erste gewesen, doch Huma wußte, daß noch zwei weitere kommen mußten. Im Vergleich zu der Begegnung mit dem entsetzlichen Untier konnten sie nur leichter sein. Vielleicht reichte es sogar als Prüfung aus, Wyrmvater gegenüber zu treten.

Seine Hand strich über den Griff des Schwertes. Vielleicht brauchte er aus diesem Berg gar nichts anderes mehr. Das Schwert allein war eine ganze Armee wert, und Huma beherrschte es.

Seine Ungeduld wuchs, als er weiterhin den scheinbar endlosen Gängen folgte. Huma wollte diesen Ort nur noch hinter sich lassen. Die Prüfungen waren ihm inzwischen egal. Er brauchte doch nur die Klinge. Was konnte die Höhle ihm bieten, das besser wäre als eine so mächtige, herrliche Waffe?

Plötzlich schoß ihm ein Gedanke durch den Kopf: Nach allem, was Huma geleistet hatte, würde Fürst Oswal ihn sicherlich belohnen. Er hatte nicht nur eine sehr wertvolle Waffe geholt, sondern auch Rennard entlarvt und dem alten Ritter das Leben gerettet.

Ein großes Kommando war immer Humas Traum gewesen. Dann konnte es auch nicht mehr lange dauern, bis er eine ganze Armee befehligen würde.

Ein Lächeln breitete sich langsam über sein Gesicht aus.

»Keinen Schritt weiter.«

Huma hatte die Gestalt vor ihm überhaupt nicht bemerkt. In dem langen, fließenden, grauen Mantel verschmolz die Gestalt völlig mit ihrer Umgebung, besonders hier, wo es so viel Schatten gab. Gesicht, Zähne und Zunge der Gestalt waren grau. Die einzige, auffällige Veränderung seit seiner vorherigen Begegnung mit dem grauen Mann war, daß er diesmal nicht lächelte.

»Du schon wieder!« Huma freute sich, den seltsamen Zauberer zu sehen – falls er denn einer war –, weil er jetzt jemanden hatte, vor dem er prahlen konnte. »Ich habe deine Prüfungen mit Leichtigkeit bestanden! Ich bin gekommen, um meinen Preis zu holen – auch wenn das eigentlich gar nicht mehr so wichtig ist.«

»Natürlich. Laß dein Schwert, wo du bist, und geh weiter.«

»Mein Schwert?« Der graue Mann hätte genausogut um seinen Arm bitten können.

»Dein Schwert. Ich habe die Akustik hier drin immer für ganz gut gehalten. Habe ich mich da getäuscht?« Jetzt war das Gesicht des Zauberers so undurchdringlich, wie das von Rennard immer gewesen war.

»Warum?« Huma befürchtete nicht, sich verdächtig zu machen. Der graue Mann war höchstwahrscheinlich ein Handlanger der Drachenkönigin. Inzwischen fürchteten wohl selbst die Götter Humas Macht – und warum auch nicht?

»Dieser Gegenstand ist in den Höhlen nicht erlaubt. Er sollte nirgendwo erlaubt sein.«

»Der hier?« Der Ritter hielt das prachtvolle Schwert über seinen Kopf und bewunderte dabei seinen hellen Glanz. Er hatte es gleich für eine gute Arbeit gehalten, aber seine jetzt erst zu vollem Glanz erweckte Schönheit ließ einem den Atem stokken. Es aufgeben? Nicht ohne Kampf!

»Dieses ›herrliche‹ Schwert, das du da hast, trägt den Namen *Schwert der Tränen.* Es stammt aus dem Zeitalter der Träume. Mit dieser Klinge hat Takhisis die Rasse der Oger verführt, sie von der Schönheit entfremdet, bis fast alle vom Pfad abgekommen waren. Man sagt, es sei die Waffe, mit der der Held der Finsternis im letzten Gefecht vor dem Jüngsten Tag das Licht herausfordern wird. Es ist von Grund auf böse und sollte verbannt werden. Wenn man sich das aussuchen könnte.«

»Du täuschst dich. Es ist der Schlüssel zu unserem Sieg. Sieh doch!«

Der graue Mann bedeckte seine Augen. »Ich habe hingesehen. Viele Male. Seine verruchte Leuchtkraft erzürnt mich noch nach all diesen Jahrhunderten.«

Huma senkte die Klinge, aber nur soweit, daß er damit auf den Mann deuten konnte, der ihm im Weg stand. »Ist es das wirklich? Oder bist du einer, der das Licht als solches scheut? Ich glaube, du bist derjenige, der gefährlich ist.«

»Wenn du nur dein Gesicht sehen könntest.«

»Mein Gesicht?« Huma lachte hochmütig. »Das Schwert der Tränen, sagst du. Könnte es nicht so heißen, weil die Drachenkönigin Tränen vergießen wird, wenn sie schließlich einer stärkeren Macht als ihrer eigenen gegenüber steht?«

Das Gesicht des grauen Mannes verzog sich zu einer Miene des Abscheus. »Ich merke, daß diese scheußliche Klinge nichts von ihrer Zauberkraft verloren hat.«

»Ich habe dein Gezeter lang genug ertragen. Läßt du mich jetzt endlich durch?«

Der Wächter hob seinen Stab auf Augenhöhe. »Nicht mit dem Schwert.«

Huma lächelte und stach mit dem Schwert in die linke Wand. Die Klinge senkte sich in den Stein, als bestünde der Fels aus geronnener Milch. Die Waffe glühte smaragdfarben auf. Mit der gleichen Leichtigkeit zog der Ritter sie heraus. Sie war unversehrt, doch die Stelle in der Wand hatte ihr natürliches Leuchten verloren.

Der graue Mann verzog nur die Lippen und sagte spöttisch: »Stich doch noch einmal zu. Aber paß auf, der Berg könnte zurückschlagen.«

Huma funkelte ihn wütend an. »Deine letzte Chance. Gehst du zur Seite?«

»Nicht bevor du dich von dem Schwert getrennt hast.«

»Dann bahne ich mir einen Weg durch dich.«

»Wenn du kannst.«

Der Ritter erhob das Schwert der Tränen, das noch heller zu

strahlen schien, und machte einen Schritt vorwärts. Der graue Mann gab seine Verteidigungshaltung auf und warf seinen Stab zu Boden. Huma stand verblüfft da.

»Du gibst also auf?«

Die verhüllte Gestalt schüttelte den Kopf. »Wenn du weitergehen willst, mußt du mich erschlagen.«

›*Erschlag ihn!*‹ rief eine Stimme in Humas Kopf. Der grüne Glanz des Schwerts der Tränen erhellte jetzt den ganzen Tunnel. ›*Erschlag ihn!*‹ wiederholte die Stimme.

»Das ist –« Huma kämpfte, um den Gedanken zu Ende zu denken. Die Stimme wurde drängender. ›*Erschlag ihn und hol dir deinen Preis.*‹

»– unrecht!«

»Gib das Schwert auf, Huma. Dann bist du frei.«

»Nein!« Das Wort drang aus dem Mund des Ritters, doch nicht er war es, der es ausgesprochen hatte. Es schien vielmehr aus der Klinge selbst zu kommen, die jetzt auch Humas Arm hob, als wolle er den grauen Zauberer zermalmen.

»Nein!« Diesmal war es Huma, der sprach. Er taumelte gegen die Wand und betrachtete mit entsetztem Abscheu das Ding in seiner Hand. Es glänzte so hell, daß sogar der graue Mann sich abwendete.

›*Nimm mich! Schwing mich! Laß mich in Blut schwelgen! Ich muß meiner Herrin die Welt erobern!*‹

»Nein!« Humas Widerstand wurde standhafter, und der Schreck in seinen Augen machte Zorn Platz. Er hatte sich von dem bösen Zauber des Gegenstands befreit. Die Klinge hatte das Unmögliche von ihm verlangt – jemanden zu erschlagen, der das weder verdient hatte, noch sich zu verteidigen versuchte. Huma war bei Rennard nicht zu einer solchen Tat in der Lage gewesen, und auch jetzt war er nicht dazu fähig.

Machtwellen drangen aus dem Schwert in Humas Körper ein, so daß er vor Schmerz aufschrie und zu Boden geworfen wurde. Es war, als würde jede Faser seines Körpers entzweigerissen. Er sah nur das Grün, fühlte nur den Schmerz, hörte nur das unablässige Kommando des Schwertes der Tränen, das seinen Willen brechen wollte.

»Huma!« Eine andere, bekannte Stimme versuchte, Einfluß auf ihn zu nehmen. Er griff nach der Rettungsleine und konzentrierte sich.

»Du mußt dich willentlich von ihm trennen – völlig –, sonst nimmt sich das Teufelsschwert deinen Körper und deine Seele.«

Völlig? Huma kämpfte wieder gegen den Schmerz. Jetzt sah er nur zu deutlich, daß das Schwert der Tränen auf seine eigenen, verschlagenen Ziele hinarbeitete und niemals jemandem wirklich dienen würde. Diese Erkenntnis verlieh Huma die Willenskraft, die er brauchte.

»Ich will dich nicht!« Er hielt das Schwert mit ausgestreckten Armen vor sich. Es machte ihn krank. »Ich will nichts von dir, und deshalb hast du keine Macht über mich!«

Der Schmerz ließ nach. Huma nutzte seinen Vorteil. Langsam verdrängte er die Gegenwart des Gegenstands aus seinem Kopf, denn er verschmähte es, weil es keine wahre Macht besaß. Der Smaragdglanz ließ zusehends nach.

›Meister‹, rief es. *›Du bist ein wahrer Meister.‹*

Es unterwarf sich seinem Geist. Humas Selbstvertrauen wuchs, bis ihm ein Gedanke durch den Kopf schoß. Jetzt, wo er es besiegt hatte, konnte er es da nicht ungefährdet benutzen?

Nein! Huma schob den Gedanken beiseite. Schweiß tropfte von seiner Stirn. Aus seinem Gesicht war das Blut gewichen.

Huma schleuderte das dämonische Schwert weit durch den

Gang, und im gleichen Moment glaubte er einen irren Schrei zu hören. Das Schwert prallte klirrend an die gegenüberliegende Wand, wo es auf den Boden fiel. Sein Glanz war fast völlig verschwunden.

»Niemals«, keuchte Huma. Mit den Händen auf den Knien lehnte er an der Wand. »Nicht um alle Macht der Welt.«

Die starke Hand des grauen Mannes legte sich auf Humas Schulter. »Du hast nichts mehr zu befürchten. Das Schwert der Tränen ist nichts. Nichts als Rauch im Wind. Siehst du?«

Huma sah auf. Das Teufelsschwert zuckte und begann zu verschwimmen und durch den Stein ins Nichts zu sinken. Innerhalb von Sekunden war keine Spur mehr von ihm oder dem bösen Wesen darin zu sehen.

»Wo ist es?«

»Hoffentlich wieder da, wo es hingehört. Dieses Ding hat seinen eigenen Kopf, aber das weißt du ja jetzt. Ich glaube, ich habe es an einen Ort geschickt, von dem es sich nicht so schnell wieder befreien kann.«

Der Ritter schaute ihn an. »Du hast mich gerettet – und meine Seele.«

»Ich?« Der graue Mann wirkte leicht amüsiert. »Ich habe dir doch bloß ein paar nette Vorschläge gemacht. Du warst es, der den eigentlichen Kampf bestehen mußte. Und du hast es überstanden.«

»Was jetzt?« Huma richtete sich langsam auf. Sein Kopf schmerzte. Er glaubte nicht, daß er jetzt zu irgend etwas in der Lage war. Huma lehnte sich wieder an die Wand.

»Jetzt?« Der graue Mann lachte erheitert. Huma wußte nicht, was so lustig sein sollte. »Jetzt… gehst du vorbei und holst dir deinen Preis. Du hast alle drei Prüfungen bestanden.«

»Bestanden –« Der Ritter schüttelte traurig den Kopf. »Du

mußt dich irren. Ich bin gerade noch mal mit dem Leben davongekommen, von meiner Seele ganz zu schweigen.«

»Du lebst. Ja. Das ist der Sinn des Ganzen. Um das Leben zu kämpfen.«

»Wyrmvater. Das Schwert der Tränen. Das sind nur zwei Prüfungen. Außer –«

Die Wahrheit traf Huma unvorbereitet.

Der graue Mann zeigte ein betrübtes, graues Lächeln. »Dein Ausflug durch den Spiegel war kein Zufall. Ein dunkler Fleck hatte sich im Herzen der Ritterschaft breit gemacht, und wer könnte es besser von solcher Verruchtheit befreien als einer aus ihren eigenen Reihen? Die meisten wären wohl glücklich darüber gewesen, Rennard zu erschlagen, ohne ihm Gelegenheit zu lassen, sich zu ergeben. Du wolltest ihn auch da noch retten. Das – die Hingabe an das Leben – ist es, was die Ritterschaft in erster Linie anstrebt.«

Huma richtete sich wieder auf, um in den scheinbar endlosen Tunnel hinter dem grauen Mann zu starren. Dann drehte er sich zu der verhüllten Gestalt zurück.

»Bist du Paladin?«

Der graue Zauberer lächelte verschmitzt und rieb sich die Nase. »Das könnte ich so sagen, aber ich tue es nicht. Sagen wir es mal so: Das Gleichgewicht zwischen Gut und Böse muß aufrechterhalten werden, und ich bin einer von denen, die sich darum zu kümmern haben – so wie du, auch wenn ich fürchte, daß mein Beitrag nur gering ist im Vergleich zu deinem.«

Er ließ Huma keine Gelegenheit, etwas zu entgegnen. »Es ist Zeit, daß du durch diesen letzten Tunnel gehst und dir deine Belohnung holst. Wie schon gesagt, du mußt ohne Waffen gehen. Deine einzige Waffe ist dein Glaube.«

Der graue Mann hob die Hand und hielt zwei Dolche darin. Huma faßte sich an den Gürtel: Seine Dolche waren verschwunden. Jetzt gehörten sie dem grauen Mann, doch dieser war inzwischen genauso verschwunden. Nur der Gang tat sich vor Huma auf.

Er machte einen Schritt vorwärts in den dunklen Tunnel.

Huma sprach zwei Gebete – eins an Paladin, das zweite an Gilean, den Herrn der Neutralität – und ging in die Finsternis.

Huma war lange gelaufen, als ihn die ersten Echos des Hammers erreichten. Sie schienen weder nah noch fern zu sein, und die Lautstärke war immer die gleiche. Es war nicht mehr so laut wie in der großen Höhle, wo der riesige, zum Wahnsinn getriebene Lindwurm unter Qualen gebrüllt hatte. Statt dessen erfreuten die Klänge des fleißigen Schmieds den Ritter, weil sie ihm den Teil seiner Ausbildung ins Gedächtnis riefen, bei dem er Grundbegriffe des Handwerks gelernt hatte. Alle Ritter mußten sich eine gewisse Fertigkeit darin aneignen, denn jeder konnte in die Lage kommen, daß er eine Rüstung reparieren oder ein Pferd beschlagen mußte. Ein guter Schmied, so hieß es in der Ritterschaft, konnte mit einem Amboß, einem Hammer und rotglühendem Metall praktisch alles anstellen.

Wer auch immer an diesem Amboß arbeitete – es mußte ein starker Mann sein, überlegte Huma, denn der Hammer tönte so regelmäßig und so ausdauernd, daß die meisten Männer schon längst in die Knie gegangen wären. Allerdings, wer sagte denn, daß es ein Mensch sein mußte? Konnte es nicht Reorx persönlich sein? Er wußte, daß er sich an einem Ort der Götter und der Macht befand. Vor ihm konnte einfach alles liegen.

Dann stand Huma plötzlich in einer riesigen Waffenkammer, ohne zu wissen, wie er dahin gekommen war.

Zahllose Gerätschaften für Krieg und Frieden hingen, standen oder lagen von Wand zu Wand herum und sogar von der Decke herunter, so weit er das im Dämmerlicht beurteilen konnte. Eine Sichel, deren gebogene Klinge geradegezogen mindestens die Länge von Humas Körper haben würde. Schwerter in allen Formen und Größen, manche gekrümmt, manche gerade, manche dünn, manche schwer. Edelsteinbesetzt oder schlicht. Einhänder und Zweihänder.

Hier gab es noch mehr Rüstungen als zuvor in den Schatzkammern. Die Auswahl reichte von primitivsten Brustpanzern bis zu Prunkharnischen, wie sie der ergodianische Kaiser trug. Über den Rüstungen hingen Schilde, die jedes erdenkliche Wappen trugen, eingeschlossen die der Ritter von Solamnia.

Es gab noch so viel mehr, und Huma hätte sich gern alles angesehen. Er kam sich vor, als hätte er die verschollene Grabstätte eines mächtigen Kriegers betreten. Doch das hier war keine Ruhestätte von Toten, denn auf den Waffen und sonstigen Gegenständen lag kein Staub, und sie zeigten kein Zeichen von Alter. Jedes Teil, das er begutachtete, hätte erst gestern geschmiedet sein können, so scharf waren die Klingen, so glatt die Seiten. Kein Rost befleckte die Rüstungen; die hölzernen Griffe der Sicheln waren makellos. Huma wußte jedoch, daß diese Werke älter waren als die tiefer liegenden Höhlen. In diesem Labyrinth unter dem Berg waren diese Kammern als erstes entstanden. Huma konnte nicht erklären, woher er das wußte; er wußte es einfach.

Seine Ohren hatten sich an den regelmäßigen Schlag des Hammers gewöhnt. Zuerst bemerkte er gar nicht, daß er aufgehört hatte. Als es ihm auffiel, war er bereits staunend mitten in die Waffenkammer hineingewandert. Huma blieb verunsichert stehen. Dann sah er vor sich das flackernde Licht und hörte, wie der unbekannte Schmied seine Arbeit wieder aufnahm. Zwei massive Türen versperrten ihm den Weg.

Huma streckte die Hand aus, um an eine der Türen zu klopfen, als diese aufflog. Ein ohrenbetäubendes Quietschen begleitete die fließende Bewegung, und der Ritter wunderte sich, daß die Hammerschläge nicht endeten, so als ob der Schmied nichts gehört hätte oder sich nicht darum kümmerte.

Es war eine Schmiede von göttlichen Ausmaßen. Ein riesiger Wassertank, der nur dazu dienen konnte, die fertigen Werke abzukühlen. Eine gewaltige Esse, an der – Huma zuckte zusammen – schattenhafte Gestalten den Schmelzofen mit Eifer anheizten.

Wieder hörte das Gehämmer auf. Huma riß seinen Blick von der sonnenheißen Esse los und drehte sich um.

Der Amboß reichte Huma bis zur Taille und mußte mindestens sechsmal soviel wiegen wie ein Ritter in voller Rüstung. Die rußverschmierte Gestalt daneben, die mit Leichtigkeit einen Hammer in der einen Hand hielt, der eigentlich als Zweihänder gedacht war, drehte sich ihrerseits um, um den Besucher zu mustern. Die Gestalten an der Esse hielten ebenfalls in ihrem Tun inne, genauso wie zwei weitere am Amboß. Der Schmied senkte den Arm und trat vor. Humas Blick wanderte nicht sofort zu seinem Gesicht, sondern blieb wie gebannt an seinem Arm hängen. Er war aus Metall, einem Metall, das glänzte wie jenes Material, in das sich Wyrmvater verwandelt hatte.

Dann sah Huma dem Schmied ins Gesicht. Wie der restliche Körper war er rußig, doch Huma konnte erkennen, daß der

Schmied die Merkmale verschiedener Rassen trug: Seine Züge waren gleichzeitig elfisch, menschlich, zwergisch und etwas – Undefinierbares.

Der Schmied musterte ihn von Kopf bis Fuß und fragte mit erstaunlich gelassener Stimme: »Bist du endlich gekommen, um die Drachenlanze zu holen?«

Kapitel 5

Huma sah den mächtigen Schmied verwirrt an und fragte: »Die was?«

»Die Drachenlanze. Bist du endlich der eine?« Die Augen des Schmiedes verengten sich, während er auf die Antwort wartete, und sein schmallippiger Elfenmund war nur mehr eine dünne Linie in dem überwiegend menschlichen Gesicht. Das »andere« verlieh ihm eine furchterregende, aber schöne Erscheinung, die für keine der anderen drei Rassen typisch war.

»Ich habe die Prüfungen bestanden, angeblich jedenfalls. Der graue Mann hat das gesagt.«

»Der graue Mann hat das gesagt, ja? Auch den alten Wyrmvater?« Die massige Gestalt wartete die Antwort nicht ab. »Ja, ich glaube schon. Er war in letzter Zeit ziemlich ruhig. Es ist irgendwie komisch, ihn nicht mehr toben und wüten zu hören. Ich kann mich nicht daran erinnern, daß es jemals so still war. Ich werde mich wohl daran gewöhnen müssen.« Er zuckte mit den Schultern.

»Habe ich Eure Frage zu Eurer Zufriedenheit beantwortet?« Huma hatte zwar sein Selbstvertrauen noch nicht ganz zurückgewonnen, aber wenigstens seine Würde. Er wollte nicht so maßlos überwältigt erscheinen.

»Allerdings«, flüsterte der Schmied, mehr zu sich selbst und zum Ritter. »Allerdings.«

Der Schmied brach in lautes, herzhaftes Gelächter aus. »Großer Reorx! Ich hab' geglaubt, ich würde diesen Tag nie mehr erleben! Endlich ist mal jemand hier, der meine Arbeit zu würdigen weiß. Weißt du, wie lange es her ist, seit ich mit jemandem vom Fach geredet habe?«

»Was ist mit denen da?« Huma zeigte auf die schemenhaften Gestalten hinter dem Schmied. Sie wirkten ungerührt.

»Die? Das sind meine Gehilfen. Die *müssen* meine Arbeit mögen. Aber die können den wahren Wert einer Drachenlanze nicht so schätzen wie ein Ritter. Paladin, wie lange habe ich gewartet!« Die Stimme des Riesen dröhnte durch die Höhle.

»Aber ich vergesse mich.« Unvermittelt wurde die Stimme des Schmiedes leiser und sein Gesicht streng. Huma stellte fest, daß seine plötzlichen Stimmungswechsel sehr gut zu seinem eigenartigen Gesicht paßten. »Ich bin Dunkan Eisenwirker, Meisterschmied, Rüstungsbauer und Schüler von Reorx persönlich.

Ich warte schon so lange auf dein Kommen, daß ich gar nicht mehr daran denken mag. Seit vielen Jahren befürchte ich, du würdest deinen Fuß nie an diesen Ort setzen, aber ich hätte es besser wissen sollen.« Dunkan Eisenwirker streckte Huma die Hand entgegen, der sie spontan ergriff und erst dann merkte, daß er warmes Metall anfaßte.

Der Schmied bemerkte, wie Huma den künstlichen Arm anstarrte, und grinste. »Wyrmvater hat meinen Arm schon vor Jahren erwischt, als ich noch ein dummer Junge war. Es hat zwar weh getan, aber ich habe den Verlust nie wirklich bereut. Der neue hier ist so praktisch, daß ich mich schon oft gefragt habe, wie es wäre, wenn mein ganzer Körper geschmiedet wäre.« Er schien sekundenlang darüber nachzugrübeln, bevor er merkte, daß er vom Thema abgeschweift war. »Ohne den Silberarm hätte ich natürlich nicht genügend Kraft, um aus dem herrlichen Drachensilber eine Drachenlanze zu schmieden.«

Wieder die Drachenlanze. »Was ist die Drachenlanze? Wenn es das ist, weswegen ich gekommen bin – darf ich sie sehen?«

Eisenwirker riß die Augen auf. »Habe ich sie dir noch nicht gezeigt?« Er schlug sich mit der Hand an die Stirn, ohne den Ruß zu beachten, der an beidem klebte. »Natürlich nicht! Was bin ich durcheinander! Also, los. Komm mit, dann werden wir das Wunder zusammen bestaunen.«

Der Schmied drehte sich um und marschierte in die dunkelsten Tiefen der Kammer. Die vier geisterhaften Gehilfen machten ihrem Meister und dem Ritter Platz. Als Huma sie erreichte, schienen die Helfer in die Dunkelheit geschmolzen zu sein, und das einzige, was er von ihnen sehen konnte, waren vier Augenpaare, die durch ihn hindurch zu sehen schienen.

Einige Schritte vor ihm pfiff Eisenwirker eine Melodie, die entfernt einem solamnischen Marsch ähnelte. Huma wunderte sich, in welchem Verhältnis der Schmied sich wohl zu den Rittern von Solamnia befand und wie lange das schon bestand. Mittlerweile wäre der Ritter nicht mehr überrascht gewesen, wenn er in Burg Vingaard aufgewacht wäre, um festzustellen, daß er alles nur geträumt hatte.

Sie kamen an eine weitere Tür, wo der riesige Schmied stehenblieb und sich Huma zuwendete. »Diese Tür mußt du allein durchschreiten. Ich geh' zurück an meine Arbeit. Jemand anders wird dich nachher nach draußen zu deinen Gefährten führen.«

Gefährten? Woher wußte Dunkan Eisenwirker von Kaz und Magus? »Und die Drachenlanze?«

»Du wirst sie schon erkennen, wenn du sie siehst, kleiner Freund.«

»Wo kann –?« Huma wollte noch etwas fragen, kam jedoch nicht mehr dazu, seinen Satz zu beenden, weil er plötzlich mit der Luft redete. Er sah in die Richtung zurück, aus der sie gekommen waren, doch selbst die Schmiede war nicht mehr zu erkennen. Nur noch Dunkelheit. Huma ging zögernd ein paar Schritte zurück, um dann angeekelt zurückzuzucken, als sein Gesicht mit einem Spinnennetz von enormer Größe Bekanntschaft machte.

Er spuckte das gräßliche Zeug aus und untersuchte das Netz. Es war alt, ein Werk von Generationen. Dicker Staub bedeckte seine Oberfläche. Hier und da umschloß es rostige Ausrüstungsteile, Schwerter, alte Metallteile – Gegenstände, die ihre Schöpfer schon lange vergessen hatten, bevor Huma überhaupt geboren war.

Aber er war gerade erst aus dieser Richtung gekommen.

Ein beunruhigender Gedanke drängte sich ihm auf: Welche Spinne brauchte ein so großes Netz?

Ohne das Netz aus den Augen zu lassen, streckte Huma die Hand nach der Tür aus. Die Klinke war groß und vom Rost rauh. Sie gab erst nach einigem Rütteln langsam nach. Schließlich ging die Tür auf, nicht ohne eine dicke Staubwolke aufzuwirbeln. Langsam und voller Ehrfurcht betrat Huma den Raum mit der Drachenlanze.

Er sah einen heranstürmenden Hengst mit einer Rüstung aus reinstem Platin, der feurig schnaubte, während er durch den Wind galoppierte. Dann sah er den Reiter, einen kühnen, kampfbereiten Ritter, der seine lange Lanze zum Stoß erhoben hatte. Auch der Ritter war in Platin gekleidet, und das Wappen auf seinem Helm zeigte einen majestätischen Drachen. Über der Brust trug er einen Harnisch mit dem Symbol des Triumvirats: Krone, Schwert und Rose.

Hinter dem Visier, das das Gesicht verdeckte, strahlte lebensspendendes Licht, und Huma wußte, daß es Paladin war.

Der kühne Angreifer sprang plötzlich in die Luft, und gewaltige Schwingen wuchsen aus seinen Seiten. Sein Kopf wurde länger, sein Hals krümmte sich und wuchs, doch er verlor nichts von seiner majestätischen Schönheit. Der platingerüstete Hengst verwandelte sich in einen Platindrachen, und gemeinsam trieben Ritter und Drache die Finsternis vor sich mit Hilfe der Lanze zurück... der Drachenlanze. Sie glänzte aus eigener Kraft, und die Finsternis wich vor ihr zurück. Als Werk der Welt und des Himmels bewies sie die wahre Macht des wahrhaft Guten.

Nachdem die Dunkelheit vertrieben war, landete der Drache vor Huma, der vor ihm auf die Knie fiel. Der Ritter löste die Drachenlanze aus ihrer Halterung und hielt sie der sterblichen Gestalt hin. Zögernd erhob sich Huma und trat langsam vor. Er griff zu und nahm die Lanze entgegen. Dann waren Drache und Reiter verschwunden und ließen Huma mit seinem wundersamen Geschenk allein zurück.

Er hielt es in die Höhe und jubelte vor Freude.

Er war schweißgebadet und hatte keine Kraft mehr, doch das störte Huma nicht, denn es war wie die Erschöpfung nach einer glücklichen Ekstase, wenn man das Ziel seiner Wünsche erreicht hatte. In seinem ganzen Leben würde er keinen solchen Freudentaumel mehr erleben.

In reines, weißes Licht getaucht, lag er auf dem Boden des Raumes. Als er auf die Knie kam, starrte Huma in das Licht und war wie erschlagen.

Über ihm stand lebensgroß der Drache. Seine Augen schauten auf den Sterblichen herab, als wäre er gerade erst gelandet. Er war aus reinem Platin, das Werk eines Künstlers mit göttlichen Fähigkeiten. Die Flügel waren ausgebreitet und reichten weit in den Raum hinein. Huma war erstaunt, daß das Metall dieser Belastung standhielt. Jede Schuppe des Drachen, von der kleinsten bis zur größten, war detailgetreu abgebildet. Huma hätte sich nicht gewundert, wenn er geatmet hätte, so echt wirkte er.

Auch der Reiter hätte geradewegs von seinem Himmelsgefährten abspringen können, so wirklich schien er. Wie bei dem Drachen schien auch sein Blick auf Huma zu liegen, selbst wenn man das bei geschlossenem Visier schlecht erkennen konnte. Die Rüstung war ebenso sorgfältig gearbeitet wie die Haut des Drachen. Huma konnte jedes Gelenk, jede Schnalle und sogar die heiligen Gravuren auf dem Brustharnisch erkennen.

Was den Raum erleuchtete, war die Drachenlanze.

Lang und schlank war die Lanze – über fünf Meter lang. Die

Spitze lief so scharf zusammen, daß nichts ihren Stoß aufhalten konnte. Zwei Fuß hinter der Spitze ragten auf beiden Seiten scharfe Widerhaken hervor, damit ein Treffer den Gegner teuer zu stehen käme.

Hinten endete die Lanze mit einem geschickt gearbeiteten Schutzschild, der das schreckliche Gesicht eines angreifenden Drachen zeigte, aus dessen Maul der Schaft wie ein Feuerstrahl hervorschoß. Hinter dem Schild hielt der Arm des Platinritters die Lanze kampfbereit.

Huma fühlte sich unwürdig, die Drachenlanze von dem Ritter anzunehmen, so makellos war sie. Dennoch riß er sich zusammen. Er kletterte hoch, um sie aus der Halterung zu lösen, mit der sie am Sattel befestigt war. Die Halterung drehte sich, wodurch Huma mehr Bewegungsfreiheit bekam, doch er wußte nicht recht, wie er die Hand des Platinritters von der Waffe lösen sollte. Als er die Finger berührte, schienen sie sich freiwillig zu öffnen, und die Lanze fiel Huma regelrecht in die Arme.

Die Drachenlanze war schwer, doch das kümmerte Huma nicht. Er war überwältigt, daß ausgerechnet ihm so etwas passiert war – ihm, dem Einfachsten aller Ritter. Daß Paladin ihn damit segnete, war ein Wunder für sich, und als er die Lanze auf den Boden gelegt hatte, sank er für ein Dankgebet auf die Knie. Die Drachenlanze schien noch heller zu leuchten.

Als seine anfängliche Ehrfurcht endlich verflogen war, bemerkte er die anderen Lanzen an den Wänden um ihn herum. Es verdutzte ihn, daß er sie irgendwie übersehen hatte, doch er dankte Paladin wiederum, daß er die Dinge vorhergesehen hatte, denn eine Lanze allein würde sicher nicht reichen. Er zählte insgesamt zwanzig, neunzehn wie seine eigene und eine kleinere, die nicht weniger herrlich war und wohl für Fußsoldaten gedacht war.

Stück für Stück holte er die Lanzen aus ihren Halterungen, wobei er jede mit Ehrfurcht behandelte. Das waren die Werkzeuge, mit denen Krynn von der Drachenkönigin befreit werden sollte. Es würde unzählige Freiwillige geben.

Komischerweise schien es keinen anderen Ausgang zu geben als die Tür, durch die er eingetreten war. Huma fragte sich, wie er die Lanzen aus dem Berg und nach Solamnia bringen sollte. War er so weit gekommen, um dann an einer solchen Kleinigkeit zu scheitern?

Als er sich in der Kammer umsah, fielen seine Augen auf die Gestalt des Ritters, der etwas seitwärts und nach oben blickte, als ob er in einer entfernten Ecke an der Decke etwas suchen würde. Huma drehte sich unwillkürlich um und schaute in dieselbe Richtung.

Zuerst entdeckte er nichts. Doch dann erkannte Huma die fast unsichtbaren Umrisse einer Falltür. Als er hinüber hastete, um die Entdeckung zu untersuchen, fand der Ritter Tritte und Griffe in der Wand unter der Falltür. Es waren einfache Vertiefungen, die man erst sehen konnte, wenn man genau davor stand.

Huma blickte besorgt zu den Lanzen hinüber, die er zusammengetragen hatte. Er ließ sie nur schweren Herzens zurück, aber er wußte, daß er für jede einzelne Hilfe brauchte, wenn er sie aus der Höhle schaffen wollte. Er brauchte Kaz und Magus.

Voller Elan begann er zu klettern. Es war nicht so schwer, wie er erwartet hatte, und bald war er an der Decke. Es erwies sich jedoch als schwierig, die Tür zu öffnen, denn Huma mußte sich gefährlich weit zurücklehnen, um ordentlich drücken zu können. Die Muskeln in der Hand, die ihn vor dem tödlichen Sturz bewahrte, verkrampften sich. Huma hatte seine Handschuhe ausziehen müssen, um besser klettern zu können, und bezahlte jetzt dafür, weil es ihm langsam die Haut von den Fingerspitzen riß.

Als die Tür endlich offen war, seufzte er erleichtert. Wer auch immer diese Tür gebaut hatte, er hatte es besonders schwierig gemacht. Huma bezweifelte, daß er die Gründe dafür erraten konnte. Aber was zählte, war der Weg nach draußen.

Er griff nach oben und fühlte einen kühlen Windhauch über seine Finger streichen. Beim Umhertasten fühlte er, daß etwas Weiches, vielleicht Schnee, den Boden bedeckte. Huma zog sich hoch, indem er beide Seiten des Loches packte.

Draußen war hellichter Tag. Kein Regen. Keine Wolkendecke. Die Sonne schien auf die Berge, und Huma blieb halb im Loch, um sich zuerst an dem Anblick sattzusehen. Wie lange war es her, seit er die Sonne gesehen hatte? Huma konnte sich nicht mehr erinnern. Es war ein herrlicher Anblick und vielleicht ein Zeichen, daß das Schicksal sich gewendet hatte.

Tatsächlich bedeckte eine dünne Schneedecke den Boden. Es gab keine Spuren im Schnee, so daß er allein sein mußte, wenn nicht gerade etwas über ihm flog. Der Himmel war jedoch klar. Klar und blau. Huma hatte fast vergessen, daß der Himmel eigentlich blau war.

Er zog sich aus dem unscheinbaren Loch und prägte sich den Ort dann sorgfältig ein. Der Ritter bemerkte einen großen Stein in der Nähe, den er als Markierung neben das Loch wälzte.

»Ich hatte gehofft, daß du es schaffen würdest. Ich habe darum *gebetet.* Wenn du es nicht geschafft hättest, weiß ich nicht, was ich getan hätte.«

»Gwyneth!«

Sie trug einen einfachen, silbrigen Umhang. Ihr Haar hing wallend herunter. Jene junge Frau, die sich um seine Genesung gekümmert hatte, hatte keine Ähnlichkeit mit dieser würdevollen – Priesterin? Welche Rolle spielte sie bei der ganzen Geschichte?

»Ich habe es wirklich geschafft, Gwyneth! Gleich unter deinen Füßen liegen die Waffen, die diese Welt von der Drachenkönigin befreien werden!«

Sie lächelte angesichts seiner Überschwenglichkeit und ging auf ihn zu. Ihre Füße schienen den verschneiten Untergrund kaum zu berühren. Huma bemerkte, daß sie keinerlei Spuren hinterließ.

»Erzähl mir davon.«

Er versuchte es, doch die Worte, die aus seinem Mund strömten, waren zu schwach, zu verworren, zu einfach für das, was er beschreiben wollte. Es klang alles so unglaublich, was er Gwyneth von seinen Aufgaben erzählte. Hatte er das wirklich alles erlebt? Wie war der alte Unhold namens Wyrmvater zu dem glänzenden Metallklotz geworden, der viele Male größer war als der Ritter? War die Vision in der Lanzenkammer real gewesen oder nur ein Produkt seiner Phantasie?

Gwyneth hörte mit unbewegter Miene zu. In ihren Augen lag etwas Unergründliches. Als er fertig war, nickte sie weise und sagte: »Beim ersten Mal, als ich dich traf, sah ich deine Größe. In dir fand ich, was so viele andere vor dir nicht besaßen. Du sorgst dich von ganzem Herzen um das Leben auf Krynn. Deshalb haben die anderen versagt: Sie sorgen sich auch, doch an erster Stelle stehen ihre persönlichen Ziele.«

Huma hielt sie an den Armen fest. »Wirst du jetzt genauso verschwinden wie der graue Mann und der Schmied?«

»Das werde ich – für eine Zeitlang. Du mußt deine Gefährten suchen. Wenn du zurückkehrst, wird jemand anderes auf dich warten. Jemand, den du bereits kennst und der dir in der kommenden Zeit beistehen wird.«

»Und Kaz und Magus?«

»Sind ganz nah.« Sie lächelte. »Ich staune, daß die beiden einander so lange ertragen haben.«

»Ich muß sie suchen«, beschloß Huma plötzlich. Es gab viel zu tun. Er verließ Gwyneth nur sehr ungern, auch wenn sie sich wiedersehen würden. Oder nicht?

Ein verlegener Ausdruck trat in ihre Augen, und sie wand sich aus seinem Griff. Sie lächelte noch immer, doch es ließ nach. Jetzt war es eher maskenhaft. »Deine Freunde sind dort.« Sie zeigte nach Osten. »Du gehst jetzt besser zu ihnen. Sie machen sich schon Sorgen um dich.«

Sie drehte sich um und lief schnell und leichtfüßig davon. Huma wäre ihr am liebsten gefolgt, doch er machte sich zu viel aus ihr, um ihre Wünsche nicht zu respektieren. Daß er sie vielleicht nie wiedersehen würde, quälte ihn, doch er mußte sie gehen lassen.

Huma machte sich über den weichen Schnee nach Osten auf. Er stellte fest, daß die Wolkendecke sich nicht verzogen hatte, sondern daß sie nur diesem Gipfel ausgewichen war.

Er war erst zehn Minuten gelaufen, als er eine Stimme vernahm. Da gab es keinen Irrtum: Es war der wütende Kaz. Der Ritter legte einen Schritt zu. Nur eine Person konnte den Minotaurus derart aufregen.

»Wenn ich nur getan hätte, was ich wollte, und dein erbärmliches Leben auf der Stelle beendet hätte. Du hast keine Ehre im Leib und kein Gewissen.« Der Minotaurus hatte sich hoch aufgerichtet. Seine Fäuste verliehen seinen Worten Nachdruck, indem sie die Luft bearbeiteten, als wenn sie das Ziel seiner Vorwürfe wäre.

Magus saß merkwürdig still auf einem großen Stein. Er hatte seinen Kopf in die Hände gestützt und rührte sich nicht, während der Minotaurus ihn beschimpfte. Huma ging langsam auf die beiden zu.

Es war Magus, der sein Kommen als erster spürte. Das Gesicht des Zauberers war blaß und verhärmt, sein Haar stand wild vom Kopf ab. Seine Augen waren tief in ihren Höhlen versunken. Sie weiteten sich, als er den Kopf hob und sein benommener Verstand die Gestalt seines einzigen Freundes erkannte.

»Huma!«

»Was?« Bei Magus' Ruf fuhr Kaz herum. Er folgte dem Blick des Zauberkundigen. Die Wut in seinen Augen verschwand, und ein breites Grinsen legte sich über das Stiergesicht. Jeglicher Zorn war vorerst verflogen. »Huma!«

Als der Minotaurus vorwärts rannte, schien Magus sich einzuigeln. Er schaut mitleidig in Humas Richtung, schloß sich jedoch Kaz nicht an, um den verlorenen Gefährten zu begrüßen.

Der Minotaurus zerquetschte Huma beinahe mit seiner Umarmung. Kaz sah mit strahlendem Lächeln auf ihn herunter, dann hob er den fassungslosen Ritter plötzlich hoch und wirbelte ihn herum. In den Händen des riesigen Tiermenschen kam sich Huma vor wie ein Kind.

»Wo warst du denn? Ich habe dich gesucht, aber ich konnte dich nicht finden. Ich habe immer wieder gesucht und gerufen, aber nur der Wind und dieses schreckliche Wesen haben geantwortet. Sarg... Götter! Irgendwann dachte ich, du müßtest tot sein.« Er setzte Huma ab. Kaz drehte sich zu Magus um, der zurückwich, als hätte man ihn geschlagen. »Als ich *dem da* erzählt habe, was passiert war, hat er als erstes einen richtigen Freudenschrei ausgestoßen.«

»WAS?« Huma starrte Magus an. Sein Jugendfreund wich dem Blick aus.

Kaz zeigte mit dem Finger auf den Ritter. »Weißt du, warum

du ihm so wichtig warst? Nicht aus Freundschaft. Nicht wegen deiner Fähigkeiten. Seine verrückte Vision hat ihn davon überzeugt, daß hier in der Gegend irgendwo ein Geschenk von Paladin liegt, aber daß er bei dem Versuch, es zu holen, sterben würde. Deshalb wollte er dich an seiner Stelle schicken. *Du* solltest die Gefahren auf dich nehmen, die ihn getötet hätten! Dein Leben war nicht so wichtig!« Der wütende Krieger lachte kalt. »Kannst du das begreifen? Er behauptet, ein Ritter in sonnenstrahlender Rüstung würde ihn mit einer Lanze von unermeßlicher Macht durchbohren – hast du jemals so einen Blödsinn gehört?

Als er dich für tot hielt, glaubte er, die Vision wäre für immer verändert. Er glaubte fest daran, daß er das große Geheimnis sofort entdecken würde und es dann im Andenken an dich und zu seinem Ruhm benutzen könnte.«

Kaz hielt inne, um Luft zu holen. Diesen Augenblick nutzte Huma, um Magus zu stellen. Der Zauberer sah ihn fast ängstlich an und wich zurück. Huma streckte die Hand aus, doch Magus wollte sie nicht nehmen.

Der Minotaurus tauchte hinter Huma auf. »Als wir weder Pfad noch Höhle fanden, brach er allmählich zusammen. Ich hätte nie gedacht, daß er ein schlechtes Gewissen haben könnte. Ich schätze, daß ich da etwas nachgeholfen habe. Ich habe ihn nämlich Tag und Nacht daran erinnert, was er getan hat. Wie du ihn für einen guten Freund gehalten hast.«

Huma beugte sich vor. Mit leiser Stimme sagte er: »Magus. Hab keine Angst. Ich hasse dich nicht für das, was du getan hast. Du warst nicht du; das warst du nie.«

Der Schatten des Minotaurus fiel über die beiden. Magus drehte sich weg.

»Was redest du da, Huma?« wollte der Minotaurus wissen.

»Der da hat dich verraten, hat schon geplant, dich zu verraten, bevor wir beide uns überhaupt getroffen haben. Und nur wegen so einer dummen, blödsinnigen Wahnidee!«

»Du warst nicht dabei!« fuhr Huma ihn an. »Ich habe davon gehört, wie echt die Prüfungen sind. Manchmal passieren sie nur im Kopf; manchmal finden sie tatsächlich statt. In jedem Fall kann der geprüfte Zauberer sterben.«

»Magus«, flüsterte Huma seinem von Reue geplagten Freund zu. Der Zauberkundige schien am Rande des Zusammenbruchs zu stehen. Es war ihm wahrscheinlich so vorgekommen, als ob der Geist des Ritters zurückgekehrt war, um den zu verfolgen, der ihn verraten hatte. »Magus. Vergiß die Vision. Du hattest recht mit dem Berg. Ich habe gefunden, wonach wir gesucht haben.«

Die Augen des Zauberers wurden groß, um sich dann wieder zu verengen. Er begann sich zu beruhigen. »Du hast es gefunden?«

»Ja. Ich habe mich den Prüfungen des Berges gestellt und sie bestanden.«

»Wovon redest du da?« schnaubte Kaz. »Was für Prüfungen?«

Huma erzählte kurz, was sich im Berg abgespielt hatte. Bei der Geschichte von Wyrmvater flackerte ein seltsames Licht in Magus' Augen auf, der stammelnd bekannte, daß er vor Jahren die Herkunft der kleinen Statue zurückverfolgt hatte, ohne jedoch mehr als ein paar Bruchstücke von Legenden in Erfahrung zu bringen. Rennards Verrat erschütterte beide Zuhörer. Magus war mit Huma aufgewachsen und hatte sich oft gefragt, wer wohl der Vater des Ritters sein mochte.

»Bei fünfundzwanzig Generationen meiner Vorfahren! Wenn ich nur hätte dabei sein können, als du mit dem Vater aller Drachen gekämpft hast. So ein Kampf, und ich mußte ihn verpassen.« Der Minotaurus schüttelte den Kopf.

Der Ritter verzog das Gesicht. »Es war mehr ein Kampf auf Leben und Tod als alles andere. Und ich hatte viel Glück dabei.«

»Das finde ich nicht. Ich glaube nicht, daß Glück bei diesen Prüfungen eine Rolle spielt. Wie viele hätten so gehandelt wie du? Wie viele wären davongerannt oder hätten zitternd vor dem Drachen gestanden? Viele Minotauren hätten die ganze Sache für Wahnsinn gehalten.«

Magus zupfte Huma am Arm wie ein kleines Kind. »Die Drachenlanze? Hast du sie dabei? Ich muß sie sehen!«

Eine dicke, geballte Faust erschien vor dem Gesicht des Magiers. »Du wirst überhaupt nichts sehen!«

Huma nahm den Zorn des Minotaurus in Kauf, als er dessen Faust nach unten stieß. Kaz funkelte Huma an, riß sich dann aber zusammen.

»Dazu brauche ich eure Hilfe«, erklärte Huma den beiden. »Vielleicht wartet noch jemand darauf, uns zu helfen, aber ich brauche euch jetzt, um die Lanzen aus der Höhle zu ziehen. Bis auf eine sind alle mehr als doppelt so lang wie du, Kaz. Das wird schwierig.«

»Wir schaffen das schon, und dieser Wurm da wird uns helfen.«

Magus wurde blaß, aber er stand seinen Mann. »Ich tue genauso viel wie du – wahrscheinlich sogar mehr.«

Der Wind peitschte dem Minotaurus seine Mähne ins Gesicht, was ihm ein besonders wildes Aussehen verlieh. »Das werden wir ja sehen, Zauberer.«

»Schluß jetzt!« schrie Huma. Wenn nötig, würde er die Lanzen alleine herausholen. »Wenn ihr mitkommen wollt, dann kommt. Von mir aus könnt ihr auch hierbleiben und euch streiten, bis ihr eingeschneit seid!«

Er stapfte davon. Einen Augenblick später folgten ihm die anderen ohne weiteren Kommentar.

Er hatte den Ort so gut wie möglich markiert. Der Stein lag noch da, wo er ihn hinterlassen hatte. Er machte einen Schritt darüber und griff nach unten. Kaz und Magus sahen neugierig zu, besonders als Humas Hand nur auf harte Erde stieß und nicht das fand, was da sein sollte.

»Was ist los?« fragte Kaz.

»Ich kann es nicht finden! Ich kann es nicht *finden!*«

Die anderen gingen ebenfalls auf die Knie und begannen, den Boden abzusuchen.

»Ihr braucht nicht weiter zu suchen«, sagte eine Stimme. »Die Drachenlanzen sind in Sicherheit und erwarten ihre Reise in die Welt!«

Die Stimme kam von oben. Kräftiger Wind beutelte die drei und zwang sie, zurückzuweichen. Die Stimme entschuldigte sich, und die großen Flügel schlugen langsamer, als der majestätische Drache auf einem nahen Felsvorsprung landete.

»Ich habe den Ruf vernommen«, sagte eben jener Silberdrache, der Huma und Kaz vor so langer Zeit beigestanden hatte. »Die Lanzen sind bereit und erwarten uns an einem sicheren Ort.« Die Drachendame schaute den Ritter an. »Über den nächsten Schritt mußt du entscheiden, Huma.«

Kapitel 6

Du? Hat Gwyneth dich geschickt?«

Der Silberdrache nickte. »Ich bin hier vor langer Zeit geboren und komme gelegentlich wieder hier vorbei. Es gehört zu meinen Pflichten und zu meinem Schicksal, hier Wache zu stehen und auf den Tag zu warten, an dem die Drachenlanzen der Welt enthüllt werden.«

»Wie habt ihr euch gegen die Finsternis verteidigen können?« fragte Huma. Er erinnerte sich daran, wie die Drachen darauf gewartet hatten, daß die magische Dunkelheit sie verschlingen würde. Damals hatte er sich gefragt, ob sie leben oder sterben würden.

»Wir wurden besiegt.« Es lag eine sehr menschliche Bitterkeit in der Drachenstimme. »Das war mehr als das Werk der Abtrünnigen. Wir konnten die Gegenwart der Schwarzen Roben fühlen, auch wenn sie sich komischerweise nur ungern hineinziehen ließen. Und dann war da noch etwas. Etwas so Böses, daß zwei von uns nur deswegen auf der Stelle starben. Wir schöpften Verdacht, und als wir verloren hatten, wußten wir Alten Bescheid.« Das Drachenweibchen zögerte. »Takhisis selbst ist auf Krynn.«

Das verschlug allen die Sprache. Der Mund des Minotaurus bewegte sich, brachte jedoch keinen Laut hervor. Magus schüttelte bloß den Kopf, als ob er es so abstreiten könnte. Huma stand einfach da, während sein versteinerter Gesichtsausdruck die Angst und Sorge verbarg, die in ihm brannten. Die Königin der Finsternis auf Krynn – nun war wohl alle Hoffnung dahin.

Oder nicht? Augenblicklich erinnerte sich Huma an die Vision von dem Platinritter, der die Finsternis mit der Herrlichkeit der Lanze besiegt hatte.

Er schnitt jeden weiteren Kommentar mit der Bemerkung ab: »Das will nichts heißen. Wir haben die Drachenlanzen. Noch gibt es Hoffnung.«

Kaz schüttelte den Kopf, während Magus einfach jedes Wort in sich hineinsog. Der Drache schaute zufrieden drein. Ihn schien Humas Reaktion sehr zu freuen.

Wieder kam Wind auf, und weder Huma noch seine Gefährten hatten große Lust, länger als nötig in den Bergen zu bleiben. Sie brauchten Schlaf und etwas zu essen.

Huma fragte den Silberdrachen: »Wo sind die Lanzen?«

»Die sind weiter unten bei euren Pferden. Ich könnte vielleicht alle tragen, aber dann könnte ich kaum noch manövrieren, geschweige denn hoch fliegen. Es wäre am besten, wenn ich unbelastet bleibe. Falls wir unterwegs angegriffen werden.«

Huma kam eine Idee. Der Ritter wandte sich an seine Gefährten. »Kaz, Magus, ihr nehmt die Pferde. Ich möchte mich darauf verlassen können, daß ihr beide zusammenhaltet. Geht das?«

Kaz blitzte den Magier an, der – nachdem die Schuld von ihm genommen war – rasch wieder zu seiner früheren Arroganz zurückgefunden hatte und deshalb den Blick mit gleicher Abneigung zurückgab. Sie würden jedoch zusammenarbeiten, weil diese Angelegenheit weit wichtiger war als ihr Stolz. Zufrieden fuhr Huma fort.

»Auf der Drachenstatue in der Lanzenkammer war ein Sattel«, berichtete er dem Drachen. »Damit konnte der Reiter seine Waffe ausrichten. Ich würde gern so einen Sattel herstellen. Wenn du gestattest, könnte ich dann mit angelegter Drachenlanze auf deinem Rücken reiten, falls wir angegriffen werden.«

Der Drache hob den Kopf und schien nachzudenken. Schließlich nickte die silberne Drachendame. »Eine ausgezeichnete Idee. Ich muß euch nämlich noch sagen, daß ich bei meiner Ankunft in den Bergen einen Schreckenswolf von Galan Drakos fand. Ich habe ihn sofort zerquetscht, aber ihr könnt darauf vertrauen, daß Galan Drakos seinen Lakaien, den Kriegsherrn Crynus, ausschicken wird, damit der euch auflauert.« Sie fuhr ihre langen Krallen aus. »Ich hätte nichts gegen eine zweite Begegnung mit dieser Mißgeburt namens Charr. Zu viele der Meinen sind diesem schwarzen Drachen und seinem kriegslüsternen Herrn zum Opfer gefallen.«

Daraufhin breitete der Silberdrache seine Flügel aus, erhob

sich so rasch und sanft wie möglich in die Lüfte und kam dann wieder so tief herunter, daß er fast auf Augenhöhe mit den dreien war. »Steigt auf. Ich fliege euch zu den Lanzen. Macht euch aber auf einige Kurven gefaßt. Der Wind in den Bergen kann tückisch sein.«

Als sie sicher auf ihrem Rücken saßen, breitete die Riesin ihre Flügel aus und schraubte sich in den Himmel. Zuerst sah es für die Reiter aus, als käme die Erde dort unten ihnen wieder entgegen, doch dann zog sie sich wieder zurück, als der Silberdrache höher hinauf stieg, bis er bequem sein Gleichgewicht halten konnte.

Huma betrachtete den Berg, den sie hinter sich ließen. So vieles war ihm hier begegnet, das er nie ganz verstehen würde. Er war noch nicht einmal bis zum Gipfel gelangt, wie er anfangs geglaubt hatte. Wenigstens ein Viertel des Bergriesen ragte noch über ihnen auf.

Unten verhüllten die Wolken das Land. Als sie die neblige Decke über Ansalon durchbrachen, erschauerte Huma und betete, daß er den Aufgaben gewachsen sein würde, die noch vor ihm lagen.

»Da.« Der Silberdrache deutete auf einen Punkt an der Südflanke des Berges. Huma schaute nach unten, wo die Pferde und ein Wagen warteten. Der Silberdrache hatte gut für die schwierige Reise vorgesorgt.

Erst nachdem sie gelandet waren, widersprach Kaz: »Du kannst von solchen Pferden nicht erwarten, daß sie einen Karren ziehen! Sie sind für solche Arbeit nicht abgerichtet. Das sind Streitrösser, keine Lastesel.«

»Sie werden tun, was sie können«, entgegnete das majestätische Tier.

Huma hatte mittlerweile damit begonnen, seine Idee in die Tat umzusetzen. Er hatte seinem Pferd den Sattel abgenommen und schnitt diesen mit einem von Kaz geliehenen Dolch – sein eigener ruhte immer noch irgendwo im Berg – an beiden Seiten auf, damit er besser auf den Rücken des Drachen paßte, der viel breiter war als jeder Pferderücken. Da die Gurte nicht um den Drachenleib herum reichen würden, mußte Huma ein Seil verwenden. Zum Glück war Drachenhaut viel dicker als die von Pferden. Die rauhen Gurte würden die Drachendame weder stören noch behindern.

Bezüglich der Halterung, in der die Lanze liegen sollte, war wenig zu machen. Huma konnte eigentlich nur den Sattelknauf einkerben, damit die Lanze wenigstens eine Auflage hatte. Dann band er die Drachenlanze an der Seite fest und überprüfte die Konstruktion auf ihre Haltbarkeit. Huma stellte fest, daß er nach links einigermaßen Spielraum hatte, nicht jedoch nach rechts. Als er sicher war, daß es funktionieren würde, nahm Huma die Lanze ab und zeigte dem silbernen Drachen, was er gebaut hatte. Dieser sah den Sattel zweifelnd an, akzeptierte den Aufbau jedoch.

»Der Sattel, den ich gesehen habe«, erklärte der Ritter, »sah fast genauso aus wie ein Sattel für Pferde. Er muß nur breiter sein, weil er von einem Drachen getragen wird. Der eigentliche Unterschied liegt in der Halterung für die Drachenlanze. Die auf der Drachenstatue drehte sich, als ich die Lanze abnahm. Doch dazu brauche ich mehr Material und mehr Zeit.« Huma betrachtete sein Werk stirnrunzelnd. »Im Prinzip habe ich nur sehr wenig zustande gebracht.«

»Es wird schon gehen«, erwiderte das geflügelte Wesen.

Während Huma mit dem Sattel beschäftigt war, untersuchte Magus den Karren. Er hatte nicht gerade große Lust, die Lanzen den ganzen Weg bis nach Burg Vingaard im Wagen zu transportieren – falls die solamnische Burg noch stand –, und er teilte den anderen seine Zweifel auch mit.

»Das ist alles nicht nötig. Ich kann die Lanzen wirklich im Nu hinbringen.« Der Zauberkundige hob die Hände und begann zu murmeln.

Huma ließ den Sattel fallen, als er erkannte, was da vorging. »Magus, nicht!«

Es war zu spät. Der Zauberer vollendete seinen Spruch – und nichts geschah, außer daß die Drachenlanzen noch etwas heller zu strahlen schienen. Magus sah seine Hände an, als wären die irgendwie für sein Versagen verantwortlich.

Kaz stieß ein meckerndes Gelächter aus.

»Mach das nie wieder!« Huma brüllte richtig. »Du hast Glück gehabt; die Drachenlanzen sind gegen deine Magie gefeit. Wer weiß, was passiert wäre, wenn du einen mächtigeren Spruch probiert hättest.«

Kurz danach schnallte er dem Drachen den Sattel auf. Er paßte – gerade so eben. Die Schnitte, die Huma in die Seiten des Sattels gesetzt hatte, machten ihn flacher. Die Seile waren fest gespannt, schnürten den Drachen aber nicht unbequem sein. Als er fertig war, suchte der Ritter die Originallanze zwischen den anderen heraus und befestigte sie mit Kaz' Hilfe lose an der linken Seite des Sattelknaufs.

Sie entschieden sich dafür, daß Magus den Wagen lenken sollte, während Kaz ihn auf dem dritten Pferd eskortierte. Huma und der Drache würden über ihnen als Kundschafter und Beschützer dienen.

Huma verharrte einen Moment lang, bevor er auf den Drachen kletterte, und starrte zum Gipfel hoch. »Und Gwyneth? Was ist mit ihr?«

Die silberne Drachin wandte ihm den Kopf zu und sah ihn neugierig an. »Ist sie dir wichtig?«

Obwohl er sich seiner Gefühle nicht sicher war, nickte Huma. »Auch wenn es nur kurz war, kommt es mir so vor, als hätte ich noch nie jemanden so gut gekannt. Kommt sie nicht mit?«

Die Drachendame setzte zum Sprechen an, hielt inne und änderte dann offensichtlich ihre Meinung über das, was sie hatte sagen wollen. »Sie hat noch etwas zu erledigen. Wahrscheinlich wirst du sie wiedersehen, wenn du es am wenigsten erwartest.«

Das war nicht gerade das, was Huma hatte hören wollen, aber die Ritterschaft brauchte diese Lanzen. Sie hatten keine Zeit mehr zu verlieren.

»Vielleicht treffen wir unterwegs noch andere Drachen«, bemerkte der Drache. »Dann können wir alles im Flug transportieren und viel Zeit sparen.«

Huma setzte sich zurecht. Er überprüfte die Drachenlanze. Sie lag gut in seiner Hand. »Laßt uns aufbrechen.«

Eine einsame Gestalt auf einem Streitroß erwartete sie, als sie die Bergkette hinter sich ließen. Von weitem war unmöglich zu erkennen, ob es Freund oder Feind war, so daß Huma auf dem Rücken des Silberdrachen und hoch über seinen Gefährten und dicht über den Bäumen vorauseilte, um zu kundschaften. Auf halbem Weg sah er die Gestalt eine Hand heben und hörte sie etwas rufen. Kurz darauf dämmerte es Huma.

Buoron sah staunend, wie der Drache vor ihm aufsetzte. Er sah den Ritter mit der angelegten, strahlenden Lanze auf dem Rücken des riesigen Geschöpfs thronen.

»Huma?«

»Buoron.« Huma stieg nicht ab. »Warum bist du noch da? Ist im Fort etwas passiert?«

Der bärtige Ritter schüttelte den Kopf. »Nein ... ich fand nur, daß für alle Fälle jemand hier warten sollte.«

Die Treue des anderen Ritters rührte Huma. »Ich weiß deine Standhaftigkeit zu schätzen, mein Freund. Wir sind auf dem Rückweg nach Solamnia. Ich fürchte, wir haben zwar keine Zeit, um im Fort haltzumachen, aber wir können wohl nicht anders, denn wir brauchen Proviant.«

»Das ist nicht nötig.« Buoron zeigte auf mehrere große, schwere Säcke an seinem Sattel. »Bei vier Leuten reicht das für eine Woche. Die Pferde können grasen; es gibt reichlich Weideland. Wasser ist auch kein Problem. Ich kann euch jede Menge Flüsse zeigen.«

Huma kniff die Augen zusammen. »Du klingst, als wolltest du uns begleiten. Die Idee gefällt mir, aber das können wir nicht von dir verlangen.«

Buoron lächelte. »Ich habe von Taggin die Erlaubnis, mit euch nach Solamnia zurückzukehren. Er findet, daß wir einen Bericht über die Pläne des Hauptquartiers brauchen, und möchte erfahren, ob wir für Großmeister Trake etwas tun können.«

»Trake ist tot. Jetzt ist Oswal Großmeister.«

»Wann ist das passiert?«

Huma machte den Mund auf, überlegte dann aber noch einmal. Er war selbst noch immer nicht davon überzeugt, daß das alles Wirklichkeit war. »Erklärungen später. Wenn du dich uns anschließen willst, werden meine Gefährten wohl kaum etwas dagegen haben.«

Der andere Ritter verzog das Gesicht. »Der Minotaurus – und der Zauberer?«

»Sie helfen beide mit.«

In diesem Moment kamen Kaz und Magus an. Huma informierte sie darüber, daß der andere Ritter sich ihnen schließen würde. Der Minotaurus begrüßte ihn als ebenbürtigen Krieger, während Magus ihn als überflüssiges Anhängsel zu betrachten schien.

An diesem Tag kamen sie nicht mehr weit. Auch wenn die Streitrösser als Zugtiere hervorragend durchhielten, wurden sie doch bald müde. Irgendwann landeten Huma und der Silberdrache, und die Gruppe schlug ihr Lager auf.

Als sie sich eingerichtet hatten, hob Huma erschreckt den Kopf. In der Ferne hatte er etwas gehört. Er hielt Buoron fest und fragte: »Sag mal, gibt es hier in der Gegend Wölfe?«

Buoron zuckte mit den Schultern. »Reichlich. Außer uns gibt es hier nur Wildnis – soweit wir wissen. Ich schätze mal, daß die Elfen da anderer Meinung wären. Warum?«

Huma schüttelte müde den Kopf. »Ach nichts. Nur die Nerven.«

Mit Kaz und Buoron zu beiden Seiten des Wagens brach die Gruppe am nächsten Tag wieder auf. Der Silberdrache schwang sich hoch in die Luft. Im Moment sollte jedoch Buoron die Führung übernehmen, da er mit dem Gelände besser vertraut war.

Sie erreichten die Wälder, und Huma wurde nervös. Von oben war es oft unmöglich, zu sehen, was sich unter den Baumwipfeln verbarg. Und wegen der Lanzen mußten seine Gefährten da unten auch noch den wenigen Wegen folgen, die durch die Wälder führten.

Huma war so darum besorgt, mit seinen Freunden Sichtkontakt zu halten, daß er seine eigene Sicherheit vernachlässigte. Auch der Silberdrache bemerkte den Angriff von oben erst im letzten Moment.

Huma hielt sich am Sattel fest, als ellenlange Krallen ihn um ein Haar vom Rücken seines großen Gefährten gerissen hätten.

Ein schriller Schrei gellte wie eine tödliche Drohung durch die Luft. Ein großer, roter Drache nahm Huma vorübergehend die Sicht, bevor sein silberner noch tiefer über die Baumkronen abtauchte. Es waren zwei Drachen, beide karmesinrot.

Seine silberne Gefährtin zögerte nicht, als Huma seine Befehle rief. Sie wendete und stieg so schnell wie möglich zu ihren Angreifern auf. Huma hatte die Drachenlanze angelegt.

Beide Tiere trugen Reiter, und der Ritter registrierte kurz, daß sie das Ebenholz der Schwarzen Garde trugen. Dann stürzten sich die beiden roten Drachen auf sie.

Huma klopfte dem Silberdrachen auf die linke Schulter, und dieser warf sich sofort herum, um den vorderen der beiden roten Drachen anzugreifen.

Die Lanze bohrte sich so schnell und so plötzlich in das furchtbare Untier, daß der Silberdrache fast mit ihm zur Erde gerissen worden wäre, weil er nicht schnell genug zurückweichen konnte. Der Reiter des toten Drachen konnte gerade noch einen Schlag gegen Huma ausführen, dann klammerte er sich verzweifelt an seinem toten Tier fest, als die Lanze herausgezogen wurde und Mensch und Drache in den Wald stürzten.

Der zweite Drache, der den kurzen Kampf von oben gesehen hatte, stieß herunter und versuchte, Reiter und Lanze vom Rücken des Silberdrachen zu reißen. Dieser jedoch erhöhte zur Sicherheit seine Geschwindigkeit. Anstatt auf seinem Opfer zu landen, flatterte der rote Drache verwirrt wenige Längen vor seinen Gegnern in der Luft.

Der Reiter des Roten brüllte etwas. Der feindliche Drache versuchte, tiefer zu kommen, doch er zögerte einen Moment zu lange. Leider erwischte die Lanze nur die Außenhaut. Der Silberdrache jedoch zerfetzte im Vorbeiflug die linke Schwinge seines bösen Gegners.

Der Reiter des roten Drachen drehte sich um und attackierte den Silberdrachen mit einem Breitschwert. Ein gutgezielter Schlag traf ihn über die Schnauze. Das Schwert schlug eine tiefe Wunde. Die Schwarzen Garden waren weniger hilflos, als Huma und sein Drache gedacht hatten.

Der Rote taumelte davon, weil sein Flügel erheblich verwundet war. Doch er schlug nur einen engen, schnellen Bogen, um dann wieder anzugreifen.

In diesem Augenblick brachen zwei weitere Drachen durch die Wolkendecke. Einer war rot; der andere war gewaltig, viel größer als die Roten – und kohlrabenschwarz.

Der Schwarze brüllte wütend, was nicht Huma und seiner Freundin zugedacht war, sondern dem verwundeten roten Drachen. Der Rote mißachtete den Schrei, zu sehr war er darauf versessen, sich zu rächen.

Zur allgemeinen Überraschung stieß der schwarze Drache – es war tatsächlich Charr, wie Huma jetzt erkannte – eine schreckliche, flüssige Wolke aus. Der Reiter des Roten drehte sich gerade rechtzeitig um, um sie kommen zu sehen.

Die Flüssigkeit umschloß Reiter und Drachen. Sie gingen in einer riesigen Stichflamme auf, die Huma erschreckt aufkeuchen ließ. Säure. Charrs eigenes Verlangen nach Rache war so groß, daß er die beiden vernichtet hatte. Er wollte den Silberdrachen und den Ritter für sich selbst, denn sie hatten ihn und seinen Herrn verwundet. Die Überbleibsel des roten Drachen und seines Reiters fielen zur Erde.

Der einzelne Rote und sein Reiter hielten sich im Hintergrund, während Charr und die große Gestalt auf seinem Rükken – der Kriegsherr Crynus – die beiden stellten, die sie gedemütigt hatten. Dieses Mal würde der Kampf erst enden, wenn einer von beiden tot war, soviel war Huma klar.

Huma wagte einen Blick nach unten. Wie befürchtet, hielten schwarz gerüstete Gestalten einige Waldlichtungen besetzt. Weitere Schwarze Garden. Vom Karren oder von seinen Freunden war nichts zu sehen, so daß er nur beten konnte, daß sie lange genug durchhalten konnten. Huma hatte mit sich selbst schon ausreichend zu tun.

Als hätte er den Gedanken gelesen, schoß Charr auf sie herunter.

»Mach dich bereit, Huma«, rief der Silberdrache. »Ich habe ein paar Tricks auf Lager, die ich vielleicht anwenden kann, aber die Drachenlanze ist unsere größte Hoffnung, dieses Scheusal endlich zu erledigen.«

Die beiden Drachen kämpften um die höhere Position. Sie stiegen höher und höher, ohne daß einer einen Vorteil gewinnen konnte. Huma fühlte den Silberdrachen unter sich zittern, als dieser tief Luft holte. Er fragte sich, ob sie schon ermüdete. Charr, der das mitbekommen hatte, schien siegesgewiß zu lächeln.

Humas Gefährtin stieß plötzlich einen kegelförmigen Nebel aus, der den vorderen Teil von Charr umschloß. Der Schwarze hielt mitten im Flug inne und begann, in Richtung Erde zu stürzen.

»Huma!« rief das Drachenweibchen rauh. »Ich habe ihn nicht richtig getroffen, und er ist zu allem entschlossen. Wir müssen angreifen, bevor er sich von der Lähmung erholt.«

Noch während sie sprach, wurde sie langsamer. Huma hielt sich mit einer Hand am Sattel fest, mit der anderen umklammerte er die Drachenlanze und mit beiden Beinen den Hals seiner Freundin. Hätte er sie nicht schon einmal geritten, hätte er es bestimmt nicht geschafft.

Während ihres Sturzfluges beobachtete Huma, wie sich

Charr allmählich wieder fing. Er bremste seinen Sturz bereits ab. Auf seinem Rücken tobte Crynus, fuchtelte mit seiner Streitaxt herum und zeigte auf den Ritter und den Silberdrachen über ihnen. Charrs Kopf richtete sich langsam noch oben. Diesmal gingen die beiden Drachen aufeinander los und kämpften bis aufs Blut.

Die Drachenlanze traf den bösen Drachen an der Schulter. Aus der Wunde strömte Blut.

Während die beiden gewaltigen Köpfe wieder und wieder aufeinander zufuhren, kamen sich auch die Reiter nah genug, um zuzuschlagen. Huma, den das Gewicht der Lanze behinderte, konnte nicht sein Schwert ziehen, Crynus schwang seine zweihändige Streitaxt und verfehlte nur knapp die Spitze von Humas Helm.

Beide Drachen waren mittlerweile blutüberströmt, und es war schwer zu sagen, wer mehr Verletzungen abbekommen hatte. Beide hatten mehr als ein Dutzend Bisse, Schnitte und Schrammen am Hals. Die Brust des schwarzen Drachen war aufgerissen, doch es war ihm gelungen, einen Teil der unteren Haut vom rechten Flügel des Silbernen aufzuschlitzen.

Charrs Schulterwunde und die frühere Wunde am Flügel forderten ihren Tribut. Er sank etwas tiefer, so daß es dem Silberdrachen gelang, mehrere Tatzenhiebe an seinem Hals zu landen. Noch einmal senkte sich die Drachenlanze in Charrs Schulter.

Verzweifelt holte der Schwarze tief Luft. Aus Angst, daß seine Gefährtin es nicht bemerkt hatte, trat Huma ihr fest in die Seiten. Ob wegen dieser Warnung oder nicht, auf jeden Fall schlug ihre Schnauze fest auf die von Charr, wodurch das Maul des dunklen Drachen verschlossen war. Der Säurestoß, den Charr geplant hatte, blieb stecken und kehrte sich nach innen um. Der Schwarze erzitterte, während er gleichzeitig erstickte und verbrannte.

Im grausamen Schmerz seiner Verwundung schlug er seine Klauen tief in den Leib des Silberdrachen. Charr konnte nicht mehr fliegen, und sein ganzer Körper bäumte sich gegen die Säure und den Sauerstoffmangel auf. Alle vier Kämpfer stürzten ab.

»Meine Flügel werden den Fall verlangsamen, aber wir werden trotzdem mit großer Wucht aufschlagen!« schrie der Silberdrache. »Ich werde versuchen, mich so zu drehen, daß ich deinen Aufprall abfedern kann.«

Crynus schien hingegen keine Angst vor dem Sturz zu haben. Selbst jetzt noch versuchte er, Huma oder den Silberdrachen zu treffen. Der Wind hinderte ihn daran, viel Schaden anzurichten, und vor Wut oder aus Irrsinn sprang der Kriegsherr von seinem sicheren Sattel – und wurde prompt vom Rest der Gruppe weggewirbelt.

Er schrie nicht einmal.

Huma starrte der fallenden Gestalt nach. Er konnte den Wahnsinn des schwarzgerüsteten Kriegsherrn nicht nachvollziehen.

Die Bäume rasten ihnen entgegen. Plötzlich ließ Charr lokker, so daß sich der Silberdrache endlich losreißen konnte.

Doch nun war es zu spät. Mit furchtbarem Krachen stürzten sie in die Baumkronen.

Kapitel 7

Als Huma erwachte, tat ihm jeder Knochen im Körper weh, aber er war wohl trotzdem unverletzt.

Er stand auf und besah sich das Ausmaß des Schadens. Um ihn herum sah es verheerend aus. Die Masse der beiden riesigen Drachen hatte gereicht, um einen Großteil der Bäume im Umkreis abzuknicken.

Charrs unbeweglicher Körper lag mit gebrochenem Hals auf der Seite. Das schreckliche Gesicht zeigte immer noch ein zähnefletschendes, verdrehtes Grinsen. Die tödlichen Klauen ragten nutzlos in die Luft.

Es gab kein Zeichen von dem Silberdrachen, auch wenn zumindest ein Teil des Bluts von ihm herrührte. Er mußte sich aus eigener Kraft davongeschleppt haben, aber wohin?

Und wo waren überhaupt seine Freunde? Huma konnte nichts von ihnen hören und hatte keine Ahnung, in welcher Richtung sie sich befanden.

Drachenlanze und Sattel lagen in der Nähe der Stelle, wo der Silberdrache wahrscheinlich abgestürzt war. Die Drachenlanze leuchtete noch immer strahlend hell. Schon dieser Anblick ließ es Huma bessergehen. Mindestens ein feindlicher Reiter und ein roter Drache waren übrig – aber wo waren sie?

Er konnte die Lanze wohl kaum auf die Schultern nehmen; sie war mehr als doppelt so lang wie er. Seine einzige Möglichkeit war, sie zu ziehen. Er schlang ein Stück Seil um den Schutzschild, knotete es zusammen und zog es sich dann über den Kopf und über einen Arm. In der anderen Hand trug er sein Schwert, das den Fall zum Glück überstanden hatte.

Das Ziehen erwies sich als unpraktisch. Huma hatte den zerstörten Platz kaum verlassen, als die Lanze sich in einer ausgerissenen Baumwurzel verfing. Der Ritter legte sein Schwert hin und begann, die überlange Waffe um die Wurzel herumzuzerren. Unvermittelt löste sie sich, und Huma fiel gegen einen Baumstumpf. Sein ganzer zerschundener Körper schmerzte, und erst nach über einer Minute konnte er sich wieder aufsetzen und seine Gedanken ordnen. Als erstes griff er nach seinem Schwert. Das war eine ausgezeichnete Entscheidung.

Die schwere Axt traf den Stumpf genau an der Stelle, wo eben noch sein Hals gewesen war.

Huma taumelte vorwärts, wobei er sein Schwert festhielt und

versuchte, sich von dem Seil loszumachen. Zu seiner Überraschung gab es keinen zweiten Angriff. Statt dessen krümmte sich sein Gegner vor Lachen.

»Nimm dir so viel Zeit, wie du brauchst, Ritter von Solamnia! Es wird dir nicht helfen.«

Huma streifte das Seil ab und umfaßte sein Schwert fester. Er blickte auf, um seinen Gegner anzusehen – und schüttelte ungläubig den Kopf, weil er seinen Augen nicht traute. Das mußte ein Trick sein!

Kriegsherr Crynus zog in aller Ruhe seine Streitaxt aus dem Baumstumpf. Seine schmucklose schwarze Rüstung war an vielen Stellen verbeult, aber der Kriegsherr selbst schien völlig unversehrt zu sein. Sein Gesicht blieb hinter dem Visier verborgen, doch seine Augen funkelten eisblau.

Die geheimnisvolle, große Gestalt hätte tot sein müssen.

Crynus kam einen Schritt näher. Seine tiefe Stimme zischte: »Ich freue mich, daß du überlebt hast, Huma vom Orden der Krone. Bei unserer ersten Begegnung im Himmel über dem Niemandsland hast du Glück gehabt. Normalerweise hätte ich dir den Kopf vom Körper getrennt. Dein *zufälliger* Sieg hätte nie passieren dürfen, aber ich habe ihn nicht vergessen.«

Einer der schweren Stiefel des Kriegsherrn landete auf einem umgestürzten Baumstamm und brach ihn durch. »Ich bin der größte Kommandant Ihrer Dunklen Majestät. Ohne mich hätte sie den Krieg schon längst verloren.«

»Da habe ich anderes gehört«, wagte Huma einzuwenden. »Manche halten Galan Drakos für den Größten.«

Crynus schwang probehalber seine Doppelaxt. »Er ist ganz nützlich, aber ich traue ihm nicht über den Weg.« Der Kriegsherr machte eine Pause, um dann in anderem Ton fortzufahren. »Dein Treffer in unserer ersten, kurzen Begegnung war reine

Glückssache. Wie ich schon sagte, das hätte nie passieren dürfen.«

»Warum nicht?«

»Sieh selbst, wenn du genug Glück hast.« Der Kriegsherr griff an.

Vor dem ersten Schlag duckte sich der Ritter, so daß die Axt in einen weiteren Baum fuhr. Mit unglaublicher Kraft verwandelte der Kriegsherr das Herausziehen in einen zweiten Angriff und trieb den Ritter zurück, indem die Axt plötzlich über seinen Kopf hinweg zischte.

Diesmal fand Huma eine Blöße in der Deckung, doch sein Ziel war schon wieder verschwunden, und die Waffe glitt am Brustharnisch des Kommandanten ab. Crynus lachte und nahm seine Angriffe wieder auf. Huma wich immer weiter zurück, um den niederprasselnden Schlägen zu entkommen.

Wieder verfehlte die Axt Huma nur um Haaresbreite. Diesmal aber hatte sich der Kriegsherr verschätzt, und der Schaft der Axt schlug kräftig gegen einen Baum, wodurch sie Crynus fast aus der Hand gerissen wurde. In einem gewagten Angriff sprang Huma vor. Dieses Mal war sein Schlag genau gezielt. Sein Schwert fuhr hoch und erwischte den ungeschützten Teil von Crynus' Hals. Humas Klinge blieb erst stecken, als sie den Rand seines Helmes erreichte.

Die dunkel gekleidete Gestalt taumelte zurück, um dem Gegner das Schwert zu entreißen. Der Kriegsherr stolperte, ließ seine Axt los und fiel zu Boden. Auf Händen und Knien stieß er ein Todesröcheln aus.

Dann wandelte sich das entsetzliche Röcheln des Kriegsherrn zu etwas Bekannterem – Beängstigendem. Unter Humas gebanntem Blick kam Crynus langsam wieder auf die Beine, drehte sich um und lächelte.

Die tödliche Wunde am Hals des Kriegsherrn war nur noch eine Narbe. Er wirkte – stolz.

»Ich kann nicht sterben, Ritter von Solamnia. Ich heile auf der Stelle. Ich bin, wie gesagt, der beste Kommandant meiner Herrin. Mein Tod wäre ein fürchterlicher Schlag für sie. Darum habe ich von Galan Drakos diesen Schutz verlangt. Sein erster Versuch war nur ein Teilerfolg – zu meinem fast ewigen Bedauern. So kam es zu unserem kurzen Scharmützel. Meine Männer hätten dich erledigt, aber ich wollte dich für mich, darum wagten sie nicht, sich meinem Wunsch zu widersetzen. Ich wollte dich wegen dem, was dir fast gelungen wäre.«

Die Streitaxt fuhr wieder auf Huma herab. Der Ritter suchte jetzt sein Heil nur noch in der Verteidigung, denn wie tötet man einen Gegner, der sofort wieder heilt? Und Crynus war außergewöhnlich zäh und stark.

Der Kriegsherr lachte über Humas Versuche, ihn abzuwehren und sein Leben zu retten. Crynus zeigte sich offen unvorsichtig, schlug wahllos zu und provozierte den Ritter mit seiner Unsterblichkeit.

»Ich hatte einen besseren Kampf von dir erwartet, kleiner Ritter. Du enttäuschst mich.«

Huma stand mit dem Rücken zu einem Baum. Crynus schrie laut, als er seine Axt schwang. Die tödliche Klinge traf nur knapp daneben, als der Ritter sich auf den Kriegsherrn stürzte. Hinter ihm schlug die Axt ein tiefes Loch in den Baum. Die beiden fielen übereinander und begannen zu ringen. Huma war klar, daß er Crynus an Kraft nicht gewachsen war. Crynus stieß den Ritter weg und versuchte, ihn zu erdrosseln, doch Huma trat mit dem Knie zu und brachte seinen Feind aus dem Gleichgewicht. Beide kamen wieder auf die Beine. Huma hatte noch sein Schwert. Der Kriegsherr war ohne Waffe.

»Worauf wartest du?« prahlte der Kommandant. »Durchbohr mich doch. Ich kann dich immer noch mit den bloßen Händen umbringen.«

Huma versuchte, Zeit zu schinden, während er verzweifelt über einen Ausweg nachdachte. »Wie kann deine Armee ohne dich funktionieren? Hast du keine Angst, daß sie alles verpatzen?«

Crynus lachte kurz auf. »Drakos ist ein brauchbarer Kommandant. Außerdem bin ich allmählich überflüssig. Es geht nur noch darum, die auszuradieren, die um Burg Vingaard verblieben sind. Solchen Kleinkram überlasse ich meinen Leuten.«

Die Streitaxt lag ganz in der Nähe. Huma machte einen Schritt in ihre Richtung. Wenn er nur die Axt erreichen könnte.

Crynus warf sich kreischend in Humas Klinge. Der Ritter ließ los und sprang zu der Streitaxt. Die Bewegungen des Kriegsherrn wurden langsamer, als er versuchte, das Schwert aus seinem Körper zu ziehen. Huma hob die Axt auf und drehte sich zu seinem Gegner um. Scheinbar schmerzlos begann der Kriegsherr, die Klinge aus seinem Leib zu ziehen.

Huma hob die Axt. Crynus sah hoch.

Es war ein sauberer Schlag, der den behelmten Kopf des Kriegsherrn in hohem Bogen abtrennte. Der Körper des Kriegsherrn fiel auf die Knie. Huma warf die Streitaxt voller Abscheu hin. Das war nicht seine Art zu kämpfen.

Der kopflose Leib kam wieder auf die Beine. Alle Farbe wich aus Humas Gesicht.

Mit absoluter Beherrschung zogen die Hände der geköpften Kreatur das Breitschwert heraus und warfen es fort. Huma sah, wie die Wunde von selbst heilte. Sogar die Rüstung schloß sich von selbst wieder zusammen wie eine zweite Haut. Huma wartete darauf, daß das Ding sich ihm zuwenden würde, doch es war, als wäre er gar nicht da, denn der kopflose Körper setzte sich in die Richtung in Bewegung, in die der Kopf des Kriegsherrn geflogen war.

Huma konnte natürlich weglaufen, doch der Kriegsherr würde ihm folgen, ohne je zu ermüden.

»SARGAS!«

Der Schrei kam aus der Richtung des untoten Crynus. Huma hob sein Schwert auf. Er kannte nur einen, der einen solchen Ruf ausstoßen würde.

Wenn Kaz in der Nähe war, waren es die anderen wahrscheinlich auch. Und die Drachenlanze –

Natürlich!

Huma brach durchs Unterholz. Da saß Kaz auf seinem Pferd. Der Mund des Minotaurus stand weit offen. Die anderen waren nirgends zu sehen. Weit aufgerissen glotzten die Augen des Minotaurus, als Crynus' Körper sich seinem abgeschlagenen Haupt näherte, das hin- und herwackelte, als würde es noch leben.

»Kaz! Er darf seinen Kopf nicht erreichen!«

Der Minotaurus trieb sein Pferd auf das Monstrum zu, das sich Crynus nannte.

Das Streitroß stürmte bis auf sechs Fuß vor dem kopflosen Kriegsherrn heran, wo es wiehernd abrupt zum Stehen kam. Kaz verschwendete keine Zeit. Er sprang von dem verstörten Pferd und rannte an dem Körper vorbei zum Kopf.

Huma war inzwischen zu seiner Drachenlanze zurückgekehrt. Der Ritter hob den Schaft auf.

»Huuummmmaaa!«

Kaz brach durchs Gebüsch, wobei er sich fast selbst auf der Drachenlanze aufgespießt hätte. In der rechten Hand hielt er seine grausige Beute, die immer noch in geisterhaftem Leben vibrierte. Und man hörte, wie hinter dem Minotaurus etwas sehr zielgerichtet durch die Büsche auf sie zu stürmte.

»Laß ihn fallen!« Huma zeigte auf den Kopf. »Dahin! Schnell!«

Der Minotaurus warf den Kopf gerade vor die Spitze der Drachenlanze, als eine behandschuhte Hand in Sicht kam.

Der kopflose Körper erstarrte und warf sich dann zur Seite, bevor sie ihn aufspießen konnten.

»Er weiß es!« stellte der Minotaurus höhnisch fest.

Schlimmer war, daß der Körper beim Aufstehen eine Hand vorstreckte, mit der er die hingeworfene, vergessene Streitaxt umklammerte.

»Das ist Wahnsinn«, stammelte Kaz.

»Was geht hier vor?« rief eine neue Stimme.

Huma und Kaz sahen beide hoch, als die Drachendame über ihnen auftauchte. Sie wirkte ziemlich mitgenommen, und das eine Vorderbein hing lahm herunter, doch sie war immer noch voller Kraft.

Sie sah zu dem entsetzlichen Wesen. »Ist das –?«

Der Körper bückte sich nach seinem Kopf.

»Paladin!« stammelte der Silberdrache schockiert. Er holte tief Luft, als Crynus gerade die Streitaxt hinlegte und seinen Kopf aufhob. Die Arme des Monsters hielten den Kopf noch hoch, als der Drache Feuer spie.

Drachenfeuer erfaßte den Kriegsherrn. Sein Körper zitterte, sank auf die Knie, und Kopf und Körper verschwanden in den reinigenden Flammen. Innerhalb von Sekunden verschwand in dem begrenzten Inferno jedes Zeichen des untoten Crynus'.

Der Silberdrache landete auf der Lichtung und bereitete sich auf einen zweiten Flammenstoß vor. »Das sollte reichen«, sagte er.

»Warte!« schrie Kaz. Er sprang zum Feuer und hob die Streitaxt auf, die dem Angriff entgangen war. Er warf sie ins Feuer – und rannte davon, als die Waffe zerbarst. Metall- und Holzteilchen regneten im Wald herunter. Kaz fluchte, als ihn ein kleiner Metallsplitter an der Schulter traf.

»Sarg-Götter! Man kann dich auch keinen Moment alleine lassen, Huma!« Die beiden standen auf und klopften sich den Staub ab. Der Silberdrache löschte inzwischen das Feuer mit einem kalten Atemstoß, der die umstehenden Bäume mit Eis überzog.

»Ich wußte nicht, daß du so etwas kannst«, sagte Huma zu seiner Freundin.

Ihre Schultern sackten vor Erschöpfung zusammen. »Kälte und Lähmung gehören zu unseren normalen Fähigkeiten. Feuer –, Feuerspeien kann jeder Drache, außer den feigen, weißen Eisdrachen, aber es kostet uns viel – und ich fürchte, ich habe mich überanstrengt. Ich brauche Ruhe.«

Huma nickte verständnisvoll. Dann schaute er sich um. »Kaz! Wo sind Buoron und Magus? Wo sind die Drachenlanzen?«

»Wo ich sie verlassen habe, wahrscheinlich. Als wir in der Ferne die Drachen abstürzen sahen, wollte ich freiwillig vorausreiten, um nachzusehen, ob du noch am Leben bist.«

»Dann hast du sie also nicht GESEHEN?«

»Wen?«

»Wir müssen schnellstens zu ihnen!« Huma wandte sich dem Silberdrachen zu, doch das Riesentier war auf dem Boden zusammengebrochen. Nach den zahllosen Verwundungen von Charr, dem Aufprall, bei dem er Huma abgefangen hatte, und der enormen Anstrengung zum Schluß, um den wilden Crynus zu erledigen, war er am Ende seiner Kräfte.

»Können wir dich hier allein lassen?« fragte er.

Leuchtende Augen gingen auf und sahen ihn an. »Keine Sorge. Es tut mir leid, daß ich euch nicht mehr helfen kann.«

Kaz holte sein Pferd zurück, das größte von allen. Als Huma sicher saß, spornte Kaz das Roß an.

Sie konnten das Waffengeklirr schon hören, bevor sie den Ort erreichten, wo Kaz die anderen zurückgelassen hatte. Huma hatte geglaubt, daß das, was er von oben gesehen hatte, ein offener Angriff sein würde. Darin hatte er sich getäuscht. Die Schwarze Garde hatte Magus und Buoron aus dem Hinterhalt angegriffen.

Ein helles Licht blitzte vor ihnen auf, und Huma sah eine schwarzgerüstete Gestalt gegen einen Baum fliegen. Es war noch nicht zu spät. Magus und Buoron lebten noch, kämpften noch.

Huma wartete nicht, bis das Pferd stehenblieb, sondern rutschte herunter und rollte sich ab. Kaz zog seine Streitaxt und galoppierte mit einem Angriffsgeschrei in den Kampf.

Magus kauerte unter dem Karren, von wo aus er die meisten Angreifer mit kurzlebigen Zaubersprüchen in Schach hielt. Buoron stand hinter dem Wagen und bekämpfte die Garden, die den Zauberer eingekreist hatten. Der Feind zog den Kreis immer enger.

Huma erledigte seinen ersten Gegner und griff sofort den nächsten an. Als die Klingen aufeinander prallten, hörte Huma das Heulen. Es war ganz nah, und diesmal gab es keinen Zweifel. Ein Schreckenswolf.

Er sprang auf den hinteren Teil des Wagens. Buoron sah ihn zuerst, doch der tapfere Ritter konnte nur warnend rufen; er mußte sich bereits mit zwei anderen Gegnern abgeben. Magus drehte sich blaß und abgespannt zu der Kreatur um. Mit einem Schrei ließ der Magier einen weiteren Zauber los, doch der verpuffte, bevor er sein Ziel erreichte. Magus hatte keine Kraft mehr.

Diesmal lachte der Schreckenswolf – oder eher Galan Drakos, denn dessen Geist lenkte die untoten Wesen. Huma schaffte es, seinen Gegner zu erledigen, und versuchte, den Karren zu erreichen. Zwei weitere Schwarze Söldner schnitten ihm den Weg ab, so daß er nur hilflos zusehen konnte, wie die glühenden Augen des Wesens aufblitzten und der Abtrünnige einen eigenen Spruch losließ. Huma sah nicht, was als nächstes passierte, doch als er den Wagen wieder sehen konnte, stand Magus unversehrt da. Die Drachenlanzen hatten ihn irgendwie vor Drakos' dunkler Macht bewahrt. Der Schreckenswolf fuhr zurück. Mit einem solchen Widerstand hatte Drakos nicht gerechnet.

Dann wurde Huma zurückgedrängt und Kaz vom Pferd gezogen. Es gab einen Lichtblitz, und eine große, kreisförmige Öffnung tauchte in der Luft auf. Es war ein Portal, erkannte der Ritter, ein Tor, das groß genug war, einen Wagen hinein zu schieben. Huma rang mit den beiden Kriegern, die ihm den Weg versperrten, und sie wichen zurück.

Ein Mann tauchte hinter Magus auf, doch der Zauberkundige drehte sich gerade rechtzeitig um. Der glücklose Angreifer knallte auf die Erde. Der Schreckenswolf war verschwunden.

Einer von Humas Gegnern machte einen lebensgefährlichen Fehler und bezahlte dafür. Der andere kämpfte mit der Kraft der Verzweiflung. Weitere schwärmten um den Wagen aus. Wo war Buoron?

Wieder sprangen zwei schwarze Gestalten auf den Wagen, und diesmal war Magus nicht schnell genug. Einer hielt ihn an den Armen fest, während der andere nach den Zügeln griff. Ein Teil der Krieger begann, sich durch das Portal zurückzuziehen, höchstwahrscheinlich zu Galan Drakos' Zitadelle.

Eine weiterer Schwarzer gesellte sich zu den beiden auf dem Wagen. Huma erledigte endlich seinen letzten Gegner und stürmte zum Karren. Ein weißes Scheusal versperrte ihm kurz den Weg, schien jedoch hauptsächlich daran interessiert zu sein, sich durch das Portal zu retten. Es beachtete den Ritter überhaupt nicht.

Obwohl der Wagen nur wenige Schritte vom Portal entfernt war, zögerte sein Lenker, weil es immer wieder flackernd verschwand und wieder auftauchte. Die Pferde kämpften gegen seine Führung. Ein schwarzer Söldner sprang vom Karren, als Huma ihn erreichte. Gleichzeitig gelang es Magus, den Griff seines Gegners zu brechen und dem Mann eine Hand gegen das Visier zu stoßen. Eine kleine Explosion warf ihn zurück, doch sie konnte ihn nur betäuben. Magus brach beinahe zusammen; diese letzte Anstrengung hatte ihn vollends erschöpft. Er hatte seine Zauberkräfte verbraucht. Er kroch vor und versuchte, dem Fahrer den Arm um den Hals zu schlingen. Es gelang ihm, den Karren anzuhalten, doch beide Männer fielen herunter.

Eine der wenigen verbliebenen Garden rief etwas, woraufhin sich alle zum Tor zurückzogen.

Die Pferde, die durch das ganze Durcheinander unruhig waren, wollten sich in Marsch setzen. Huma ergriff die Zügel. Die Pferde wehrten sich, doch Huma rief ihnen Kommandos zu. Kaz stellte sich todesmutig vor die Tiere und erwischte das Zaumzeug. Mit übermenschlicher Kraft hielt er die Pferde fest. Sie sträubten sich noch ein wenig, gaben schließlich auf. Huma sank auf dem Kutschersitz in sich zusammen und nickte dem Minotaurus dankbar zu.

Das Portal löste sich auf.

Hinter dem Wagen ertönte ein Stöhnen. Huma sprang mit kampfbereitem Schwert auf, wobei er einen schmerzhaften Stich im linken Bein fühlte. Als er heruntersah, erblickte er eine große Wunde, wo ihn während des Kampfes ein Breitschwert erwischt haben mußte.

Kaz erreichte die stöhnende Gestalt als erster. Es war Buoron, der halb unter dem Wagen lag. Sein linker Arm war blutüberströmt, und in seinem Gesicht klaffte eine tiefe Wunde. Das Blut aus der Gesichtsverletzung hatte ihn für den Moment blind gemacht.

»Bist du schwer verletzt?« wollte Huma wissen.

»Meine Augen tun weh, und ich fürchte, daß ich keinem Bildhauer mehr Modell stehen kann, aber der einzige wirkliche Schmerz ist in meinem Arm. Ich bin froh, daß es nicht mein Schwertarm war. Ich fürchte, ich werde ihn wohl eine Weile nicht mehr benutzen können.« Noch während Buorin sprach, machte sich Kaz schon an seinen Wunden zu schaffen. Der Minotaurus war selbst mit unzähligen, kleineren Wunden bedeckt, doch sein eigener Zustand schien ihn nicht zu kümmern.

Huma nickte und hinkte langsam zur Vorderseite des Wagens. Er schielte über die Kante und erstarrte.

Magus! Wo war der Zauberer? Ohne auf die Schmerzen zu achten, sprang Huma vom Wagen und untersuchte die Toten. Alle trugen das Schwarz von Takhisis und ihren Befehlshabern. Die wenigen, die Magus' Zauberkraft zu spüren bekommen hatten, waren leicht zu erkennen. Von Magus selbst hingegen keine Spur.

Am Waldrand sah Huma einen kleinen Stab zwischen den verstreuten Resten der Angreifer liegen. Er ging hinüber und hob ihn auf.

Der Stab vibrierte, so daß Huma ihn vor Überraschung beinahe fallen gelassen hätte. Die Überraschung wurde zu Staunen, als der Stab sich streckte und immer weiter wuchs, bis er größer wurde als Huma. Es war der Stab von Magus. Der Zauberkundige ging nie ohne seinen Stab.

Der Stab hatte genau unter der Stelle gelegen, wo das Portal gewesen war.

Magus war in der Gewalt von Galan Drakos.

Kapitel 8

Wir wissen nicht, ob er wirklich gefangen ist, Huma, und selbst wenn Galan Drakos ihn hat, wäre es für uns unmöglich, ihn zu retten. Sie werden ihn direkt in der Zitadelle des Abtrünnigen festhalten«, erklärte Kaz zum hundertsten Mal.

»Unsere größte Hoffnung liegt darin, die Drachenlanzen nach Burg Vingaard zum Großmeister zu bringen«, fügte Buoron hinzu.

Huma nickte. Sie hatten natürlich beide recht, aber seine Unfähigkeit, Magus – den er fast sein ganzes Leben lang kannte – zu beschützen, nagte an ihm.

Jetzt lenkte Buoron den Wagen. Sein verwundeter Arm lag in einer Schlinge. Huma saß bei den Lanzen, so daß er das Gelände hinter dem Trio im Blick hatte. Der Silberdrache hatte angeboten, Hilfe von seinen Artgenossen zu holen, und Huma hatte zugestimmt. Nachdem Crynus vernichtet war und die Schwarze Garde einen ungeordneten Rückzug angetreten hatte, fühlten die drei sich im Augenblick sicher. Insgeheim sehnte sich Huma beinahe nach einer zweiten Begegnung.

Die nächsten Tage verstrichen ohne Zwischenfall. Die Gefährten reisten nach Solamnia zur Burg Vingaard. Es gab Zeiten, wo Huma erwachte, weil er das Heulen der Schreckenswölfe zu hören glaubte, aber von denen gab es keine Spur mehr.

Während der ganzen Zeit war der Silberdrache nicht zurückgekehrt. Niemand hatte Lust, Vermutungen darüber zu äußern, obwohl alle drei annahmen, daß es etwas mit den unablässig vorrückenden Horden der Drachenkönigin zu tun hatte. Huma rief sich Crynus' Worte ins Gedächtnis: daß die Ritter von Solamnia praktisch besiegt waren und daß Vingaard bald fallen würde. So gerne er etwas anderes glauben wollte, sah Huma doch den Funken Wahrheit darin.

Inzwischen waren sie weit im Nordwesten von Kargod. Huma erinnerte sich an Fürst Guido Avontal und betete, daß sie die Region durchqueren würden, ohne auf den ergodianischen Befehlshaber zu treffen. Nach seinem plötzlichen Verschwinden war Huma sich nicht sicher, wie Avontal ihn aufnehmen würde. Huma war sich auch nicht sicher, was die Ergodianer tun würden, wenn sie die Drachenlanzen entdeckten.

Eigentlich ging es gut voran, doch Huma war es noch nicht schnell genug. Das Böse von Takhisis hing drohend über seiner Heimat, und Huma fühlte sich ohnmächtig.

Seit einiger Zeit war das Gelände weit und offen. So kamen sie zwar leichter vorwärts, hatten aber auch weniger Deckung.

Zwei Tagesreisen vor der Grenze sichteten sie gegen Mittag eine Patrouille, die zu weit weg war, um sie zu identifizieren. Aber die Patrouille hatte die drei offenbar ebenfalls bemerkt, denn die Soldaten schlugen ihre Richtung ein und kamen schnell näher.

Kaz machte seine Streitaxt bereit. Huma sprang vom Wagen und zog sein Schwert. Buoron blieb auf dem Karren, zog aber ebenfalls sein Schwert und beobachtete das Nahen der Patrouille.

Der bärtige Ritter war der erste, der sie erkannte. Er sagte zu Huma: »Ergodianer. Ein Teil der Nordarmee, würde ich sagen.«

Flucht war unmöglich. Aber wie würden Ergodianer reagieren, wenn sie auf einen axtschwingenden Minotaurus und zwei Ritter trafen, deren Orden weitgehend für den Niedergang des einst so mächtigen Kaiserreichs Ergod verantwortlich war?

Der Anführer der Patrouille hob die Hand, als die Truppe die drei erreichte. Der schwere Mann mit dem kleinen Bart und dem schütteren, grauen Haar musterte jeden einzelnen eingehend, wobei sein Blick an Kaz hängenblieb, der entgegen seiner Natur versuchte, möglichst harmlos auszusehen. Humas Meinung nach versagte der Minotaurus völlig.

Der Ergodianer wandte sich zuerst an Buoron: »Du bist aus einem der Forts im Süden, richtig?«

»Das stimmt.« Beide Ritter waren auf der Hut. Dieser Anführer war ein guter Beobachter.

»Dein Ritterkollege nicht?«

Huma antwortete: »Mein Fürst, ich bin Ritter Huma vom Orden der Krone.«

»Aha«, sagte der Ergodianer mit ungefähr ebensoviel Interesse, als hätte man ihm erzählt, daß in der Steppe Gras wuchs. »Und das da? Wo kommt das her? Ich habe Gerüchte gehört...«

»Ich«, verkündete der Minotaurus stolz, »bin Kaz. Ich habe mich gegen meine alten Herren aufgelehnt und folge jetzt Huma, dem edelsten und tapfersten aller Ritter.«

Das hätte einen Teil der Ergodianer zum Lächeln verleitet, wenn sie Kaz' finsteren Gesichtsausdruck übersehen hätten, der verriet, daß er jede Silbe wörtlich meinte.

»Außerdem bin ich ein Minotaurus und kein ›das da‹.«

»Aha.« Der Kommandant setzte sich behäbig im Sattel zurecht und wandte sich dann an Huma. »Ich bin Faran, und obwohl wir uns noch nicht begegnet sind, unterstehen meine Männer und ich gegenwärtig einem deiner Bekannten: Fürst Guido Avontal.«

Huma zuckte unwillkürlich zusammen.

»Ich sehe, daß du dich erinnerst. Ich habe den Auftrag, dich zu ihm zu führen, und ich werde kein ›Nein‹ akzeptieren.«

Huma sah seine zwei Gefährten an. Die Patrouille war in der Überzahl und umfaßte eine ganze Schar Bogenschützen. Widerstand wäre töricht gewesen. Solange sie lebten, bestand Hoffnung. »Wir nehmen deinen Geleitschutz gerne an.«

Faran grinste. »Das dachte ich mir.« Er winkte, und die Patrouille teilte sich. Jede Hälfte flankierte eine Seite des Wagens. Es gab kein Entkommen. »Wir haben eine volle Tagesreise vor uns, deshalb würde ich empfehlen, keine wertvolle Zeit mehr zu verschwenden.«

»Ich muß zugeben, daß mich dein plötzliches Verschwinden in jener Nacht ausgesprochen überrascht hat«, sagte Fürst Guido Avontal.

Die drei saßen allein vor dem Oberbefehlshaber in dessen Zelt.

»Ich habe die Umstände erklärt.«

»Ja, das hast du.« Fürst Avontal setzte seinen Kelch ab. Auch den Gefährten war Wein angeboten worden, doch sie hatten abgelehnt. »Ich hätte es selbstverständlich besser wissen müssen, aber als wir dieses Pestnest entdeckten, habe ich die Hilfe des Zauberers nur zu gern in Anspruch genommen.«

Kaz verlor die Geduld und sprang wütend auf. »Wir sitzen hier schon drei Stunden, von denen wir zwei mit Warten auf Euch vergeudet haben, Herr Kommandant. Und jetzt erzählt Ihr seit einer Stunde scheinheiliges Zeug und uralte Geschichten – wie lange soll das noch so gehen? Laßt Ihr uns jetzt mit den Lanzen nach Solamnis abfahren?«

Zwei Wachen kamen hereingestürmt, doch der Kommandant winkte ab. Huma registrierte jedoch, daß sie das Zelt nicht mehr verließen.

Der Ergodianer nahm seinen Kelch wieder. »Seit ihr angekommen seid, habe ich hin und her überlegt, was ich mit euch und diesen Waffen anstellen soll. Die Antwort auf deine letzte Frage lautet, ja, ihr dürft mit den Lanzen passieren. Wozu sollte ich sie dem Kaiser ausliefern? Er würde sie nur an irgend einer Palastmauer als seine neuesten Trophäen ausstellen, ohne daran zu denken, was sie für *ganz* Ansalon bewirken könnten.«

Huma und Avontal starrten einander an. »Anders als ein paar Starrköpfe sind die meisten von uns realistisch genug, um sich die Wahrheit einzugestehen. Es ist nicht mehr wirklich der Kaiser, für den wir kämpfen, auch wenn das ursprünglich so gewesen sein mag. Wir kämpfen für Ergod, für unsere Heimat und unsere Familien. Das ist es, was auf lange Sicht zählt. Kaiser kommen und gehen, aber das Volk bleibt. Wir haben das irgendwann aus den Augen verloren, und ein großer Teil des Reiches beschloß, er käme gut ohne uns zurecht – aber das wißt ihr natürlich.«

»Dann«, sagte Huma ruhig, »wenn es wahr ist, was Ihr sagt, warum werden wir dann hier festgehalten?«

»Das werdet ihr nicht. Wir warten.«

»Warten auf was?«

Ein Horn kündigte an, daß jemand oder etwas ankam. Guido Avontal stand auf und lächelte wissend. »Ich denke, das werden sie sein. Kommt bitte mit.«

Sie standen auf, um dem ergodianischen Befehlshaber zu folgen. Die beiden Wachen folgten ihnen.

Als sie das Lager betreten hatten, war Huma der große, leere Platz vor dem Zelt des Befehlshabers aufgefallen. Er hatte sich über dessen Sinn und Zweck gewundert, so wie er sich bis jetzt auch darüber gewundert hatte, woher Avontal gewußt hatte, wo sie waren, und daß sie überhaupt kamen. Jetzt begriff der Ritter.

Als erstes landete seine Silberdrachenfreundin. Ihre Wunden schienen völlig geheilt zu sein, und sie begrüßte Huma mit einer solchen Begeisterung, daß er ganz überwältigt war.

»Entschuldige die Verspätung, Huma, aber es war schwieriger, als ich dachte, Hilfe zu holen. Aber ich habe sie gefunden!«

Zwei weitere Silberdrachen landeten, ein männlicher und ein weiblicher. Sie wurden als Geschwister der Drachendame vorgestellt, und beide begrüßten Huma und musterten ihn so ernst, als würden sie ihn inspizieren. Huma erwiderte ihre Begrüßung etwas unsicher.

Zuletzt landete ein Bronzedrache, der etwas kleiner war als die anderen. Was ihm an Größe fehlte, machte er jedoch an Kraft und Schnelligkeit mehr als wett. Die Menschen hatten ihm den Spitznamen Blitz gegeben, den er mit Stolz trug. Huma stellte erleichtert fest, daß sich endlich ein Seelenverwandter von Kaz gefunden hatte.

»Vier oder fünf Lanzen für jeden von uns sind kein Problem«, erklärte Humas Silberdrache.

»Der Sattel –«, setzte Huma an.

»Da habe ich schon jemanden drauf angesetzt«, warf Avontal ein. »Wir haben vier Sättel. Das sollte reichen. Und sie sind stabil genug, um die kommenden Strapazen auszuhalten.«

»Das sollten sie auch«, murmelte Kaz.

»Ihr habt ›vier‹ gesagt«, sagte Huma. »Wir sind nur drei, ohne Magus. Außer wenn Ihr meint –«

»Das tue ich nicht!« Der ergodianische Kommandant sah Huma direkt in die Augen. »Im Namen Paladins und ganz Ansalons verbiete ich dir, den Abtrünnigen anzugreifen, denn jeder Versuch, den Magier zu befreien, ist aussichtslos. Du selbst hast gesagt, wie wichtig die Drachenlanzen für unser aller Zukunft sind. Wenn du dein Leben vergeudest, lieferst du uns den finsteren Plänen der Drachenkönigin aus!«

Innerlich war Huma beschämt, weil ihn bei Avontals Worten Erleichterung überkam. Ein Teil von ihm wollte unbedingt seinen Freund retten, während ein anderer Teil nach Sicherheit für sich selbst verlangte. Huma war hin und her gerissen.

»Wer ist dann der vierte?«

»Ich.«

»Ihr?« Kaz schnaubte höhnisch. »Sind denn alle Befehlshaber der Welt verrückt geworden?«

Fürst Avontal antwortete kalt: »Faran ist absolut dazu fähig, meine Rolle zu übernehmen. Trotz seiner Abneigung gegen Solamnia ist er ein praktisch veranlagter Mensch. Er wird nichts tun, um die Situation zu verschärfen. Ich würde niemandem mehr vertrauen als ihm.«

»Was wird der Kaiser dazu sagen?« fragte Buoron, der bis jetzt geschwiegen hatte.

»Was der Kaiser zu sagen hat, soll er mir selbst mitteilen, falls ich überlebe. Wie gesagt, ich kämpfe für Ergod. Ich würde es mir nie verzeihen, jemand anders so großer Gefahr auszusetzen, auch wenn sich bestimmt viele Freiwillige melden würden. Außerdem muß jemand mit euch ziehen, um Ergod vor eurem Großmeister zu vertreten, und das kann ebensogut ich sein.«

Huma stimmte zu, wenn auch sehr zurückhaltend. Im Moment waren sie in Avontals Gewalt; sie hatten im Prinzip keine Wahl – und auf der eigenen Seite war er ein guter Mann, befand Huma.

Sie kamen überein, daß Huma wieder den Silberdrachen reiten sollte, während Buoron und Avontal die beiden jüngeren nehmen sollten. Damit blieb für Kaz der gefräßige Blitz. Wie Huma vermutet hatte, verstanden sich der Minotaurus und der Bronzedrache vom ersten Moment wie alte Kameraden. Humas einzige Befürchtung war, daß die beiden von sich aus vorwegstürmen würden, und er teilte dies der Silberdrachin mit.

Sie lachte. »Blitz und Kaz sind wirklich ein Paar für sich, aber zumindest der Drache weiß es besser – glaube ich. Ich werde ihn warnen, wenn wir erst einmal in der Luft sind.«

»Mach es so, daß beide die Warnung mitkriegen.«

»Dafür werde ich schon sorgen.«

Sie hatten ohne Fanfaren aufbrechen wollen, aber davon wollte Faran nichts hören. Der stellvertretende Kommandant hatte eine Ehrengarde zu ihrer Verabschiedung aufgestellt.

Blitz war von der Drachenlanze enorm fasziniert. Nachdem er schon ein Schrecken der Lüfte war – so bezeichnete er sich jedenfalls selbst –, fand er, daß er mit der Lanze und mit Kaz im Sattel allen Gegnern überlegen war. Die Silberdrachen konnten ihre Belustigung kaum verbergen, auch wenn Huma bald eingestehen mußte, daß der Bronzedrache nicht geprahlt hatte. Er war wirklich ein überaus starker Gegner.

Die Drachen hoben nacheinander ab, Huma mit dem Silberdrachen als erster, Kaz und Blitz zuletzt. Die Sonne stand schon hoch am Himmel, doch auf dem Rücken der Drachen würden sie heute sicher noch ein gutes Stück ihres Weges hinter sich bringen.

Als die Nacht hereinbrach, hatten sie die Grenzen von Solamnia längst überflogen. Das Nieseln, das am Rande von Ergod eingesetzt hatte, hatte sich inzwischen in strömenden Regen verwandelt, so daß alle vier Reiter klatschnaß wurden. Die Drachen berührte das wenig, besonders den bronzenen, dem anscheinend sogar die Blitzschläge Spaß machten, die zweimal nur knapp an ihnen vorbeigezuckt waren. Auf Humas Drängen hin landeten sie schließlich in der Hoffnung, daß es morgen besser sein würde. Die Drachen legten sich schützend um sie herum. Dazwischen bauten die vier die beiden Zelte auf, die Fürst Avontal klugerweise mitgenommen hatte. Die Zelte hielten den Regen ab, und Huma störte es nur, daß der Geruch des nassen Minotaurus über Nacht sehr streng wurde.

Am Morgen sagte Kaz allerdings dasselbe über ihn.

Der Regen hörte nicht auf, ließ aber nach. Die Reiter schützten sich mit ihren Mänteln und den paar Decken, die sie dabei hatten. Dank der Drachen würden sie innerhalb von zwei Tagen in der Nähe von Burg Vingaard sein. Ohne die Last der Lanzen wäre es sogar noch schneller gegangen.

Trotzdem war das Ziel noch lange nicht erreicht, denn sie hatten immer noch die Reihen der Drachenkönigin vor sich. Drakos' Würgegriff bedrängte das Herz von Solamnia, denn er hatte die südlichen und nördlichen Zufahrtsstraßen nach Vingaard abgeschnitten. Dadurch war die Burg fast vollständig eingekreist. Die Versorgung wurde schwierig. In der Luft war Drakos noch lange nicht übermächtig, doch die herrschende Dämmerung beeinflußte sogar die Drachen des Lichts. Das einzige, was sie bei der Stange hielt, erklärte der Silberdrache, waren die Gerüchte von der Drachenlanze.

Der männliche Silberdrache flog an der Spitze, als sie das erste Mal die Anwesenheit des Gegners spürten. Da war jemand, der mit Zauberkraft die Luft nach Feinden absuchte. Es war nur ein kurzer Kontakt mit ihrem Geist, doch der reichte aus, um die Gruppe abrupt anhalten zu lassen.

»Zurück!« schrie das Männchen.

Die vier Riesenechsen warfen sich herum und zogen sich ein ganzes Stück wieder zurück. Während des Flugs berieten sie sich.

»Was haben wir da gespürt?« fragte Humas Drache.

»Einen Verstand. Keinen Drachenverstand, sondern einen mächtigen, menschlichen Geist. Und zwar untrainiert. Er hat in keinem Zauberorden gelernt.«

»Kein Kleriker?«

Der männliche Drache schüttelte seinen großen Kopf. »Nein, eindeutig ein Magier. Ein Abtrünniger.«

Huma sah sich nervös um. »Er ist doch bestimmt keine Bedrohung für euch.«

»Nicht körperlich, Huma.« Sein eigener Drache antwortete

ihm. »Aber er könnte leicht andere warnen, daß wir kommen – wenn er das nicht schon getan hat –, und diese anderen können eine Gefahr darstellen. Seine einzige Aufgabe besteht darin, den Himmel zu überwachen.«

»Überlaßt ihn mir!« rief Blitz.

»Was hast du vor«, fragte das jüngere Weibchen, »wie willst du ihn davon abhalten, eine Nachricht loszuschicken, bevor du zuschlägst?«

Das Maul des Bronzedrachen klappte zu.

»Ich glaube«, bemerkte der männliche Silberdrache, »daß wir noch ein Schlupfloch haben. Er ist schließlich nur ein Mensch. Ich werde etwas höher hinauf fliegen als bisher. Da oben kann ich ausprobieren, ob seine Macht so hoch reicht. Ich riskiere damit natürlich, daß wir entdeckt werden.« Er fügte noch hinzu: »Wenn mein Begleiter nichts dagegen hat...«

Buoron schüttelte den Kopf, klammerte sich jedoch fester an den Sattelknauf.

»Was ist mit euch?«

Die anderen hatten keine Einwände. Da er das als Zustimmung nahm, machte das Männchen eine Wende und begann dann zu steigen. Als Buoron fest sitzen blieb, stieg der Silberdrache höher und höher, bis er in der Wolkendecke verschwand. Minutenlang warteten die anderen besorgt. Dann entdeckte Huma einen Punkt, der durch die Wolken brach.

Buoron sah ziemlich blaß aus, schien jedoch wohlauf. Sein Drache war hocherfreut. »Ich hatte recht. Ganz typisch für diese erdgebundenen Geschöpfe: Sie suchen den Himmel bis zur Wolkendecke ab, und was darüber liegt, existiert nicht mehr für sie.«

»Das hätte ich mir auch denken können!« moserte Blitz.

»Hast du aber nicht und ich auch nicht«, gab Humas Drache

zurück. »Jetzt, wo ich es höre, erstaunt es mich eher. Ich hatte völlig vergessen, wie beschränkt manche Menschen denken. Trotzdem, vielleicht kommt er zufällig noch darauf, also beeilen wir uns lieber.«

Die anderen folgten Huma und seiner Gefährtin himmelwärts. Sie brausten nach oben, bis sie die Wolkendecke und den Nebel passiert hatten und auf die andere Seite durchbrachen. Von dort aus schlugen sie – so gut es ging – die Richtung Vingaard ein und setzten ihre Reise fort.

Die Drachen flogen über Nacht weiter, während ihre Reiter schliefen. Huma erwachte davon, daß Kaz von den großen Echsen verlangte, daß sie unbedingt landen müßten, bevor alle seine Muskeln steif würden, ob nun Krieg sei oder nicht Krieg. Die Drachen selbst waren sichtlich müde und wollten selbst landen, auch um ihre Position neu zu bestimmen.

Erst kreiste Blitz in schnellen Spiralen nach unten, dann die anderen. Der Bronzedrache verschwand in dem weißen Meer, gefolgt von dem anderen Drachenweibchen. Huma und seine Drachendame waren dicht hinter ihnen.

Der kalte Nebel umgab ihn, so daß er nicht einmal mehr den Kopf seines Drachen erkennen konnte. Ein lautes, rauhes Krachen erklang unter ihnen, und Huma dachte zuerst, sie würden in einen schrecklichen Sturm geraten. Dann waren sie plötzlich durch die Wolkendecke hindurch –

– und mitten im Chaos.

Sie hatten fälscherlicherweise angenommen, daß sie die feindlichen Reihen schon überflogen hatten. Vor Humas Augen spielten sich wahre Alpträume ab. Wie eng die Burg schon eingekesselt war! Und überall tobte die blutige Schlacht.

Menschen und Oger stießen aufeinander. Von oben sah es so

aus, als wäre das Land da unten von Toten und Sterbenden übersät. Beide Seiten gleichzeitig rückten vor und zogen sich zurück, je nachdem, wohin Huma blickte. Es war das reine Chaos. Takhisis' Drachen schossen ständig herab und dezimierten sowohl die gelichteten Reihen der Ritter als auch die ihrer Ogerverbündeten, falls diese zufällig zu nahe dran waren. Auch goldene, silberne, bronzene und kupferne Drachen flogen herum, waren jedoch immer in der Minderheit. Eine bösartige Stimmung lag über dem Land, gegen die all der Mut der guten Drachen nichts ausrichten konnte. Selbst hier oben, abseits vom Kampfgeschehen, konnte Huma spüren, wie Entmutigung und der Wunsch aufzugeben in seiner Seele aufstiegen.

»Takhisis ist da«, flüsterte Humas Gefährtin ihm zu. »Sie ist hier auf Krynn, um unsere Vettern mit ihrer Macht zu nähren und den Mut ihrer Feinde zu brechen. Ich wußte nicht, daß sie so viel Macht über die Ebene der Sterblichen senden kann. Es ist, als stünde sie höchstpersönlich vor uns.«

Das stimmte. Die Gegenwart der Drachenkönigin war überwältigend. Huma schauderte vor Kälte, die mehr seinen Geist als seinen Körper befiel. Wie bekämpfte man eine Göttin?

»Da vorne, Huma. Siehst du?«

Sein Blick folgte der Richtung ihres Kopfes und dann, nach mehrmaligem Augenreiben, erkannte er den winzigen Punkt am Horizont.

»Burg Vingaard!« rief Kaz von vorn. Inzwischen konnten alle die Burg sehen – und die Schlacht, die auf der ganzen Strecke bis zu ihren Mauern tobte.

Fürst Avontal schrie auf und zeigte nach rechts. Ein goldener Drache kämpfte mit zwei roten. Der Kampf war heftig, und alle drei hatten schwere Wunden davongetragen. Als klar wurde, daß der goldene Drache verlieren würde, zögerte Blitz nicht länger. Während Kaz die Drachenlanze bereitmachte, rasten die beiden in den Kampf.

Plötzlich waren überall Drachen, die meisten davon Gegner. Alle Gedanken an Schlaf und Essen verflogen. Es gab nur Klauen und Zähne, Geschrei und Gebrüll, Blut und Schmerz.

Und die Drachenlanzen.

Die dunklen Drachen wußten scheinbar nichts von den Drachenlanzen, vielleicht, weil Drakos ihnen keine Angst einjagen wollte. Sie lernten diese Angst jedoch rasch kennen, als einer nach dem anderen den Lanzenspitzen zum Opfer fiel, die beim Herausziehen makellos und ohne Kratzer aus sich selbst heraus strahlten.

Die Kinder von Takhisis begannen bald, abzudrehen und vor diesem Strahlen zu fliehen, denn sie erkannten es leicht als Zeichen von Paladin. Daraus schlossen sie, daß der Tag verloren war. Die wilde Flucht der ersten Drachen löste am Himmel bald eine Welle der Verwirrung aus, als mehr und mehr Drachen in blinder Panik flohen.

Nachdem sie nicht mehr gegen ihre Artgenossen antreten mußten, konnten die Drachen von Paladin die Ritterschaft verstärken, und die Angriffswelle am Boden begann ebenfalls abzuebben. Zuerst wendeten die westlichen, dann die östlichen Linien von Takhisis' Streitkräften, gaben nach und lösten sich schließlich auf. Ohne die Hilfe der verbündeten Drachen verließ die Oger und Menschen, die für die dunkle Seite fochten, der Mut, und viele warfen einfach ihre Waffen weg und flohen.

Irgendwann war die Schlacht vorbei. Daß der Himmel bedrohlich grollte und die Berge im Westen von Blitzen erhellt waren, kümmerte die wenigsten. Ein Sieg – wie auch immer er aussehen sollte – war dringend nötig gewesen, und sie hatten ihn erkämpft. Im Augenblick wußte noch niemand den Grund, doch sie dankten Paladin für das Wunder und warteten dann grimmig, was wohl als nächstes kommen würde.

Am frühen Nachmittag landeten vier erschöpfte Drachen im Hof von Burg Vingaard. Auf dem Rücken trug jeder einen Reiter, der ebenfalls blaß und erschöpft war. Ein silberner Glanz umgab die Neuankömmlinge, und irgendwann erkannte jemand, daß es nicht die Drachen und ihre Reiter waren, die so göttlich strahlten, sondern die großen Lanzen.

Da breiteten sich die Gerüchte jedoch schon aus.

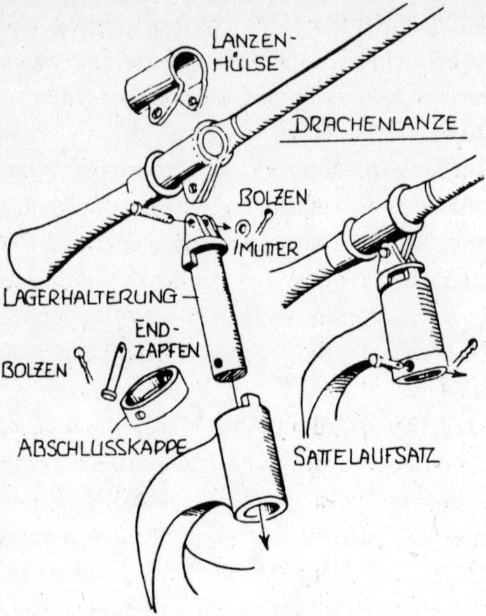

Kapitel 9

Sie haben mir gesagt, daß du es bist, aber ich konnte es nicht glauben. Nicht nach all den Geschichten, die überall die Runde machen.«

»Geschichten?« Huma und seine Kameraden waren von den Drachen gestiegen, wo sie sofort von Rittern und gemeinem Volk umringt gewesen wären, hätte Fürst Grendal, dem die Verteidigung der Burg oblag, nicht eingegriffen. Innerhalb der ersten Minute nach ihrer Landung war eine Gruppe erprobter

Veteranen aus Grendals Truppe draußen gewesen und hatte die Reisenden schützend umstellt.

Fürst Oswal, der Großmeister, zeigte auf Huma. »Du weißt, wovon ich rede. Die Geschichte von deinem Kampf mit dem Dämon, der Pest und Zwietracht im Land gesät hat.«

»Rennard?«

»Rennard. Erstaunlich, wie kurz das Gedächtnis der Leute sein kann. Als man ihn entlarvte und du ihn dort im Kampf geschlagen hast, vergaßen sie schnell, wie gern sie die Gerüchte geglaubt haben, die er immer verbreitet hat. Sie nannten ihn einen bösen Dämon oder Kleriker – was weiß ich. Dann, zur Krönung des Ganzen, sollst du dich wie Paladin persönlich in Luft aufgelöst haben.«

Humas Gesicht wurde dunkelrot. »Der Teil mit meinem Verschwinden stimmt, aber ich kann meinem Fürsten nur versichern, daß das nicht in meiner Macht stand.«

»Allerdings.« Fürst Oswals Augen schweiften zu den Drachenlanzen, und sein Körper schien kurz zu erbeben. »Ist es das, was du gesucht hast? Was wir so dringend brauchen?«

»Ja, mein Fürst. Die Drachenlanzen. Wir wären früher da gewesen, aber wir wurden in die Schlacht verwickelt.«

»Das kann man wohl sagen. Ich habe Menschen und Drachen davon erzählen hören, wie ihr acht aus dem Nichts aufgetaucht seid und die Lakaien der Drachenkönigin das Fürchten gelehrt habt. Vielleicht haben sie recht; vielleicht bist du wirklich Paladin, der als Sterblicher nach Krynn gekommen ist.«

»Fürst Oswal!«

Der Großmeister lachte. »So weit bin ich noch nicht, Huma. Noch nicht.« Trotz seines offensichtlichen Verlangens, die Lanzen zu untersuchen, wandte sich Oswal zuerst den anderen aus Humas Gruppe zu. »Ich erkenne dich wieder, Minotaurus, und freue mich, daß ich dir vertraut habe. Du bist ein lebendes Beispiel für das Gute, was ich über deine Rasse gehört habe. Ich danke dir für deine Hilfe.«

Kaz war seltsam still. »Ich habe nur getan, was von mir verlangt wurde. Ich habe Huma einen Eid geleistet.«

»Mehr war es nicht?« Der Großmeister lächelte und wendete sich den anderen zu, zunächst Fürst Avontal. Ein Hauch von Kälte lag im Ton des Großmeisters. »Ich heiße Euch als Ritterkameraden willkommen, Befehlshaber von Ergod. Ich nehme nicht an, daß Ihr Eure Armee mitgebracht habt?«

»Als wir uns damals trafen, Großmeister, wußte ich, daß Ihr eines Tages diesen Titel tragen würdet, aber ich hatte gehofft, er würde Euch milder stimmen, bevor wir einander wiedersehen.«

Oswal nahm den versteckten Tadel mit einem aufrichtigen Lächeln hin. »Verzeiht, wenn ich hin und wieder vergesse, daß ich vor einem Kleriker Paladins stehe.«

Huma, Kaz und Buoron sahen einander an. Sie respektierten Fürst Avontal zwar, hätten ihn aber nie für einen Kleriker von Paladin gehalten. Aber wer konnte schon bestimmen, wie ein Kleriker auszusehen hatte, solange sein Glaube und seine Handlungen seinen Lehren nicht widersprachen.

»Ihr habt mein Geheimnis preisgegeben. Nun, was soll's. Vielleicht begreift Huma jetzt, warum ich wollte, daß er mich nach Kargod begleitet. Als ich das Zeichen von Morgion an einem so offensichtlich rechtschaffenen Ritter entdeckte, fürchtete ich, er wäre für irgendeine ruchlose Tat bestimmt.« Avontal lächelte Huma an.

Der Großmeister ging von Avontal weiter zu Buoron. Mit seinem buschigen Bart fiel der Ritter aus dem Südwesten auf. Buoron zitterte angesichts des Großmeisters.

»Du bist…«

Der Ritter mußte mehrmals ansetzen, bevor er seinen Namen herausbrachte. »Buoron, mein Fürst!«

»Von einem unserer fernen Außenposten in Ergod, vermute ich.«

»Ja, mein Fürst.« Buoron war erbleicht.

»Guter Mann.« Fürst Oswal wandte sich ab. Buoron atmete erleichtert auf und lächelte erschöpft.

»Also dann, Huma«, sagte der Großmeister plötzlich ernst. »Wenn ihr so freundlich sein wollt, dann wünsche ich, daß du und deine Gefährten mit in mein Quartier kommen. Ich möchte alles erfahren.«

»Ja, mein Fürst, aber die Drachenlanzen –«

»Werden gut behandelt und an einem sicheren Ort aufbewahrt, bis wir entschieden haben, was wir mit ihnen machen sollen. Komm jetzt. Ich denke, daß ihr alle etwas zu trinken gebrauchen könnt. Nach der heutigen Beinahe-Katastrophe geht mir das jedenfalls so.«

Humas Bericht wurde hin und wieder von dem Gewitter unterbrochen, das sich über den Bergen im Westen austobte. Kaz meinte, daß Takhisis wohl ihre Wut an denen ausließ, die sie enttäuscht hatten. Vielleicht zürnte auch Galan Drakos über die vergeblichen Versuche seiner Männer, die Drachenlanzen zu erbeuten.

Fürst Oswal trommelte mit den Fingern auf dem Tisch, während er alles auf sich einwirken ließ, was Huma erzählt hatte. »Bei Paladin! Wenn du es nicht wärst, hätte ich das alles nie geglaubt – und daß du sie wirklich gesehen hast! Du machst einen alten Mann stolz, Huma. Durak wäre stolz auf dich, das weiß ich.«

»Danke, mein Fürst.« Dieses Lob bedeutete ihm mehr als alles andere.

»Aus Drachensilber geschmiedet von einem Schmied mit einem Silberarm, der selbst einen göttlichen Hammer schwingt.«

Huma war baff. »Das habe ich nicht erzählt.«

Der Großmeister lächelte wissend. »Ich kenne mich gut mit den alten Sagen aus, Huma. Das ist ein Grund, warum ich dir die ganze Zeit geglaubt habe. Wenn dieser Schmied so aussieht, wie du ihn beschrieben hast, muß er einen Hammer haben, den Reorx selbst hergestellt hat. Ich bin froh, daß unsere alten Schriften doch die Wahrheit sagen und daß du kamst, um uns diese Waffe zu bringen.«

Huma dachte nach. Schließlich erhob er sich. »Mein Fürst, ich habe eine Bitte. Ich weiß das zu schätzen, was Ihr gesagt habt, und weiß, daß es noch viel zu erzählen gäbe. Aber jetzt haben wir die Drachenlanzen, und ich muß eine Bitte loswerden. Es sind zwanzig Lanzen, die am Himmel benutzt werden können. Gebt mir nur eine Lanze, damit ich zum Stützpunkt von Galan Drakos und seiner verruchten Herrin fliegen kann. Ich *muß* Magus befreien!«

»Ritter Huma.« Die Stimme des Großmeisters war tonlos und ähnelte erschreckend der von Rennard. Fürst Oswal starrte ihn an, bis Huma sich wieder setzte. »Ein Mensch, ob Gefährte, Geliebte oder Verwandter, ist nicht das Leben von Hunderten wert – und das gilt auch für mich, wenn ich denn dieser eine wäre. Du kannst anderer Meinung sein, und das ist dein Recht – unter uns. Aber wir kämpfen für Solamnia, für ganz Ansalon, wenn nicht ganz Krynn. Ich kann deine Bitte nicht gewähren.«

»Er wurde gefangengenommen, während er die Lanzen *verteidigt* hat.« Aus Humas Stimme sprach Bitterkeit.

»Ich verstehe das, Ritter Huma, so wie ich die Gefahr für dich besser verstehe als du selbst. Meine Antwort bleibt dieselbe. Verstanden?«

Huma sagte nichts.

»Also dann, ihr habt einundzwanzig Lanzen, von denen eine deiner Aussage nach für einen Fußsoldaten ist.«

»Ja.«

»Zwanzig Lanzen reichen kaum aus. Wir haben dieses Mal Glück gehabt, weil die Drachen euch nicht erwartet haben und euer plötzliches Auftauchen sie in Verwirrung gestürzt hat.«

»Sie sind mit eingekniffenem Schwanz geflohen«, bemerkte Kaz tief befriedigt.

»*Dieses* Mal. Wenn sie wieder kommen – und glaubt nicht, daß sie das nicht tun –, werden sie klüger und mutiger vorgehen, und vier Lanzen oder auch zwanzig werden nicht ausreichen.«

»Ihr tut so, als sei der Kampf schon verloren. Das hätte ich vom Großmeister der Ritter von Solamnia nicht erwartet«, schaltete sich Fürst Avontal ein.

Der Großmeister beachtete den verächtlichen Gesichtsausdruck des Ergodianers nicht, sondern fixierte Huma. »Wer das als Eingeständnis unserer Niederlage ansieht, hatte keine Zeit zuzuhören. Was jetzt ansteht, ist, alles andere aus der Schmiede zu räumen und genauso gute Lanzen zu schmieden wie die Originale.«

Guido Avontals Augen wurden zu Schlitzen, und ein dünnes Lächeln spielte um seine Lippen. Kaz und Buoron tauschten verwunderte Blicke. Huma zögerte. Dann merkte er, worauf der erfahrene Ritter hinaus wollte.

»Eine Kriegslist! Wir wollen sie mit einem Riesenbluff täuschen!«

Fürst Oswal lächelte angespannt. »Ein Bluff. Genau. Wir haben alles da, was man zur Herstellung normaler Lanzen braucht. Jetzt müssen wir so viele gut gefälschte Drachenlanzen wie möglich herstellen.«

»Wie lange wird das dauern?« fragte Avontal. »Wie Ihr schon sagtet, sie werden sicher bald wieder angreifen.«

»Metallverarbeitung jeglicher Art ist bei uns eine Kunst, Kommandant. Es ist ein Teil unseres Erfolgsgeheimnisses. Schlechte Waffen und Rüstungen sind etwas für schlechte Armeen – so könnte man den Kodex zitieren. In nur zwei Tagen werden wir über hundert Lanzen haben. Sie werden, wie gesagt, Fälschungen sein, Kopien der echten Drachenlanzen. Die Nachricht hat sich zweifellos schon bis zum letzten Mann ausgebreitet. Wenn wir ihnen nächstes Mal gegenüberstehen, hoffe ich, mindestens hundert Lanzen bereit zu halten. Wenn die Drachen von Takhisis kommen, werden sie mit einem eindrucksvollen Ausfall der Kavallerie rechnen müssen. Damit haben wir das Überraschungselement. Ich hoffe, daß einhundert angeblich echte Drachenlanzen Panik unter ihnen verursachen. Während die Drachen in Schach gehalten werden, können unsere Truppen vorrücken und die Oger angreifen.«

»Das ist mehr als ein Bluff. Ihr wollt gewinnen, ob mit oder ohne Drachenlanzen. Ein interessanter Plan. Glaubt Ihr daran? Wirklich?«

»Als Kleriker Paladins solltest du das wissen. Außerdem glaube ich mehr an meine Männer als an den Plan. Schließlich sind wir die Ritter von Solamnia.«

»Huma.«

Er war allein herumgelaufen, um alles zu begreifen, was geschehen war. Magus, die Drachenlanzen, Galan Drakos, Gwyneth –

»Huma?«

Er fuhr herum. Da stand sie im Schatten des Stalls. Sie trug eine fließende, silbrig blaue Robe, die ihre schlanke Figur teilweise preisgab, als sie auf ihn zukam. Huma stand nur noch mit offenem Mund da.

»Gwyneth?«

Sie lächelte. »Hast du jemand anders erwartet?«

»Nein!«

»Ich wollte schon eher zu dir kommen, aber das ging nicht. Ich habe da – ein paar Dinge zu bedenken. Ich hoffe, es macht dir nichts aus, wenn ich dir Gesellschaft leiste?«

»Nein. Ganz und gar nicht.«

Gwyneth hakte sich bei ihm ein, und die beiden spazierten langsam um den Hof. Es war, solange Huma zurückdenken konnte, die erste Nacht, in der der Himmel etwas klarer war. Die Wolkendecke war an einigen Stellen aufgebrochen.

Huma konnte kaum hoffen, daß sie ganz verschwinden würde. Nur eines konnte dazu führen: der endgültige Sieg über die Drachenkönigin.

Er brauchte eine Weile, um Mut zu fassen, doch schließlich fragte Huma: »Wie bist du hierhergekommen?«

Sie drehte ihr Gesicht zur Seite. »Frag jetzt bitte nicht danach. Ich verspreche dir, daß ich es dir bald sagen werde.«

»Na gut. Ich freue mich einfach, dich zu sehen.«

Bei diesen Worten wandte sie sich ihm wieder zu. »Das ist schön. Dann lohnt sich das alles.« Gwyneths Miene verdüsterte sich plötzlich. »Ich habe Gerüchte gehört, daß du Magus auf eigene Faust befreien wolltest.«

»Der Großmeister hat es verboten.«

»Was wirst du tun?«

»Ich gehorche dem Großmeister. Das ist meine Pflicht.«

Sie schwiegen. Gwyneth hatte die Hand auf Humas Arm gelegt, und während sie gingen, überraschte ihn die Stärke in dieser Hand. Es gab so vieles, was er nicht über sie wußte, einschließlich ihrer Verbindung mit der Drachenlanze. Sie mußte eine Klerikerin sein, überlegte er, doch er wußte nicht, von welchem Gott.

Gwyneth starrte mit einem Mal erschreckt geradeaus. Huma folgte ihrem Blick und entdeckte einen unbekannten Mann etwa in seinem Alter. Der Mann war wie ein Dorfbewohner gekleidet – viele hatten sich gerade noch nach Burg Vingaard gerettet, bevor der Krieg ihre Häuser erreichte –, doch er wirkte nicht wie einer von ihnen. Sein Gesicht war im Schatten verborgen, doch Huma hätte schwören können, daß seine Augen glühten. Nachdem er die beiden angestarrt hatte, verschwand der Fremde um eine Ecke.

»Wer ist das?« Humas Hand glitt zum Heft seines Schwertes. Wenn jemand Gwyneth auflauerte...

»Niemand«, antwortete sie viel zu schnell. Gwyneth ließ Humas Arm los. »Ich muß jetzt gehen. Wir sehen uns später, das verspreche ich.«

Sie eilte in die Richtung davon, aus der sie gekommen waren. Huma wollte ihr zuerst nachlaufen, aber sie war fast augenblicklich verschwunden. Der Ritter zwinkerte. Er konnte sich nicht erinnern, wann oder wo sie abgebogen war.

Die Reaktion auf die Drachenlanzen war nicht so, wie es Huma und die anderen erwartet hatten.

Er hatte angeboten, zu zeigen, wie man die Lanze benutzte. Zu seinem Erstaunen kam nur eine Handvoll Ritter zum Zuschauen. Einer davon enthüllte den Grund für die überraschende Lethargie seiner Brüder. Verblüfft erzählte Huma den anderen, was der Ritter gesagt hatte und wie weit dieses Gefühl in der Ritterschaft verbreitet war.

»Die Zeit der Wunder ist vorbei. Sie werden nicht an den Zauber der Lanzen glauben, und wer kann sie dafür tadeln? Wir verlangen von ihnen, ihr Leben sinnlos aufs Spiel zu setzen, soweit sie das beurteilen können. Die mit den echten Drachenlanzen werden den Hauptangriff abfangen und dann versuchen, durchzubrechen und das Herz des Bösen zu treffen: Galan Drakos und seine grausame Herrin. Aber Selbstmord ist gegen den Kodex. Und außerdem haben nur wenige wahres Vertrauen zu Paladin. Man hat mir gesagt, daß manche glauben, ich hätte die Lanzen selbst geschmiedet. Sie wollen wissen, warum sie ihr Leben so nutzlos in Gefahr bringen sollen, wenn sie genauso gut hier mit ihren Kameraden einen sichtbaren Gegner zu ebenbürtigen Bedingungen bekämpfen könnten. Mit Drachen zu kämpfen, ist eine Sache; die Drachenkönigin persönlich anzugreifen ist verrückt. Diese Einstellung hat man mir mehr als einmal verkündet.«

Jetzt sprang Fürst Oswal auf. »Sie werden es riskieren, verdammt noch mal! Es sind Ritter, keine Drückeberger! Ich werde ihnen befehlen, die Lanzen zu nehmen und sie auch zu benutzen!«

»Und sie werden sterben«, warf Avontal ein.

»Was soll das heißen?« Die beiden Kommandanten maßen einander mit Blicken.

»Sie werden sterben, Großmeister. Mit schwachem oder gar keinem Glauben werden sie einfach sterben. Es geht nicht darum, ob Paladins Macht in den Drachenlanzen steckt. Die Hand, die die Waffe führt, muß ebenfalls daran glauben, sonst sind die Reaktionen ein Quentchen zu langsam, ein bißchen zu ungenau. Sie müssen daran glauben wie wir, sonst verlieren sie, weil sie diese Lanzen wie jede andere Lanze ansehen werden – als ein Ding, das an der Haut der dunklen Drachen abprallt oder zerbricht.«

»Aber eine Drachenlanze –«

Der ergodianische Kleriker gebot ihm mit erhobener Hand zu schweigen. »Wir haben zwanzig Drachenlanzen, richtig?«

»Plus die Lanze für den Fußsoldaten«, fügte Huma rasch hinzu.

»Zwanzig Lanzen. Dann brauchen wir nur zwanzig Männer. Ich glaube, daß Paladin über uns wacht. Wenn es nur zwanzig Drachenlanzen gibt, dann gibt es einen Grund dafür. Wenn wir mehr haben sollten, würde Paladin sie uns verschaffen. Wenn unser Glaube stark ist, werden wir siegen, ob mit zwanzig Lanzen oder mit tausend.«

Fürst Oswal sah Huma an. »Er hat recht.«

Huma musterte die anderen Anwesenden. Kaz, Buoron und Avontal würden mit ihm kommen. Er brauchte noch sechzehn zusätzliche Männer. »Also nur zwanzig.«

Mehr als eine Augenbraue wurde dabei hochgezogen. Huma wartete keine Frage ab, sondern spann sofort seine Gedanken weiter.

»Buoron, Kaz, Fürst Avontal. Ich weiß, daß ihr drei mir folgen werdet. Ihr kennt die Drachenlanze, ihr wißt, was sie vermag. Wenn nur zwanzig Lanzen zwischen uns und dem Sieg der Dunklen Herrn stehen, dann sollten wir Paladin danken, daß wir die paar haben, und sie bestmöglich nutzen.«

»Du hättest Kleriker werden sollen, Huma, denn dein Glaube ist der stärkste, den ich je gesehen habe.« In Fürst Guidos Stimme lag kein Spott.

Es klopfte an der Tür des Großmeisters, und einer der Ritter der Rose aus seiner Leibwache trat ein.

»Großmeister, Ritter Bennett möchte Euch sprechen.«

»Ich habe ihn schon vor einer ganzen Weile von den Burgmauern hierher gerufen. Wo hat er gesteckt?«

»Das hat er nicht gesagt, mein Fürst.«

Fürst Oswal warf Huma einen Blick zu und nickte langsam. »Laß ihn eintreten.«

»Mein Fürst.« Die Wache redete mit jemandem im Gang und nahm dann Haltung an. Bennett, der mehr denn je seinem Vater ähnelte, stürmte herrisch in den Raum. Er salutierte respektvoll vor seinem Onkel und nahm die anderen höflich zur Kenntnis, auch wenn er den ergodianischen Befehlshaber lange und durchdringend anstarrte.

»Was gibt es, Bennett?«

»Onk – Großmeister, ich habe die Drachenlanzen untersucht.«

Die Miene des alten Ritters wurde finster. »Wer hat dir die Erlaubnis dazu gegeben?«

Ein Teil der Selbstherrlichkeit verschwand. »Ich habe es auf eigene Faust getan. Ich konnte nicht anders, nachdem du mir nach Humas – nach seinem Verschwinden davon erzählt hast.«

Bennett sah Huma beim Sprechen an, doch dieser konnte aus den beherrschten, habichtartigen Gesichtszügen nichts herauslesen.

»Und?«

Die Augen seines Neffen wurden groß, die Maske fiel, und sowohl Huma als auch Fürst Oswal staunten über das Strahlen, das beim Sprechen über Bennetts Gesicht ging. »Wenn man sie anfaßt, sind sie ganz glatt – so glatt, daß sie widerstandslos durch die Luft sausen können. Ich habe noch nie eine so scharfe Spitze gesehen oder ein so strahlendes, richtig lebendiges Metall. Ich habe gehört, daß viele die Echtheit der Lanzen anzweifeln, aber ich glaube fest daran, daß Paladin sie uns durch seinen Helden geschickt hat.«

Zum allerersten Mal fühlte Huma, daß ihm der Neffe des Großmeisters Respekt entgegenbrachte.

Fürst Oswal war nicht weniger überrascht. Kaz schnaubte leise vor Spott, doch der Blick, den Bennett ihm zuwarf, ließ ihn sofort verstummen.

»Ich möchte dazu gehören, Großmeister. Ich habe zwanzig gezählt und weiß nicht, ob wir noch mehr bekommen, aber ich möchte dabei sein. Das ist es, wofür ich ausgebildet wurde – dem Triumvirat und Paladin zu dienen. Ich werde jede Prüfung auf mich nehmen, falls ich beweisen muß, daß ich es wert bin.« Bennett atmete aus, und seine Schultern sackten herunter. Er hatte vor allen Anwesenden sein Herz geöffnet und erwartete nun sein Urteil.

Der Großmeister sah von Huma zu Avontal und dann zurück zu seinem Neffen.

»Ritter Bennett, ich erkenne, daß du der Sohn meines Bruders bist – wie mein Bruder war, bevor uns die Aufgaben der Führungsrolle entzweit haben. Wenn du nur so bleibst, wie du jetzt bist, wird das wahr, woran viele schon immer glaubten – daß du einer der Allerbesten unter uns sein wirst.« Bennetts Schultern strafften sich in unverhohlenem Stolz. Oswal fuhr fort: »Wenn du wirklich sein willst, wonach wir alle streben, dann schlage ich vor, daß du dir diesen Ritter hier zum Vorbild nimmst« – er zeigte auf einen sprachlosen Huma –, »denn er ist der Inbegriff all unserer Lehren, ob er selber das weiß oder nicht.«

»Bin ich dann –«

»Du bist, und ich übertrage dir eine besondere Aufgabe: Suche andere wie dich aus allen drei Orden, fünfzehn an der Zahl, die bereit sind, an die Macht und den Willen Paladins zu glauben und die mit der Drachenlanze in der Hand durch die Lüfte reiten wollen.«

Bennett taumelte beinahe zur Tür, um sich dort noch einmal zu seinem Onkel umzudrehen. Fürst Oswal verabschiedete ihn mit einem Wink. Hastig rannte der Ritter der Rose davon.

Bennett tat genau das, was ihm befohlen worden war. Er suchte sich Freiwillige aus allen drei Orden und wählte nach Verdienst und Glauben aus, nicht danach, ob sie ihm treu ergeben waren, wie er es vor dem Tod seines Vaters noch getan hätte. Unter den Freiwilligen waren altgediente und noch sehr unerfahrene Ritter. Überraschenderweise nahm Bennett auch drei Ritter, denen infolge des Krieges Gliedmaßen fehlten oder die dauerhaft behindert waren. In Friedenszeiten hätte Fürst Oswal diesen Männern Arbeit in der Burg zugeteilt, um sie zu beschäftigen, aber gleichzeitig von schwierigen Situationen fernzuhalten. Jetzt aber kam es auf jeden an, der kämpfen konnte. Männer, die ein Bein verloren hatten, konnten immer noch reiten und ein Schwert schwingen. Ein nutzloser Arm bedeutete, daß der Ritter immer noch den anderen verwenden konnte. Ein Ritter von Solamnia gab erst auf, wenn er gesiegt hatte oder wenn er tot war. Hätten sie solche Männer aus ihren Reihen ausgeschlossen, so wären die verfügbaren Truppen der Burg um fast ein Viertel geschrumpft.

Mit dem Rückzug der feindlichen Armeen aus der Umgebung der Burg waren die Nachschublinien wieder offen, wenn auch nur zeitweise. Bei der ersten Gelegenheit lieferten die Ritter aus dem Süden Nahrungsmittel und Rohstoffe. Es war ein gefährliches Unterfangen, denn die Oger und Drachen belauerten immer noch die Wege, und manche Wagen kamen nie an.

Die Berge im Westen waren verdächtig ruhig. Magus war immer noch da draußen, und Huma verspürte immer noch den Wunsch, einen Rettungsversuch zu starten. Es fuchste ihn, daß er in der Burg abwarten mußte, was Galan Drakos und seine Herrin ausheckten.

Es wäre leichter gewesen, wenn Gwyneth bei ihm gewesen wäre, aber sie war seit jener Nacht nicht zurückgekehrt. Huma war statt dessen dazu übergegangen, sich mit dem Silberdrachen zu unterhalten. Sie redeten nur, wenn sie alleine waren, denn die Gegenwart der anderen Drachen, die die Burg bewachten – besonders der zwei Geschwister des Silberdrachen, die Huma stets scharf beobachteten –, war ihm peinlich.

Die Drachendame lauschte jedem seiner Worte und beantwortete seine Fragen so eifrig, daß er oft vergessen konnte, daß er mit einem Wesen sprach, daß viel größer und älter war als er. Gleichzeitig war sie von einer Traurigkeit erfüllt, deren tieferen Grund Huma nie herausfinden konnte. Er hatte sie nur ein einziges Mal darauf angesprochen. Doch Huma war zu weit gegangen; der große Drache hatte sich umgedreht und war wortlos verschwunden.

Huma konnte das Gefühl nicht erklären, das ihn da überkam, aber irgendwie wußte er, daß die Traurigkeit, die sich so tief in der Riesin eingenistet hatte, mit ihm zu tun hatte.

Er sprach das Thema nie wieder an, weil er sich vor der Wahrheit fürchtete, die er dahinter entdecken könnte.

Drei Tage vergingen, dann war es, als ob der Himmel selbst zerbarst. Die Ritter in der Burg zeigten nach oben und begannen zu flüstern. Auch wenn sie keine Furcht zugeben würden, wurden viele blaß, weil sie sich an das letzte Mal erinnerten, als der Himmel so ausgesehen hatte.

Huma eilte zu den Zinnen, gefolgt von Kaz und Buoron. Huma und der Minotaurus starrten mit zusammengekniffenen Augen auf das Grauen vor ihnen. Buoron war wegen seiner Stationierung im Südwesten damals nicht dabei gewesen, doch er schaute sich alles an und drehte sich dann zu seinen Gefährten um. Da erst sah er ihren Gesichtsausdruck.

Während er selbst erblaßte, fragte er: »Was hat das zu bedeuten? Warum wird es so dunkel?«

Die heranrollende Finsternis, die die Ritter in jener früheren Schlacht fast besiegt hätte, schob sich langsam zu den äußersten Verteidigungslinien vor. Der Wind um die Burg steigerte sich zum Orkan.

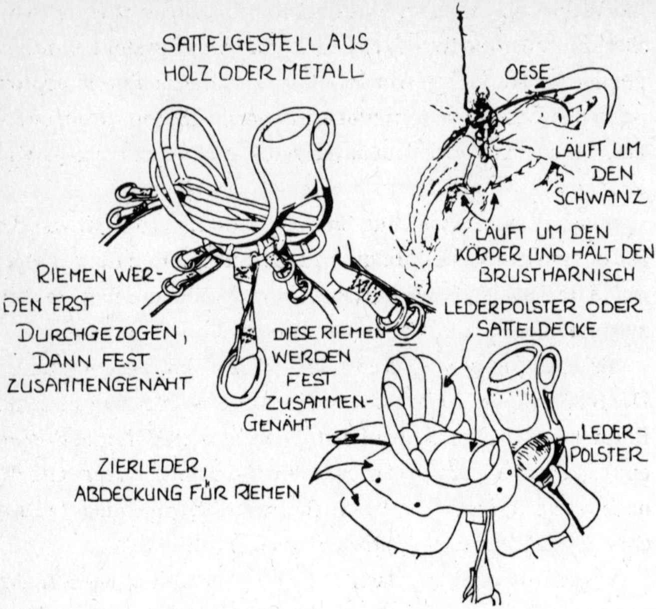

Kapitel 10

Die Drachenlanzen! Wir müssen losfliegen!«

Die anderen hatten sich bereits versammelt, als Huma und seine Gefährten den Hof betraten. Bennett sah zu ihm auf wie ein Adjutant zu seinem Befehlshaber. Jetzt hatte Huma das Sagen.

Auch die Drachen waren bereit. Es war schwierig gewesen, diejenigen auszuwählen, die mit den Rittern gehen sollten. Im Gegensatz zu den Menschen hatten sich nämlich alle Drachen angeboten. Es war die silberne Drachendame, die schließlich die Wahl traf, da sie am besten mit den Lanzen vertraut war. Ihre Entscheidungen waren nicht in Frage gestellt worden, denn jeder Freiwillige wurde aufgrund früherer Taten und körperlicher Ausdauer bestimmt. Es waren silberne, bronzene – von denen Blitz der Wortführer war – und sogar ein goldener Drache.

Es waren mehr als genug Sättel hergestellt worden, und die Ritter hatten sie schon auf die Drachen gelegt. Es hatte sogar jemand daran gedacht, die kleinere Lanze an den Silberdrachen zu binden, den Huma reiten würde.

Als alles fertig war, drehte sich Huma um. Alle warteten. Dann zog er eine Grimasse, weil ihm klar wurde, daß sie seine Befehle erwarteten. Selbst Fürst Avontal, der in Humas Augen ein besserer Flugführer war, unterwarf sich ihm. Huma schaute nach vorne, überprüfte, ob alles fest saß, und trat dann den Drachen als Zeichen zum Aufbruch leicht in die Flanken.

Was für ein Anblick, dachte er, als er sich kurz umsah. Die zwanzig Drachen formierten sich zu einem Pfeil, mit Huma an der Spitze. Kaz und Blitz waren links hinter ihm, Buoron zu seiner Rechten. Fürst Avontal, der hinter ihm flog, konnte er nicht sehen.

Seine Gedanken wurden von dem Silberdrachen unterbrochen, der den Kopf wendete und sagte: »Huma, ich…« Huma sah nach vorn, weil er erwartete, daß die Kinder der Drachenkönigin durch die Finsternis brachen. »Nichts. Ich – ich wollte nur sagen, daß du in jeder Hinsicht auf mich zählen kannst.«

»Dafür werde ich dir ewig dankbar sein«, schrie er, denn jetzt brauste der Wind so stark, daß es in seinen Ohren toste, und Huma war sich nicht sicher, ob sie ihn verstanden hatte. Sie hatte sich schon wieder umgedreht.

Es war allein ein Kampf, in den schwarzen Vorhang einzudringen, den Galan Drakos' Getreue geschaffen hatten. Der Wind war stürmisch. Die Reiter wurden heruntergedrückt und sicherten die Drachenlanzen an ihren Drachen. Huma und der Silberdrache flogen als erste hinein, und es war, als wäre Krynn ausgelöscht. Es gab nur den Ritter, seinen Drachen und seine Lanze. Nein, erkannte Huma. Es gab noch mehr. Hinter sich sah er das Leuchten der anderen Drachenlanzen. Zuerst befürchtete Huma, daß sie den Truppen von Takhisis wie Laternen den Weg weisen würden, aber dann sah er, wie die Lanzen an der Finsternis nagten und den Zauber zerstörten. Es machte nichts, ob sie gesehen wurden oder nicht. Die Finsternis hörte auf, eine Bedrohung zu sein.

»Wir sind durch!« brüllte der Silberdrache.

Die Welt war wieder da. Als Huma zu Fuß unterwegs gewesen war, war ihm die Strecke ungeheuer weit erschienen, endlose Finsternis, in der unirdische Wesen ihrer blinden Beute auflauerten.

Die feindlichen Drachen kamen über sie.

Der erste stürzte sich auf Huma und den Silberdrachen, als sie wieder ans Licht durchbrachen. Ein einzelner Reiter und Drache mußte den roten Drachen wie eine leichte Beute erscheinen, und die beiden trennten sich von ihren Brüdern, um es mit Huma aufzunehmen. Dann aber tauchten die anderen Drachenreiter hinter Huma auf, und die leichte Beute wurde zum todbringenden Jäger. Die beiden vorwitzigen Roten fielen rasch, weil sie nicht mehr rechtzeitig flüchten konnten. Die anderen, Blaue, Schwarze und Rote, näherten sich zögerlicher. Huma kam es so vor, als wenn sie nur aus Angst vor ihrer eigenen Herrin angriffen, einer Angst, die größer war als die vor den Drachenlanzen.

Einer der zwanzig, Hallerin, ein neu aufgenommener, aber wohlerprobter Ritter der Krone, stürzte ab. Der Säureatem seines Gegners hatte ihn in Brand gesetzt. Die anderen Ritter waren dem Feind vierfach überlegen, so daß der Rest der dunklen Drachen sich zurückzog, um es lieber mit dem Zorn ihrer Herrin aufzunehmen.

Ein paar Ritter wollten ihnen nachjagen, aber Huma war dagegen und behielt seinen bisherigen Kurs bei. Humas Ziel war die Quelle der wabernden Finsternis.

Mehrmals waren sie Angriffen von Luftwesen ausgesetzt. Da tauchten Drachen von jedweder Farbe auf. Einmal trafen sie auf große, vogelartige Wesen mit Löwenmäulern und drei Paar Klauen. Ein anderer Drachenreiter fiel entsetzlichen Geschöpfen zum Opfer, die nur der wahnsinnige Drakos erdacht haben konnte. Über diesen Verlust war Huma besonders unglücklich. Es handelte sich um einen narbenübersäten Veteranen der Rose namens Marik Ogerfluch. Er war einer von den kriegsversehrten Rittern gewesen und hatte sich als erster gemeldet. Jetzt waren sie nur noch achtzehn. Im Flug merkte sich Huma Ort und Umstände jedes Todes, weil er hoffte, die Tapferkeit dieser Männer später in einem Lied oder Gedicht verewigen zu können.

Sie waren nah, ganz nah am Ursprungsort des Zaubers. Huma wußte es. Er fühlte es.

»Ich kann etwas sehen, Huma«, sagte der Silberdrache.

»Wo?«

»Da unten rechts.«

Er folgte dem Blick. Da war nur ein kahler Hügel mit ein paar verkrüppelten, verfaulenden Bäumen, die ein regelrechtes Muster bildeten. Es war jedenfalls nicht das, was er erwartet hatte, und das teilte er dem Silberdrachen mit.

Dieser lächelte wissend. »Schau nicht mit deinen Augen, Huma. Schau mit der Weisheit Paladins. Hast du jemals Bäume gesehen, die in der Form eines Pentagramms wachsen?«

Der Ritter sah noch einmal hin – und erkannte dann, wie exakt das Muster war. Unter seinem Blick begannen die Bäume zu verschwimmen, als wären sie nicht echt. Sie verschwanden nicht, sondern wurden zu Gestalten in braunen Roben wie jener Magier, der Huma vor scheinbar endlosen Zeiten im Wald angegriffen hatte.

Jetzt erkannte er sie besser. Fast ein Dutzend Gestalten hockten mit gesenktem Kopf am Boden und streckten ihre Arme zur Mitte des Pentagramms aus, wo einer von ihnen mit hoch erhobenen Armen stand.

»Sollen wir sie erledigen? Sie scheinen uns nicht bemerkt zu haben«, schrie Kaz an seiner Seite. Blitz stimmte eifrig bei.

»Ich will sie möglichst lebend.«

Kaz schnaubte. »Möglichst?«

Blitz schoß hinunter – und konnte gerade noch eine schwere Verwundung abwenden, als etwas aufstieg und die Luftströmungen zerteilte, als wäre ein Gewitterblitz aus der Erde entfesselt worden. Kaz und Blitz warteten kreisend auf den nächsten Versuch, und als dieses Mal der Angriff kam, wich Blitz mit Leichtigkeit aus. Ein Lichtblitz spaltete den Himmel und traf den Hügel. Als sich der Rauch verzogen hatte, lag ein kleiner Krater da, wo die Gestalten gestanden hatten.

Huma drehte sich um, weil er das Lachen des Silberdrachen hörte. »Daher sein Spitzname Blitz. Alle Bronzedrachen beherrschen diesen Trick, aber nur weniger verfügen über derartige Präzision, und keiner kann ihm das Wasser reichen.«

Nachdem ihre Verteidigungsstellung zerstört war, wurden die abtrünnigen Zauberer plötzlich aktiv. Wie ein Mann standen sie auf und stellten sich den Angreifern entgegen. Auch wenn Huma es aus der Entfernung nicht genau beurteilen konnte, fand er, daß ihre Gesichter sich doch stark ähnelten. Sie hätten alle Geschwister sein können. Dann erkannte Huma, was die Gestalten so ähnlich machte. Sie handelten wie unter Bann oder mit solcher Konzentration, daß man diese aus ihren Gesichtern und Bewegungen ablesen konnte. Sie waren gewissermaßen ein einziges Wesen, und sie zeigten auf Huma und seinen Silberdrachen.

»Runter!« schrie er, doch seine Freundin hatte bereits gehandelt. Die Abtrünnigen versuchten, ihrem Kurs zu folgen, doch der Silberdrache schoß in Sturzflügen und Kehren durch die Luft. Während die Magier sich auf ihn konzentrierten, kamen die anderen Drachenreiter näher an sie heran.

Wie lange konnten die Abtrünnigen diese Verteidigung durchhalten und gleichzeitig die Finsternis aufrechterhalten, fragte sich Huma.

»Huma, da unten!«

Gleich hinter dem Hügel rückte unaufhaltsam die Ogerarmee heran. Das Land wimmelte nur so von Ogern, den verbündeten Menschen, Goblins und ein paar unidentifizierbaren Wesen – zweifellos Experimente der Zauberer. Wesen mit zu vielen Armen, zu vielen Beinen – oder gar zu vielen Körpern und Köpfen.

Die Luft selbst riß auseinander, während er noch zusah, und Huma erhaschte einen Blick auf einen Ort, den er nur aus Alpträumen und Gebeten kannte. Es war nur ein winziger Einblick, aber in eine so überwältigende Schwärze, die ihn so gern verschlingen wollte, daß er wußte, es konnte nur der Abgrund sein.

So stark waren sie. Sie hatten einen Spalt in die Ebene der Sterblichen getrieben – der ihn verschlingen würde! Huma zitterte, und selbst der Silberdrache schreckte vor diesem Anblick zurück. Der Riß schien breiter zu werden, sie konnten nirgendwohin fliehen, sich nirgends verstecken. Er kam näher – dann brach die Macht, die den Spalt offen gehalten hatte, zusammen, weil die Abtrünnigen den heranstürmenden Drachen des Lichts zum Opfer fielen. Die Magier hatten ihr höchstes Konzentrationsniveau erreicht; zu viele, zu wichtige Dinge geschahen zugleich. Als die Drachen einer nach dem anderen angriffen, stellten sich ein paar Abtrünnige zum Kampf und starben augenblicklich. Der Rest rannte auseinander, weil das geistige Band zwischen ihnen gerissen war.

Die Dunkelheit hinter ihnen löste sich auf. Mancher kreischte angesichts des Lichts vor Entsetzen auf. Die Wesen waren in völliger Dunkelheit aufgezogen worden, vielleicht sogar im Abgrund selbst. Licht bedeutete für sie den Tod. Ihre Körper konnten ohne die Finsternis nicht existieren; sie verdunsteten wie Tau und hinterließen keine sichtbaren Spuren.

Das würde jedoch nicht die gewaltige Armee abschrecken, die jetzt auf den Hügel zu marschierte, wo die Zauberer auseinandergetrieben worden waren. Die Befehlshaber der Drachenkönigin, denen die Vorstellungskraft und der Wagemut von Crynus fehlte, warfen alles, was sie hatten, in die erste Schlacht.

Der Silberdrache sprach wieder zu Huma: »Sie haben Angst, Huma. Nicht vor uns, glaube ich, sondern vor Galan Drakos und der Drachenkönigin.«

»Was können wir machen?«

»IHR KÖNNT STERBEN.«

Hinter sich hörte Huma die Rufe der anderen. Vor ihm schwebte mitten in der Luft eine Gestalt mit verschränkten Armen, die höhnisch unter einer brauen Kapuze hervorgrinste. Der Mann war groß, vielleicht noch größer als Huma, und schlank. Er wirkte eher wie ein durchtrainierter Ritter, als wie der Zauberer, der er offensichtlich war. Im Gegensatz zu seinem schlangenartigen Lächeln war das Gesicht des schwebenden Zauberkundigen kaum mehr als ein Schatten.

»Galan Drakos.« Huma flüsterte sich selbst diesen Namen zu, doch der Magier hatte ihn anscheinend verstanden, denn er nickte zustimmend mit dem Kopf.

»Du bist Huma. Durch Menschenaugen siehst du ganz anders aus. Der einzige Nachteil an den Schreckenswölfen. Man sieht so wie sie.«

Huma konnte sich kaum davon abhalten, dem Silberdrachen den Befehl zum Angriff zu erteilen. Die schwebende Gestalt war der Inbegriff von allem Bösen.

Galan Drakos lächelte breit. »Du verschwendest deine Zeit, lieber Ritter. Zugegeben, die Lanzen sind ein Vorteil gegenüber den Drachen, aber ihr habt – Verzeihung, hattet – nur zwanzig, und wir haben viel zu viele Drachen. Sieh selbst.« Der Zauberer zeigte auf den Horizont hinter sich.

Huma zuckte zusammen. Eine dunkle Wolke tauchte am Horizont auf. Zuerst hielt er sie für einen weiteren Dunkelheitszauber. Dann sah er, daß die Wolke keine Einheit war, sondern aus vielen, großen, fliegenden Kreaturen bestand.

Drachen. Die Kinder von Takhisis. Zu Hunderten.

Galan Drakos lächelte immer noch, als Huma zu ihm herumfuhr. »Mit Hilfe meiner Dunklen Herrin habe ich sie aus ganz Krynn zusammengerufen. Bis auf den letzten. Schwarze, rote, weiße, grüne – alle Arten von Drachen. Sie sind tagelang hierher geflogen, und sie sind fast da.«

Zwanzig Lanzen – jetzt noch achtzehn. Achtzehn gegen Hunderte und Aberhunderte von Drachen. Wenn sie nur mehr Lanzen hätten...

»Wenn du dich jetzt ergibst, könnte es noch ein Plätzchen für dich geben. Meine Herrin ist von deiner Fähigkeit zu überleben recht beeindruckt. Wenn du bereit bist, ihr deine Talente zur Verfügung zu stellen, wird sie sich als sehr – dankbar erweisen.« Der Abtrünnige grinste. »Du kennst schließlich nur die Finstere Kriegerin. Sie hat andere – hm, Talente – gleicher Güte.«

Der Silberdrache unter ihm stieß ein unerwartetes, wütendes Zischen aus, und Huma wurde plötzlich zum Angriff auf den Magier getragen. Seltsamerweise lachte Drakos nur, als ihn die große Echse mit aufgesperrtem Maul und ausgefahrenen Klauen ansprang.

Ihre Kiefer schlugen aufeinander.

»Illusion«, murmelte Huma.

Ein spöttisches Lachen schien in der Luft zu hängen. Die Gruppe kreiste unsicher, weil sie Humas Befehle erwartete. Er starrte weiter auf den Fleck, wo Galan Drakos' Illusion geschwebt hatte.

Als er das Warten nicht mehr aushielt, rief irgendein Ritter hinter Huma: »Wir sind verloren!«

»Wir haben erst verloren, wenn der letzte Ritter tot ist, Derrick«, schrie Bennett den Mann an. Er flüsterte dem goldenen Drachen etwas zu, der sofort so nah zu Huma flog, daß sie miteinander reden konnten, ohne von den anderen Reitern gehört zu werden. »Was machen wir jetzt?«

Bennett fragte ihn um Rat? Wäre die ganze Lage nicht so tragisch gewesen, hätte Huma vielleicht gelacht. »Rückzug. Wir müssen die Burg warnen. Bei so wenig Lanzen sollten wir über Vingaard kreisen. Die Einnahme soll sie so teuer wie möglich zu stehen kommen.«

»Du gibst auf?«

»Absolut nicht. Im Moment ist die Verteidigung der Burg das Wichtigste.« Huma wandte sich an die anderen. »Zurück nach Vingaard!«

Huma versuchte, seine eigene Enttäuschung zu verbergen, als sie sich vor den heranrückenden Horden in Sicherheit brachten. Die Lage erschien hoffnungslos.

Da traf ein helles Glitzern seine Augen. Zuerst hielt Huma es für reflektierendes Sonnenlicht. Doch dann fiel ihm auf einmal auf, daß die Sonne nicht schien. Was ihm in die Augen schien, war Licht ohne ersichtliche Quelle.

Als Humas Augen sich auf das winzige, flackernde Licht konzentrierten, schien es zu rufen. Es war kein richtiges Licht, eher ein grünlicher Glanz. Er erinnerte Huma an den Glanz, der vom Schwert der Tränen ausging.

Der Glanz schien zur Erde zu flattern. Huma zögerte. Er machte seine silberne Freundin auf das Glitzerding aufmerksam.

»Was sagst du dazu?«

»Eine Art Bote, aber ich fürchte, sein Schöpfer trägt Schwarz. Beachte es nicht und laß uns verschwinden, bevor die Sache schlimmer wird. Ich – mir gefällt es hier nicht.« Sie verhielt sich merkwürdig, fand Huma. Seit ihrer fehlgeschlagenen Attacke gegen Drakos war sie schweigsam und fast traurig geworden. Huma stellte fest, daß es Drakos' Hinweis auf die Verführungskünste seiner Herrin gewesen war, was sie so aufgebracht hatte. Aber warum? Hatte der Silberdrache befürchtet, er würde auf einen so trügerischen Traum hereinfallen?

Huma holte tief Luft – und schüttelte den Kopf. »Folge dem Licht nach unten.«

»Huma –«

»LOS JETZT.« Er hatte noch nie so mit ihr geredet, aber er

glaubte im Moment nicht, daß er ihren Reaktionen trauen konnte. Er mußte eine Entscheidung treffen.

»Huma!« rief Kaz von vorne. Huma schüttelte den Kopf und zeigte mit ausdruckslosem Gesicht nach hinten zur Burg. Der Minotaurus sagte leise etwas zu Blitz und beobachtete dann die anderen, um zu sehen, was sie taten. Kaz rief wieder etwas. Auf jeden Fall würde der Riese aus dem Osten mit seinem Drachen warten, während der Ritter das untersuchte, was ihn so faszinierte.

Widerstrebend begann der Drache dem grünlichen Schein nach unten zu folgen. Als sie vor einem bestimmten Hügel angekommen waren, verschwand der grüne Glanz plötzlich. Der Silberdrache landete, und Huma sah sich erwartungsvoll um.

»Ich komme in Frieden, Ritter von Solamnia.« Die Stimme war leise und kratzte in den Ohren. Ihr Inhaber war ein kleiner, drahtiger Mann mit übergroßem Kopf und schmalen, fast wieselartigen Zügen. Kein einziges Haar wuchs auf seinem Kopf. Er trug eine schwarze Robe.

»Ein Trick! Ich hab's dir ja gesagt!« Der Silberdrache bäumte sich auf, um Huma zu verteidigen. Die Schwarze Robe duckte sich, doch in ihren Augen stand keine Angst. Huma schimpfte, bis seine Gefährtin sich wieder beruhigt hatte. Er ärgerte sich allmählich über ihre plötzliche Bockigkeit.

»Hör mir zu«, krächzte der Magier.

Huma starrte die Schwarze Robe an: »Was hast du zu sagen? Ich habe bereits mit deinem Herrn gesprochen.«

Der Zauberkundige verzog das Gesicht. »Damit bist du bereits beim Thema. Der Abtrünnige, der sich selbst zu unserem Herrn aufgeworfen hat. Dieses Aas!«

»Ihr dient beide derselben Göttin, oder?«

»Hör gut zu, Ritter von Solamnia, weil ich nicht weiß, wann

dieser Teufel meine Abwesenheit bemerkt. Wir brauchen dein Einverständnis.«

»Meins?« Huma riß die Augen auf. Eine Schwarze Robe, die um seine Hilfe bat?

»Wir kennen dich – durch jemanden, der in seinem Leben viele Roben getragen hat und jetzt noch eine weitere trägt, wenn nicht körperlich, so doch im Geiste.«

»Magus!« Bei der vagen Beschreibung sprang der Ritter auf. »Wo?«

Der Zauberer gebot mit erhobener Hand Schweigen. »Dafür ist keine Zeit. Hör zu. Wir wissen jetzt, daß wir der Drachenkönigin im Falle ihres Sieges genausowenig bedeuten wie du. Drakos ist bereits jetzt ihre Stimme unter den Sterblichen, und die Welt wird unter ihm so aussehen, als wäre sie der Abgrund. Du hast seine scheußlichen Kreaturen gesehen. Möchtest du erleben, daß sie die Macht ausüben? Wir wollen uns euch anschließen. Lieber im Kampf sterben, als für immer ihrer Gnade ausgeliefert sein – und sie wird für unsere beiden Orden einen besonderen Platz haben, glaube mir.«

Ein Bündnisangebot... von einer Schwarzen Robe? »Wie soll ich dir trauen, einem der Ihren?«

Der Zauberer richtete sich auf. »Meine erste und wichtigste Verpflichtung gilt Nuitari, dem Dunklen Herrn der Magie. Wir haben uns getäuscht, als wir glaubten, wir würden ihm dienen, als wir freiwillig der dienten – ich will sie nicht seine Mutter nennen –, sagen wir mal, der, die ihn geboren hat. Nuitari jedoch ist diese Welt nicht gleichgültig. Darum haben er, Lunitari und –«, der Zauberer zögerte, den Namen auszusprechen, »– selbst Solinari vom Licht den Kampf um Krynn aufgegeben und die Orden der Zauberer als selbständige Einheit gegründet, die für die Verbreitung der Magie in der Welt sorgen sollte.

Wenn Takhisis den Sieg davonträgt, wird von Krynn kaum mehr als ein kalter Fels zwischen den Sternen bleiben. Der Traum unseres Herrn wird verloren sein. Das können wir nicht zulassen.«

»Was willst du?«

»Es geht nicht so sehr darum, was wir wollen, als was wir geben können.«

»Geben?« Der Silberdrache, der die meiste Zeit geschwiegen hatte, verengte die Augen und lachte sarkastisch. »Eine Schwarze Robe schenkt nichts als Elend und Tod.«

»Ein ungerechtes Fehlurteil. In diesem Fall jedoch soll alles Elend und aller Tod, den wir bringen, gegen Drakos und sein Gesindel gerichtet sein – aber wir brauchen eine Eröffnung.«

»Eine Eröffnung? Was meinst du damit?«

»Ich kann dir nur das hier geben.« Der Magier streckte eine knochige Hand aus. Auf seiner Handfläche ruhte eine winzige, grüne Kugel. »Wenn du nicht nah genug herankommst, wirst du das Schloß von Galan Drakos nie finden. Es liegt am Rand zwischen unserer Existenzebene und dem Abgrund. Hiermit wirst du es finden können.«

Der Silberdrache fauchte verächtlich. »Und was ist mit deiner alten Herrin, der Drachenkönigin? Soll sie etwa einfach beiseite sehen, während wir den Sitz ihres vertrautesten Dieners angreifen?«

Der Zauberkundige zeigte auf die Drachenlanze. »Mir wurde gesagt, daß sie deswegen Zweifel hat. Daß sie im Schloß bleibt, in der Nähe des Weges zum Abgrund, weil sie die Macht der Drachenlanzen fürchtet.«

»Lächerlich! Huma, ich werde nicht zulassen...« Die Drachendame drehte sich beim Sprechen um und erstarrte, als sie seinen Gesichtsausdruck sah. »Huma... du wirst das doch nicht glauben wollen.«

Der Ritter beachtete sie nicht. »Was werdet ihr tun, wenn wir zuschlagen – nur mal angenommen?«

»Innerhalb des Schlosses befindet sich der Rest der Schwarzen Garde und der Abtrünnigen, die Drakos bereitwillig folgen, die größte Gefahr für dich. Um die kümmern wir uns. Wenn möglich, werden wir auch versuchen, die Drachen wegzuschikken.«

»Reiner Wahnsinn!«

Ein Schatten fiel über sie. Alle drei sahen nach oben, wo Kaz und Blitz wartend kreisten. Der Minotaurus schrie ihnen zu: »Schnell! Ich sehe die Vorhut der Drachen.«

Der Zauberer drehte sich schnell wieder zu Huma. »Bei Nuitari, ich schwöre, daß mein Name Gunther ist und daß du mir vertrauen kannst. Reich mir deine Hand!«

Die Schwarze Robe hatte bei ihrem Herrn geschworen. Für die Gefolgschaft von Nuitari standen auf Eidbruch unzählige Tode. Huma streckte die Hand aus und nahm die kleine, grüne Kugel entgegen.

»Wir sind bei dir.« Der Zauberer verschwand auf der Stelle. Huma trat seinem Reittier leicht in die Seiten. Der Drache breitete seine Flügel aus und begann mit offensichtlicher Erleichterung zu steigen.

Kaz sah Humas geschlossene Faust und machte große Augen. »Was ist das?«

Huma starrte auf die heranrollende Woge der Zerstörung und überlegte, wie primitiv der Dunkelheitszauber jetzt erschien. Er betrachtete seine Hand, in der die kleine Kugel lag. »Im besten Fall ein Hoffnungsschimmer, glaube ich.«

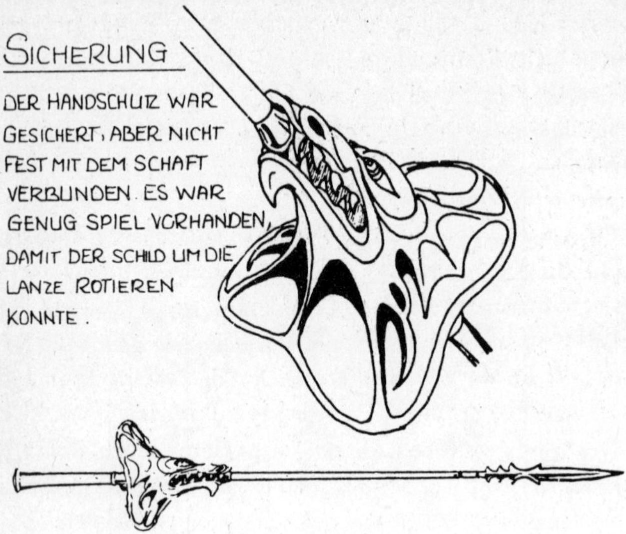

Kapitel 11

Beim Triumvirat! Was können die uns denn noch alles entgegenwerfen?«

Guido Avontal schüttelte den Kopf. »Das Böse vermehrt sich ins Unermeßliche, wenn es Wurzeln schlagen darf. Eine ziemlich weinerliche Feststellung meines Vorgängers, aber nur allzu wahr.«

Sie standen im Hof, wo die Drachen und ihre Reiter gelandet waren. Der Verlust von zwei Leuten der Elitetruppe bedrückte den Großmeister ebenso wie die Nachricht von der weiteren Welle des Bösen, die auf sie zurollte.

»Was ist mit dem Handel mit den Dienern Nuitaris, Huma?« fragte Bennett. »Glaubst du, wir können ihnen trauen?«

Nach gründlichem Nachdenken antwortete Huma schließlich: »Ich glaube schon.« Er hielt die winzige Smaragdkugel hoch. Sie pulsierte. »Sie haben mir das hier gegeben. Es könnte für sie natürlich ein Mittel sein, uns herauszulocken, damit wir ihnen auf offenem Feld ins Messer laufen, aber es wurde von einem Schwur an den Gott der Schwarzen Künste persönlich begleitet. Keine Schwarze Robe, der ihr Leben lieb ist, würde sich mit Nuitari anlegen.«

»Ganz meine Meinung«, fügte der Großmeister hinzu. Er seufzte. »Nun, wir haben wirklich ein Problem. Wir können Vingaard unmöglich allzulange gegen eine solche Belagerung halten. Gleichzeitig wäre es aber auch einfach Wahnsinn, sich dieser Horde draußen entgegenzustellen.« Nach kurzem Zögern fuhr er fort: »Ich habe den Drachen angeboten, daß sie uns verlassen dürfen, wenn sie glauben, daß diese Schlacht verloren ist.« Fürst Oswal hob die Hand, um die erschreckten Gefährten zum Schweigen zu bringen. »Ich mußte das tun. Ich glaube aber, daß sie uns bis zum Ende beistehen werden. Wir werden sehen. Wo war ich? Ach ja. Wir wissen immer noch nicht alles über den Osten. Die Oger sollen ihre Stellung dort gefestigt haben. Aus dem Süden können wir keine Hilfe erwarten – verwünschte Elfen! Im Norden – Wasser.«

»Wir haben die nachgemachten Drachenlanzen«, unterbrach Bennett. »Laß sie uns für einen letzten Ausfall benutzen. Wenn der Feind verwirrt ist, können wir mit ein paar von ihnen zumindest Zeit gewinnen.«

Fürst Oswal betrachtete brummend die Lanzen der Reiter.

»Ich finde, daß den ganzen Tag nur Wahnsinn herrscht, aber wenn es keine anderen Vorschläge gibt, werden wir den geschichtsträchtigen Ausfall, auf den mein Neffe so aus ist, mit einer gut organisierten Suche und einem Angriff auf Galan Drakos' Burg verbinden.« Er schaute sich um. Keiner, nicht einmal Lord Avontal, der Kleriker und erfahrene Veteran, konnte gegen diese selbstmörderische Strategie etwas einwenden.

Oswal schüttelte den Kopf. »Wenn man sich überhaupt an mich erinnern wird, dann werde ich der verfluchte Großmeister sein, der seine Männer auf die Schlachtbank schickte.«

Ein Horn ertönte.

»Sie haben die erste Welle ausgemacht«, sagte jemand besorgt. Plötzlich rannten überall Ritter herum. Pferde wurden gesattelt und herausgeführt. Die Ritter stellten sich Reihe um Reihe auf. Pikeniere, Lanzenkämpfer, Bogenschützen – jeder einzelne bemühte sich, daß in dieser Stunde der Gefahr kein Durcheinander entstand.

»Als erstes die Fußsoldaten mit den Lanzen!« brüllte der Großmeister einem seiner Berater zu. Der Mann salutierte eilig und lief zu den Knappen, die davon betroffen waren.

Huma wollte die restlichen Krieger mit Drachenlanzen in Schlachtformation aufstellen, doch Fürst Oswal hielt ihn zurück. »Nein. Wenn du durchbrechen willst, mußt du losfliegen, während die Drachen beschäftigt sind.«

»Aber die Bodentruppen...«

»Werden so viel Schutz wie möglich von den Drachen bekommen. Ich –«

Wieder erklang das Horn, diesmal mit einem anderen Signal.

»Was im Namen Kiri-Jolits soll das?« Der Großmeister und die anderen eilten nach vorne, wo Fürst Falkenauge das Oberkommando hatte.

»Fürst Falkenauge.« Der Kommandoritter des Ordens der Krone fuhr herum.

»Großmeister, sie haben in Sichtweite angehalten. Sogar die Drachen sind zurückgeblieben. Es ist, als würden sie auf etwas warten. Ich habe alle Mann in Bereitschaft versetzt.«

»Sehr gut.« Huma hielt den Atem an, bis die Anspannung im Gesicht des Großmeisters nachließ. »Sie wollen uns nervös machen. Sie wollen, daß wir hinausstürmen und sie angreifen. Völlig hohlköpfig. Lassen wir *sie* ein bißchen schmoren. Lassen wir *sie* doch warten. Wenn Galan Drakos oder seine Herrin die Geduld verlieren, sind wir am Zug.«

Ein goldener Drache flatterte von seinem Ausguck in den Hof hinunter. Er war alt, selbst für einen Drachen, und seine Haut war rissig und von alten Kampfnarben übersät. Seine Gestalt verriet jedoch keine Schwäche.

»Ich habe den anderen dein Angebot mitgeteilt.« Die Stimme war tief und grollend, ähnlich wie die des Erdelementars, der Magus gedient hatte.

Die Ritter wurden still.

Fürst Oswal hatte gezögert, doch jetzt fragte er: »Und wie lautet ihre Antwort?«

Der Drache warf ihm einen Blick zu, der eindeutig ein ›Hab'-ich's-nicht-gesagt?‹ ausdrückte. »Wir werden euch nicht im Stich lassen. Ohne Burg Vingaard kann keine Garnison standhalten. Hier ist der Ort der Entscheidung. Wenn Vingaard fällt, fällt auch Ergod und danach die Länder der Elfen und der Zwerge. Dann unterwirft die Königin alles.«

»Ich wollte nur Paladins Sache weitergeführt wissen, falls wir hier versagen.«

»Die Sache des Guten wird immer überleben. Selbst Takhisis muß das wissen.«

Trotz der Hektik um ihn herum, verstand Huma, daß die Drachen sich zu einem Kampf bis zum Tod entschlossen hatten. Um ihrer menschlichen Verbündeten willen. Um ihres Glaubens an Paladins Lehren willen.

Da tat der Großmeister etwas nie Dagewesenes. Er ließ sich auf ein Knie hinunter und bezollte diesem Drachen und all seinen Artgenossen seinen Respekt. Sie blieben, obwohl ihnen der Weg in die Freiheit offen stand.

»Danke. Ich hatte es gehofft – aber man weiß nie.«

Der goldene Drache nickte majestätisch, breitete seine langen Flügel aus und schwang sich empor. Der Großmeister sah schweigend zu. Dann drängte sich ein anderer Lärm in den Vordergrund. Knappen mit den nachgebauten Drachenlanzen für Fußsoldaten eilten zu den versammelten Rittern. Huma starrte die Lanzen an, die aus den Ständern geholt wurden. Wie sie glänzten! Ganz als ob…

»Mein Fürst!«

»Ja, Huma?«

»Wenn Ihr mich entschuldigt, ich habe noch ein paar Sachen vorzubereiten.«

»Dann geh.«

»Kaz.« Huma zog den Minotaurus beiseite. »Besorg dir eine von den Lanzen, die die Knappen austeilen, und vergleich sie mit einer echten Drachenlanze.«

»Was –« Der Minotaurus kam nicht weiter.

»Ich erkläre es dir, wenn ich zurück bin.« Huma hastete davon und überließ es dem Minotaurus, sich über die Bitte seines Freundes den Kopf zu zerbrechen.

Die Schmiede war nicht weit entfernt.

Gerade als Huma ankam, öffneten sich die massiven Holztüren. Huma wich rasch zurück, weil er einem Fremden Auge in Auge gegenüberstand.

»Du solltest besser nicht hinter Türen rumstehen, wenn du nicht verletzt werden willst.« Der Fremde hatte schwarzsilbernes Haar und einen langen, schmalen Kopf. Seine Augen schienen einen Augenblick zu glühen, was Huma an die Gestalt erinnerte, die Gwyneth in jener Nacht angestarrt hatte, als sie im Hof spazierengegangen waren. Der Mann hatte sie eingeschüchtert. Dieser hier konnte es aber nicht gewesen sein. Er war größer und schlanker. Doch die Augen...

»Du bist Huma von der Lanze«, urteilte der Fremde. Sein Blick war durchdringend.

»Ich bin Huma.« Der Ritter war kein Bardenheld, dem so ein Titel zukam.

»Der Schmiedemeister hat viel zu tun, aber ich glaube, er wird etwas Zeit für dich erübrigen können.« Das Lächeln war seltsam, so fremdartig, daß Huma ein Schauer über den Rücken lief. Woran erinnerte es ihn nur?

Von innen drangen Stimmen nach draußen. Beide klangen bekannt, aber eine ganz besonders.

»– kannst du mir keinen Rat geben?«

»– ich bin schon viel zu lange aus der Welt der Menschen fort, und meine Zeit auf Krynn ist fast um. Am besten suchst du dir einen von deiner Art.«

»– keiner von ihnen versteht es! Wie soll ich ihm sagen, daß ich nicht bin, wofür er mich hält? Daß ich fast jeden Tag mit ihm geflogen bin, ohne daß er es gemerkt hat?

Glaubst du, er könnte mich lieben, wenn er wüßte, daß ich – daß wir –«

Es gab kaum Licht außer dem der Esse, und das wenige zeigte gerade die Umrisse der beiden Gestalten, die dort standen.

»Gwyneth?«

Die weibliche Gestalt fuhr bei seiner Stimme erschreckt herum und floh durch die Hintertür. Huma wollte ihr folgen, doch der andere verstellte ihm den Weg und begrüßte ihn herzlich.

»Huma! Wie gut, dich noch einmal zu sehen!« Dunkan Eisenwirker hob ihn hoch, schüttelte ihn wie ein Baby und setzte ihn dann wieder ab. Huma linste an dem hünenhaften Schmied vorbei, doch von Gwyneth war keine Spur mehr zu sehen.

»Hast du wirklich gedacht, ich würde dir nur zwanzig Lanzen geben? Junge, du überraschst mich!«

»Dann sind sie echt! Es ist keine Einbildung!«

»Aber nicht doch! Ich hatte viel, viel mehr als zwanzig, aber nicht in der Nähe. Und du hättest sie auch nie alle zurückbringen können. Zu viele von ihren Spionen überall. Außerdem«, lächelte er, »brauchte ich mal einen Ortswechsel.«

»Und die Schmiede…«

Dunkan Eisenwirker zeigte auf den Arbeitsbereich. »Sie brauchten einen Waffen- und Rüstungsmeister. Ich habe die Wahrheit ein bißchen zurechtgebogen und behauptet, du hättest mich aus dem Süden hergerufen, – was ja gewissermaßen stimmt. Sie waren von meiner Arbeit verständlicherweise beeindruckt und haben mir alles überlassen. Bald waren es nur noch ich und meine Gehilfen.«

»Das ist – das ist unglaublich!« Die ganze Zeit waren in der Schmiede echte Drachenlanzen hergestellt worden.

Der riesige Schmied klopfte ihm auf die Brust. »Du, Huma, hast bewiesen, daß die Drachenlanzen funktionieren. Ich glaube, daß nicht einmal dein illustrer Großmeister eine Ahnung hat, wie viele von diesen Männern eigentlich an die Lanzen glauben.«

Humas Kopf begann sich zu drehen. »Sättel! Wir brauchen mehr Sättel.«

»Khildith!«

Zum ersten Mal bemerkte Huma die Assistenten des Schmieds. Ein Elf, ein Mensch und der Zwerg, der anscheinend Khildith war, weil er hervortrat.

»Meister Eisenwirker?«

»Sind die Sättel soweit?«

Der Zwerg begann, genauso zu strahlen wie der Schmied. Trotz seines Alters bewegte er sich so schnell und geschickt wie ein junger Mann. »Mehr als genug für uns.«

»Schön, schön.« Dunkan Eisenwirker ging zu Huma und legte ihm eine Hand auf die Schulter. Der Ritter merkte, wie er höflich, aber bestimmt weggeschoben wurde.

»Meister Eisenwirker. Eine Frage. Gwyneth...«

»Das ist etwas zwischen euch beiden.« Der Wandel im Gesichtsausdruck des Schmiedes reichte, um Huma zum Schweigen zu bringen. »Denk dran, du hast jetzt die Lanzen. Setze sie ein!«

Huma war aus der Tür, bevor er sich verabschieden konnte. Der einarmige Schmied beugte seinen mechanischen Arm. »Paladin sei mit dir, Junge. Solltest du ernsthaft daran zweifeln, können auch die Lanzen dir nicht helfen.«

Das Horn verkündete eine neue Warnung. Huma schoß los. Alle anderen Fragen traten angesichts der Schlacht in den Hintergrund. Die Drachenlanzen waren echt!

Kaz kam zu ihm, in jeder Hand eine Lanze für Fußsoldaten. »Ist das ein Trick, Huma? Ich könnte schwören –«

»Sie sind echt! Sie sind alle echt! Wo ist Fürst Oswal?«

Der Minotaurus benutzte eine Lanze als Zeigestock. »Auf der Mauer. Er hat darauf bestanden, selbst zuzusehen.«

Huma drehte sich um und sah, wie Bennett die Reiter ordnete. Huma grüßte ihn. Bennett bellte einen letzten Befehl, um sich dann Huma anzuschließen.

»Was ist los?« Jeder Muskel im Gesicht des Neffen des Großmeisters war angespannt. Bennett war in seinem Element, und unbewußt genoß er das.

»Die Drachenlanzen – sie sind alle echt!«

Der andere Ritter sah ihn fragend an. »Natürlich sind sie echt.«

Huma zögerte. Man hatte Bennett den ursprünglichen Plan nie mitgeteilt. Damals hatte niemand gewußt, daß Dunkan Eisenwirker auftauchen würde.

Bennett wartete schweigend, bis Huma schließlich die Geschichte hervorgesprudelt hatte. Das Gesicht des Ritters des Schwertes wurde langsam zu einer undurchdringlichen Maske. Als Huma endlich fertig war, starrten die beiden einander an.

Bennetts Raubvogelaugen schweiften zu dem Platz, wo sich alles versammelt hatte, was in der Ritterschaft Rang und Namen hatte, um seine Befehle zu erwarten. Sein Blick wanderte zurück zu Huma. »Noch etwas? Ich habe noch zu tun.«

Die knappen, tonlosen Worte erschreckten Huma. Er hatte Ärger und Überraschung erwartet, aber gar nichts? »Bennett – ich…«

Ein durchdringender Blick des anderen schnitt ihm das Wort ab. Bennett zeigte auf die Ritter um sie herum. »Macht es wirklich irgendeinen Unterschied, was du sagst, Huma? Ob mit oder ohne Drachenlanzen, diese Männer würden sich dennoch zum Kampf rüsten – trotz des wahrscheinlichen Ausgangs. Ich wäre der erste unter ihnen, wie du wahrscheinlich auch. Jeder Schaden, den wir anrichten, jede Kraft, die wir sie kosten, selbst bei einer Niederlage, ist eine Art Sieg.« Er holte Luft. Der fanatische Ausdruck wich aus seinen Augen. »Ich bin wirklich froh, noch einmal zu hören, daß wir ihnen nicht nackt in die Arme rennen, aber das ist auch alles. Sag ihnen, daß die Drachenlanzen nutzlos sind; sie werden trotzdem hinausziehen und ihr Bestes geben. Würdest du anders handeln?«

Der Glaube, den Bennett früher immer zur Schau gestellt hatte, bekam für Huma jetzt eine andere Bedeutung. Er wußte, daß der andere Ritter mit seiner Einschätzung richtig lag, besonders was Huma selbst betraf. Egal wie schrecklich die Gegner, einer der ersten Ritter wäre Huma gewesen.

»Wenn du mich jetzt entschuldigen würdest. Es gibt immer noch viel zu tun. Mein Onkel müßte da oben sein.« Bennett zeigte nach rechts zu einem Teil der vorderen Mauer. »Ich denke, daß er sich über deine Neuigkeiten sehr freuen wird.«

Bennett ging fort, schrie dabei Kommandos und verhielt sich, als hätte das Gespräch nie stattgefunden. Huma riß sich zusammen und lief zu den Mauern.

Oben auf der Mauer stand der Großmeister an einer Zinne.

Fürst Oswal hörte ihn kommen und sah ihm entgegen. Als er Huma erkannte, sagte er: »Hier drüben passiert mehr. Am Himmel braut sich etwas zusammen.«

Es war nur ein kleiner Punkt am bedeckten Himmel, weit jenseits der anrückenden Armee, aber einmal gesichtet, hielt er die Aufmerksamkeit des Entdeckers gefangen wie nichts anderes am Himmel. Huma kam sich vor, als würde ein Teil von ihm zu diesem Fleck gezogen, als würde seine Seele selbst dorthin gesogen. Er holte Luft und wandte seine Augen ab.

»Was ist das?«

Der Großmeister schüttelte den Kopf. »Ich weiß es nicht, aber es treibt uns, glaube ich, die Drachen und Oger her.«

Huma erinnerte sich, weshalb er hergekommen war, und erzählte Oswal schnell, was er entdeckt hatte.

Der alte Ritter handelte, noch ehe Huma geendet hatte. Seinen Beratern rief er zu: »Allen Kommandanten Bescheid geben! Die Drachen! Jemand muß es den Drachen sagen! Die Truppen sollen sich selbst formieren!«

Während er sich wieder der anrückenden Armee zuwandte, schüttelte Fürst Oswal den Kopf. Unter ihren Augen begannen die Drachen der Dunkelheit vor den Bodentruppen vorweg zu stürmen. Schon viel zu bald würden sie hier sein.

»Mein Fürst«, drängte Huma, »gebt mir die ursprünglichen Reiter. Wir können den Feind hinhalten, während die anderen sich vorbereiten. Schickt sie in Zwanzigergruppen in die Luft, aber laßt sie über der Burg warten, bis es wirklich viele sind. Dann schickt sie los, gefolgt von den Bodentruppen. Wenn wir die Luftherrschaft erringen, gehört uns auch der Boden.«

»Dabei wirst du sterben.«

Der junge Ritter zögerte – für eine Sekunde. »Dann hätte ich mein Leben Paladin geschenkt, wie es jedem Ritter gebührt.«

Oswal nickte müde. Huma eilte wieder nach unten. Er überlegte, wie schnell er die anderen zusammenholen konnte. Zu seiner Überraschung warteten sie jedoch bereits auf den Drachen mit kampfbereiten Lanzen. In der kurzen Zeit, die sie zusammen gewesen waren, war die Gruppe zu einem Ganzen verschmolzen. Der Silberdrache war auch da und erwartete Humas Befehle.

Mit todesverachtender Gelassenheit stand Huma vor seiner versammelten Gruppe und erklärte ihnen die Gefahr ihrer Mission und den wahrscheinlichen Ausgang. Er erwartete Widerspruch, nüchterne Stimmen, die den ganzen Plan verwerfen würden. Zu seiner Verblüffung stellte er jedoch fest, daß sie an seinen Vorschlag glaubten, auch wenn ihr Leben dann keinen Heller mehr wert war. Bennett nickte zustimmend, und auch einige Drachen drückten ihr Einverständnis aus. Nur sein eigenes Reittier gab seltsamerweise keine Antwort. Sie wirkte in sich gekehrt, hatte jedoch keine Einwände, als er auf ihren Rücken stieg. Als er das Signal zum Abflug gab, gehorchte sie rasch und gekonnt, wenn auch nicht gerade begeistert.

Oben in der Luft kamen Kaz und Blitz näher. »Wir werden schon dafür sorgen, daß sie sich gut an uns erinnern, bevor wir draufgehen.«

»Wir müssen Drakos finden«, erwiderte Huma. »Er ist der Schlüssel zu allem.«

»Er und seine Dunkle Königin.«

Huma nickte.

Als sie hoch oben waren, zeigte plötzlich Fürst Avontal auf etwas im Südwesten. »Seht mal, da!« schrie er. »Könnt ihr das erkennen?«

Blitz antwortete als erster. »Noch eine Armee. Der Feind wird noch stärker werden!«

Da lachte Avontal. »Wir sind es«, schrie er, »die immer stärker werden!«

Es war die Nordarmee von Ergod. In dem Wissen, daß sie nur Unterwerfung und Sklaverei erwartete, wenn die Ritterschaft fiel, setzten sie alles auf eine Karte, um einen Blitzangriff gegen den Rücken des Feindes zu führen. Daß sie von den Dienern von Takhisis noch nicht bemerkt worden waren, war wirklich ein Glück.

»Wann werden die anderen in der Luft sein?« rief Avontal.

»Bald.« Es war Bennett, der die Antwort rief, wofür Huma dankbar war. Er hätte zu diesem Zeitpunkt nichts garantieren wollen.

Noch während dieses Wortwechsels bewegte sich die Gruppe auf die erste Vorhut der Drachen zu. Sie hielten sich dicht beieinander, weil sie nur zu gut wußten, daß sie einzeln niedergemetzelt werden würden.

Die Drachen der Finsternis schienen ihre Absicht zu durchschauen, denn einige formierten sich genauso. Andere hatten jedoch offenbar andere Ansichten, wozu die Ritter fähig waren, lösten sich vom Pulk und jagten ihren Feinden entgegen. Huma konnte ein kurzes Lächeln nicht unterdrücken. Als die bösen Drachen zähnefletschend ihre Klauen ausfuhren und die Angreifer herausforderten, erkannte er, daß sie nicht an die Kraft der Drachenlanze glaubten.

Fast alle dieser einzelnen Angreifer waren in Minutenschnelle erledigt. Zwei weitere starben, bevor Huma seiner Gruppe Zeichen geben konnte, die Überlebenden davonkommen zu lassen. Ihr Entsetzen würde auch die anderen Drachen ergreifen.

Huma warf einen flüchtigen Blick auf seine Kameraden. Kaz' Gesicht war lebhaft und gerötet; Blitz konnte sich kaum zurückhalten, die Überlebenden zu verfolgen. Fürst Avontal sah seiner Armee entgegen; Buorons Miene war ruhig und fast ausdruckslos. Die Wunde an seinem Arm war geheilt, und er hielt die Drachenlanze so fest wie möglich.

Jetzt kamen ihnen scharenweise bemannte Drachen entgegen. Rote, schwarze, grüne und blaue. Auch weiße Drachen griffen an, doch sie waren ohne Reiter, und Huma hatte den Verdacht, daß sie als ›Kanonenfutter‹ gedacht waren, weil sie eher wie schlaue Tiere als wie intelligente Wesen handelten. Obwohl sie kleiner waren als die anderen Drachen, konnten sie tödliche Gegner sein, und ihre Anwesenheit verschaffte der Drachenkönigin einen Vorteil.

Unten hatte sich die Marschrichtung der beiden Armeen geändert. Die Ergodiander stellten sich in einer langen, breiten Linie auf, und der südliche Teil der Ogerstreitkräfte wendete, um dieser neuen Bedrohung zu begegnen. Die nördliche Hälfte, die erst noch von dem Angriff erfahren mußte, zog unbeirrt weiter, so daß die Mitte auseinanderbrach, während die Krieger dort auf ihre Befehle warteten. Verwirrung schien sich breitzumachen.

Jetzt, schrie es in Humas Kopf. Jetzt müßten wir angreifen! Die Ritter in der Burg konnten die ergodianische Armee natürlich nicht sehen. Aber ganz sicher sahen sie das Auseinanderbrechen der Oger und merkten, daß etwas zu ihrem Vorteil geschehen war. Wann würden sie reagieren?

Dann traf die kleine Gruppe Lanzenreiter auf die erste der scheinbar endlosen Wellen von Gegnern, und es blieb keine Zeit mehr, an irgend etwas anderes als ans Überleben zu denken.

Zuerst schienen die Drachen bei jedem Augenaufschlag von Huma aufzutauchen und zu verschwinden. Überall erklangen Schreie. Es wurde abgrundtief schwarz und sonnenhell, als die Drachen ihre magischen Künste einsetzten und die Reiter, von denen einige Zauberer oder Kleriker waren, ihre eigene Zauberkraft dazufügten.

Als der Silberdrache einem gegnerischen Schlag auswich, sah Huma, wie einer der Lanzenkämpfer und sein Reittier einer Gruppe von mindestens sechs Drachen zum Opfer fiel. Reiter und Drache wurden von der schrecklichen Kraft der Kreaturen in Stücke gerissen. Das einzige, was Huma übrig blieb, war, angesichts dieses Todesmuts nicht aufzuschreien. In dem Durcheinander konnte er nicht feststellen, wer da gestorben war.

Sie wurden voneinander getrennt. Kaz und Blitz blieben weiter bei Huma und seinem Silberdrachen. Irgendwann hörte der Ritter die laute Stimme Guido Avontals, der etwas rief.

Ein furchterregender schwarzer Drache mit einem von der Schwarzen Garde schoß von oben herab. Huma warnte den Silberdrachen, doch dieser war vollauf mit einem roten beschäftigt, der sich die Drachenlanze immer tiefer in die Schulter rammte, weil er viel zu wütend war, um das überhaupt wahrzunehmen. Der Ritter zog sein Schwert, auch wenn das gegen einen solchen Drachen nutzlos war, und bereitete sich auf den Aufprall vor.

Plötzlich fegte etwas Silbernes vorbei, und ein schlanker Drache lenkte den schwarzen ab. Ein Reiter saß auf dem Rükken des silbernen Drachens, den Huma als Buoron erkannte. Der andere Ritter war bereits mehr als einmal getroffen; seine Rüstung und sein Reittier waren blutüberströmt.

Schmerz! Huma kippte rückwärts, als ein Schock durch sein linkes Bein raste. Er starrte auf das Blut hinunter, das aus einer tiefen Wunde strömte. Er fühlte ein Stechen in seinem Bein, und die Schmerzwellen attackierten weiter seinen Geist. Fast tränenblind entdeckte er einen Oger auf einem Drachen. Mit übermenschlicher Kraft hatte der Oger seine Axt benutzt und gut getroffen.

Huma wehrte den folgenden Schlag des Ogers ab, konnte sich jedoch nicht mehr konzentrieren. Der Schmerz nahm ihn zu sehr in Beschlag.

Zu seiner Erleichterung schaffte es der Silberdrache, seinen Gegner abzuschütteln. Der rote Drache, den der starke Blutverlust aus seinen vielen Wunden geschwächt hatte, fiel hilflos flatternd zur Erde und riß seinen Reiter mit sich.

»Huma!«

Er brauchte einige Augenblicke, bis er merkte, daß die Drachin nach ihm rief. Aus ihren Augen sprach schreckliche Angst – und zwar nicht um sich selbst. Er hatte diese Augen schon früher gesehen, aber…

Neue Schreie von überall her unterbrachen seine Gedanken. Zuerst dachte er, das müßte das Ende sein. Gewiß würden sich noch mehr Drachen zu denen gesellen, die schon jetzt auf die kleine Gruppe eindrangen.

Er hatte unrecht. Die Drachen, die er beim Aufschauen erblickte, waren golden und silbern – all die glänzenden Metallfarben der Drachen Paladins. Es waren über hundert, und jeder trug einen Reiter und einen mit der Lanze bewaffneten Ritter. Drachenlanzen. Sie leuchteten hell und trafen ihr Ziel.

Unter den dunklen Drachen brach Panik aus. Wenn man ihnen überhaupt etwas gesagt hatte, dann hatte es sicher geheißen, daß es bloß eine kleine Anzahl Drachenlanzen gäbe. Die vordersten Drachen starben, ohne auch nur ihre Krallen zur Gegenwehr zu heben, so fassungslos waren sie.

Huma griff sich an die Stirn. Als er die Hand betrachtete, war sie voller Blut – sein eigenes! Er fragte sich, wann und wie das passiert war.

Beim Gedanken an seine Verletzungen sah er wieder sein Bein an. Das Blut strömte noch immer aus der Wunde, und er wußte, daß er bald ohnmächtig werden würde. Der Silberdrache begann, sich aus dem Kampf zurückzuziehen.

Mehr und mehr Drachen eilten von der Burg heran. Wie viele Drachenlanzen mochte der Schmied hergestellt haben?

Der Silberdrache flog, als wäre die Königin der Finsternis persönlich hinter ihm her. Hin und wieder sah er sich nach Huma um, immer mit demselben ängstlichen Ausdruck in den Augen. Stirnrunzelnd preßte er die Hände auf sein Bein, um die Blutung zu stoppen.

Schließlich überflogen sie die Burgmauern, wobei sie nur knapp einem weiteren Trupp Lanzenreiter ausweichen konnten, der gerade startete. Das Drachenweibchen brachte ihn zu dem Platz, wo die anderen Verwundeten seiner Gruppe behandelt wurden.

»Nehmt ihn runter!« Die Drachenstimme war so barsch und befehlend, daß niemand zögerte. Vor Humas Augen verschwammen die Drachin und die ganze Welt.

Beim Aufwachen neigte sich Gwyneth gerade über ihn, säuberte die Wunde und berührte sie auf eine Art, die den Schmerz stillte. Er konnte die Kraft spüren, die von ihren Fingerspitzen ausging. Ihr Gesicht war blaß und teilweise von ihren Haaren verdeckt, während sie sich über sein Bein beugte.

Humas Augen wanderten umher. Sie waren auf einer Anhöhe abseits der Schlacht, aber nicht so weit weg, daß sie den Kampflärm nicht mehr gehört hätten. Avontal war auch da; seine linke Seite war nur noch eine blutige Masse. Kaz war nirgends zu sehen. Von der ursprünglichen Gruppe waren nur neun geblieben. Bennett war unverletzt, sah aber aus, als hätte man ihn in seiner Rüstung durch die ganze Ebene geschleift. Er starrte Gwyneth mit einer seltsamen Mischung aus Abscheu und Faszination an. Seine Augen begegneten kurz denen von Huma, wandten sich dann aber schnell ab.

»Buoron ist tot«, sagte Oswals Neffe schließlich, wobei sein Blick immer noch an Gwyneth hing. »Als letztes sah ich, wie er und sein Drache sich auf den Schwarzen stürzten, um dich zu retten. Sie sind gefallen.«

Diese Nachricht erschütterte nicht nur Huma, sondern auch Gwyneth. Weinend schlug sie die Hände vors Gesicht. Huma hob die Hand und berührte ihren Arm.

»Sie weint nicht um Buoron –« Bennett hatte Schwierigkeiten, die richtigen Worte zu finden.

»Laß das, Bennett.« Guido Avontal versuchte, sich aufzurichten.

»Huma!« Blitz kam angeflogen, von dessen Rücken Kaz mit seiner Streitaxt winkte. Drache und Minotaurus waren beide mit Kratzern und kleineren Wunden übersät, aber keiner schien ernstlich verletzt zu sein. Huma schenkte ihnen nur einen kurzen Blick, dann kehrten seine Augen zu Gwyneth zurück, die sich abwandte. Er starrte sie weiter an, selbst als er schließlich auf Bennetts Bemerkung antwortete.

»Was soll das heißen, Bennett? Was willst du damit sagen?«

Die habichtartigen Züge von Bennett glitten zu dem ergodianischen Kleriker und Oberkommandierenden. »Alle haben es gesehen. Warum schweigen? Wenn sie es ihm nicht sagen kann, wird es auf jeden Fall jemand anders tun. Er muß es wissen. Ich weiß, was er für sie empfindet.«

»Das ist ganz allein eine Sache zwischen den beiden!« Avontal wurde zornig.

»Hört auf.«

Die Worte kamen von Gwyneth, die sich dabei erhob. Ihre Augen ließen nicht von Huma ab. Ihre Arme hingen schlaff herunter.

Avontal kippte plötzlich nach hinten. Er sah sich nach Bennett und Kaz um. »Helft mir doch, ihr zwei. Mir ist kalt. Ich muß an einen geschützteren Platz.«

Widerstrebend halfen Kaz und Bennett ihm beim Aufstehen. Die drei zogen ab.

Schließlich begann Gwyneth zu reden. »Ich weine um Buoron. Ich weine um jeden, der im Kampf gegen die Drachenkönigin fällt.«

»So wie ich.«

Sie versuchte zu lächeln. »Ich weine vor allem um den Drachen, den Buoron geritten hat, den großen, silbernen.«

Der Bruder seines eigenen, erinnerte sich Huma. Warum sollte Gwyneth so um diesen einen Drachen weinen?

Sie sah sich traurig um. Es waren kaum Menschen hier. Als Huma verwirrt aussah, wurden ihre Züge weicher. »Bevor ich weiterrede, möchte ich dir sagen, daß ich dich liebe, Huma. Ich würde nie etwas tun, was dir schadet.«

»Ich liebe dich auch.« Die Worte schienen ihm plötzlich so leicht über die Lippen zu gehen.

»Ich fürchte, du könntest deine Meinung ändern«, sagte sie in rätselhaftem Ton.

Huma hatte keine Zeit nachzufragen, was sie meinte, denn auf einmal leuchtete Gwyneth – fast wie die Drachenlanzen. Während er mit gebanntem Schrecken zusah, wurde ihr Gesicht länger, und Nase und Mund verwandelten sich in eine Schnauze voller Zähne. Huma dachte an Hexerei und wollte aufspringen, um ihr zu helfen, doch sein Bein hinderte ihn daran, und die Kopfwunde war noch nicht verbunden. Er sackte zurück.

Ihre langen, schlanken Arme wurden noch länger – und muskulöser. Die kleinen Hände verrenkten sich, um zu furchtbaren Tatzen zu werden. Sie fiel auf alle viere und schien zu wachsen und zu wachsen. Etwas bewegte sich auf ihrem Rücken. Sie war nicht einmal mehr entfernt menschlich, und was für einem Wesen sie glich, ließ den Ritter pausenlos den Kopf schütteln.

Ihre Kleider verschwanden – Paladin weiß wohin –, doch in ihrer gegenwärtigen Gestalt hatte sie sowieso keine Verwendung mehr dafür. Das merkwürdige Zappeln auf ihrem Rücken stammte von zwei dicken Buckeln, die aufbrachen und fledermausartige Flügel freigaben. Sie breiteten sich weit aus, und kurz darauf war die Verwandlung vollendet. Das Wesen, das Gwyneth gewesen war, stand vor ihm: groß, aufrecht – und ängstlich.

Es war ein Drache – ein silberner Drache.

Sein eigener.

Kapitel 12

Mit niedergeschlagenen Augen sagte der Silberdrache: »Huma, um Paladins willen, bitte sag etwas!«

Die Stimme war eindeutig die von Gwyneth. Er sah dem Reptil in die Augen und las die Furcht darin – Furcht, daß er sie zurückweisen würde. In Humas Kopf drehte sich alles. Alles um ihn herum schien in Scherben zu brechen. Das konnte nicht Gwyneth sein. Oder doch?

»Du hast meinen Bruder neulich abend getroffen – so wie die

zweite Person, die Dunkan Eisenwirker gedient hat. Beides Drachen, aber in Menschengestalt. Wir bewundern euch ja so, Huma, dich und deine Art. In eurem kurzen Leben erreicht ihr so viel.«

Huma sagte kein Wort. Unwillkürlich rückte er ein bißchen von ihr ab. Es geschah nicht aus Angst, sondern aus Verwirrung.

Sie verstand es anders. Die Worte sprudelten nur so aus ihr heraus. Noch während des Sprechens veränderte sie wieder ihre Gestalt. Die Flügel schrumpften. Ihre vier Beine wurden glatter und gerader, bis sie wieder menschenähnlicher waren und sie stehen konnte. Ihr Körper wurde zusehends kleiner, als würde die riesige Gestalt vor seinen entsetzten Augen dahinschmelzen. Das Gesicht wurde kleiner und runder, und das große Drachenmaul schrumpfte zu den wunderschönen, vollen Lippen. Glänzendes, silbernes Haar sproß aus dem Drachenkopf und floß über ihren Rücken. Huma wäre am liebsten davongelaufen. Die Verwandlung, deren Zeuge er gewesen war, konnte nicht wahr sein.

»Mein Bruder hat mir gesagt, was ich zuerst nicht gemerkt habe: daß mir etwas passiert ist, was erst wenige andere erlebt haben. Ich habe so lange unter euch gelebt, daß ich lieben kann wie ihr.«

»Warum?«

Sie runzelte die Stirn, weil sie nicht genau wußte, wonach er fragte. Dann antwortete sie: »Du verkörperst den wahren Glauben an Paladin. Du bist tapfer, freundlich, empfindlich, niemals Haß. Ich liebe dich um deiner selbst willen, weiter nichts.«

»Aha, das glückliche Pärchen.«

Die kalte, siegesgewisse Stimme weckte Huma aus seiner Lähmung. Das konnte nicht sein, nicht hier…

Galan Drakos sah genauso aus wie vorher, als er vor dem Ritter und dem Drachenmädchen auftauchte. Er lächelte. »Ich hätte mich früher bemerkbar gemacht, aber ich wollte die romantische Szene nicht stören.«

Gwyneth stieß einen Schrei aus, zu dem kein menschliches Wesen fähig gewesen wäre, und hätte zugeschlagen, wenn Huma ihr nicht bereits den Weg verstellt hätte. Der Ritter schaffte nur wenige Schritte, bevor sein Bein nachgab und er zu Boden ging. Erst da erinnerte er sich daran, daß die Gestalt vor ihm eine Illusion war. Schweigend verfluchte er sich für seine Dummheit.

Der Abtrünnige lachte. »Ich komme, um dir noch mehr Schwierigkeiten zu bereiten, Huma. Ich komme, um dich für den Verlust von Crynus zahlen zu lassen. Ich muß zugeben, daß er am Ende unkontrollierbar wurde. Aber er war mein bester Befehlshaber, und ich werde ihn vermissen. Schade.«

Kaz und Bennett kamen um die Ecke gerannt, weil sie die Stimme gehört hatten, die sie nur zu gut kannten. Die Illusion von Drakos hob eine Hand, und schon blieben sie stehen, als wären sie gegen eine unsichtbare Wand gelaufen.

»Auge um Auge, du armseliger Sterblicher.« Drakos hob die Hände, und etwas begann sich vor ihnen zu materialisieren. Erst als es ganz erschienen war, erkannte Huma, was es war.

»Magus!«

Sie hatten ihn gefoltert. Sein Gesicht war eine blutige Masse, und sein eines Auge war zugeschwollen. Seine Robe hing in Fetzen herunter, und Huma stellte überrascht fest, daß sie weiß war und nicht rot. Ein Arm war in einem unmöglichen Winkel gekrümmt, und keines seiner Beine schien ihn noch tragen zu können. Magus stützte sich mühsam mit seinem gesunden Arm hoch.

»Hu – Huma.« Zahlreiche Zähne fehlten ihm. »Ich hatte recht – am Ende.«

Drakos lächelte nachsichtig. »Er plapperte manchmal so.«

Mit großer Anstrengung drehte Magus sich um und spuckte den Abtrünnigen an. Galan Drakos kochte vor Wut. Er streckte seine offenen Hand nach dem Gefangenen aus. Magus schrie auf, als sein Körper unter der Folter des Abtrünnigen zuckte.

Gwyneth trat vor. »Versuch deine Sprüche an mir, Galan Drakos.«

Das Phantom lächelte unheilvoll. »Ich habe mehr Macht, als du vielleicht glaubst, aber ich will sie jetzt nicht benutzen. Ich bin nur gekommen, um Huma zu zeigen, wie dumm es ist, vom Sieg zu träumen.«

Huma kroch weiter. Verzweifelt versuchte er, seinen gemarterten Freund zu erreichen.

Magus schüttelte seinen zerschundenen Kopf. »Laß es, Huma. Es bringt nichts. Vernichte Drakos. Das ist alles, worum ich dich bitte.«

Drakos hob beide Hände in Magus' Richtung. »Deine Zeit ist um, mein Freund.«

Mit einer Handbewegung schleuderte der Abtrünnige grüne Lichtpfeile auf seinen Gefangenen. Die Pfeile schienen Magus zu durchbohren, und er schrie, als wäre jeder eine eiserne Lanze. Er wankte einen Moment, dann brach er vor Humas Füßen zusammen. Sein Tod war keine Illusion. Huma schrie und versuchte, sich zu bewegen. Die anderen liefen herbei, aber Drakos löste sich schon wieder auf.

»Der Preis des Trotzes, Ritter von Solamnia. Der Preis, den ihr alle bald zahlen werdet, wenn ihr meine geliebte Herrin nicht umarmen wollt.«

»Nein, Abtrünniger«, sagte der Ritter und richtete sich dabei hoch auf. »Wenn hier jemand einen Preis bezahlt, dann bist du das.«

Er wußte nicht, ob Drakos ihn hörte, denn den letzten Satz sprach er in die leere Luft.

Bennett und Kaz kamen herbeigestolpert. Der Minotaurus sprach als erster: »Huma! Ist alles in Ordnung?«

Ohne zu antworten, starrte Huma wie gebannt auf die zusammengesunkene Gestalt von Magus.

»Wenn du Rache willst, Huma, werde ich nur zu gern an deiner Seite stehen.« Kaz hatte sich nie etwas aus dem Zauberkundigen gemacht, doch am Ende hatte er immerhin Respekt vor ihm gehabt.

Huma schüttelte den Kopf. »Rache ist nicht das Richtige.« Er hob einen Arm. »Helft mir zu ihm.«

Sie gehorchten. Seltsamerweise schien Magus jetzt seinen Frieden zu haben. Zu Lebzeiten hatte er ganz sicher nie so ruhig ausgesehen.

Nachdem er den Kopf des Magiers vorsichtig hingelegt hatte, biß Huma die Zähne zusammen und stand aus eigener Kraft auf. Bennett und Kaz wollten ihm helfen, doch er winkte ab. Als er endlich stand, drehte sich Huma zu den dreien um.

»Ich brauche eure Hilfe – von euch allen dreien. Es wird Zeit, daß das Gleichgewicht wiederhergestellt wird. Es wird Zeit, daß Galan Drakos und seine Dunkle Herrin erfahren, daß Gut und Böse immer im Gleichgewicht stehen müssen. Magus war der lebende Beweis dafür. Er hat in seinem Leben die Roben aller drei Orden getragen, zuletzt das Weiß von Solinari. Vom Bösen zum Guten – das Pendel schwingt in beide Richtungen. Es wird Zeit, daß es wieder in die gute Richtung ausschlägt.«

»Willst du das Schloß aufsuchen?« fragte Bennett.

»Allerdings. Ich bitte euch und jeden Überlebenden aus unserer Gruppe um Hilfe. Wenn ihr zögert, kann ich das verstehen, denn es ist auf jeden Fall Selbstmord.«

Kaz platzte beleidigt heraus: »Wenn du erwartest, daß ich vor irgendeinem Kampf kneifen würde, besonders vor diesem, dann weißt du gar nichts über mein Volk. Ich bin vielleicht kein Ritter von Solamnia –«, er ignorierte einen scharfen Blick von Bennett, »– aber ich weiß, wann ich kämpfen muß. Ich komme mit.«

Bennett nickte. »Ich auch. Ich bin sicher, daß alle, die noch reiten können, dasselbe sagen werden.«

»Dann laßt mich ein paar Minuten allein. Bennett, erzähl bitte dem Großmeister, was hier vorgefallen ist. Ich will, daß er für Magus unter allen Umständen ein angemessenes Begräbnis ausrichten läßt.«

»Wie du willst.«

Der Minotaurus und der Ritter verschwanden. Huma starrte Magus' Körper an, während er sich an bessere Zeiten erinnerte. Eine weibliche Stimme riß ihn aus seinen Gedanken.

»Was ist mit mir, Huma? Wir wurden von dieser Tragödie unterbrochen. Ich bitte nicht darum, daß du meine Gefühle erwiderst; ich kann nicht einmal hoffen, daß du mich auch liebst. Ich will nur soviel sagen: Was Galan Drakos und Krynn angeht, bin ich weiterhin an deiner Seite. Wenn du der Drachenkönigin in den Rachen fliegst, werde ich es sein, die dich trägt.« Sie wartete auf eine Antwort. Huma brachte kein Wort heraus. »Ich werde warten und bin fertig, wenn du es bist.«

Dann vernahm er Schritte. Sie verklangen, bis er nichts mehr hörte. Huma bewegte sich nicht von der Stelle, bis Kleriker aus dem Tempel kamen, um Magus an einen Ort zu tragen, wo sein Körper seine letzte Ruhe finden konnte.

Huma hinkte zu seiner Gruppe. Alle, die noch reiten konnten, waren fertig. Es waren insgesamt acht Männer und acht Reitdrachen. Fürst Avontal konnte sie aufgrund seiner schweren Verwundungen nicht begleiten, doch er war dabei, als sie abflogen.

Huma wandte sich zuerst an Avontal: »Irgendwelche Nachrichten von Euren Männern?«

»Sitzen fest, aber es sind noch sehr viele am Leben. Euer Großmeister hat seine Bodentruppen losgeschickt. Sie rücken vor. Die Oger sind zum Stillstand gebracht worden.«

Huma nickte benommen. Er hörte nur einen Teil von dem, was der Ergodianer berichtete. Der Mord des Abtrünnigen an Magus war eine Verzweiflungstat gewesen, ein Versuch, Humas Mut zu brechen. Und wirklich fühlte er sich gebrochen und verwirrt, als er jetzt diesen Schritt machte: zur Stunde seines Ruhmes aufzubrechen.

»Wünscht uns Glück, Kleriker.«

»Ich werde etwas Besseres tun.« Avontal griff an seinen Hals und zerrte an einer Kette. Als er sie über den Kopf zog, sah man ein Medaillon, das unter seiner Rüstung und seiner Kleidung verborgen gewesen war. »Beug dich vor.«

Huma gehorchte. Avontal hängte ihm das Medaillon um den Hals. »Es gebührt dir viel mehr als mir.«

Der Ritter nahm das Medaillon in die Hand und betrachtete es. Ein Bild von Paladin sah ihn an. Das Medaillon fühlte sich angenehm warm in seiner Hand an. »Meinen – Dank.«

»Dank mir nicht. Finde Drakos!«

Huma nickte und erhob sich. Alle anderen waren bereits aufgestiegen. Huma ging zu der silbernen Drachendame. Er wollte etwas zu ihr sagen, überlegte es sich jedoch anders und saß auf. Jemand reichte ihm seine Lanze. Er bemerkte, daß die Lanze für den Bodenkampf wieder an den Silberdrachen gebunden war.

Auf sein Zeichen hin hoben sie ab, fest entschlossen, hinter die feindlichen Linien zu gelangen und die Festung des Zauberers zu finden. Huma hielt die kleine, grüne Kugel hoch und konzentrierte sich darauf. Er wollte, daß sie sie zur Zitadelle führte.

Die Kugel leuchtete hell auf, löste sich aus seiner Hand und begann, zu den Bergen im Westen zu fliegen.

Die acht Drachen und ihre Reiter folgten ihr.

Die Schlacht wurde das reinste Gemetzel. Aus Furcht vor ihrer Herrin drangen die Drachen wieder und wieder auf die Lanzenträger ein. Jedesmal erlitten sie schwere Verluste und mußten zurückweichen.

Inzwischen war mehr als ein Fünftel der Lanzenreiter und ihrer Reittiere der schieren Übermacht zum Opfer gefallen. Auch die Bodentruppen hatten gelitten, besonders die ersten. Als sie jedoch merkten, was für Waffen ihre Lanzen waren, sanken die Verluste. Bald wagte sich kein Drache mehr in ihre Nähe. Ihre Magie und ihr Odem richteten zwar immer noch viel Schaden unter den Rittern an, doch diese Kräfte waren begrenzt, und viele Kinder der Dunklen Königin wurden für die Lanzenreiter zur leichten Beute, weil sie sich zu sehr verausgabt hatten.

Entgegen ihrer Absicht konnten Huma und seine Gruppe dem Kampf nicht vollständig ausweichen; er hatte sich inzwischen zu weit ausgebreitet. Mehr als einmal stießen sie hinunter, um einem einzelnen Kämpfer zu helfen, der Gefahr lief, überrannt zu werden. Die Kinder von Takhisis waren noch keineswegs besiegt. Sie hatten Gruppen gebildet und griffen jeden erkennbaren Schwachpunkt an. Viele waren bereits durchgebrochen und flogen auf die Burg zu. Dort würden sie eine Überraschung erleben, wie Huma wußte. Der Großmeister war kein Anfänger. Über fünfzig Ritter und Drachen standen bereit, um jederzeit zu starten.

Die Oger und deren Verbündete unter ihnen bildeten eine einzige verwirrte Masse. Sie waren jetzt gezwungen, an zwei Fronten gleichzeitig zu kämpfen, denn die Ergodianer hatten ihre Stellung gefestigt und bedrängten sehr erfolgreich die Südflanke.

Plötzlich verfinsterte sich überall um sie herum der Himmel, und Huma und seine Gefährten empfingen eine Vorahnung, daß etwas entsetzlich Böses anrückte.

Blitze mit furchtbarer Zielgenauigkeit gingen nieder. Sie trafen Drachen und Reiter und ließen wenig von ihnen übrig. Die vorrückenden Lanzenreiter zögerten und wurden zurückgedrängt. Die Kinder der Dunklen Königin begannen, mit neuer Kraft zu kämpfen.

Huma schlug mit der Faust auf den Lanzenschild. Wie bekämpfte man einen Sturm? Das war nicht das Werk eines Magiers. Er legte eine Hand über die Augen. Gegen ein reales Ziel hätte er etwas tun können, aber was konnte eine Drachenlanze schon gegen die Elemente ausrichten?

Seine Frage wurde in dem Moment beantwortet, als er das Herz des Sturms erreicht hatte. Das Böse war so gegenwärtig, daß Huma die Drachenkönigin fast vor sich zu sehen glaubte, wie sie durch den Regen wirbelte und auf ihn zu schoß. Ein Blitz zuckte dicht hinter ihm vorbei, und er hörte einen Schrei. Inzwischen konnte er nicht mehr klären, ob es Regen war oder Tränen, die sein Gesicht herunterliefen.

Plötzlich erstrahlte die Drachenlanze in einem solchen Glanz, daß er für einen Augenblick die Augen schließen mußte.

Aus den Schreien um sich herum entnahm er, daß seinen Gefährten dasselbe passiert war. Als seine Augen sich wieder erholt hatten, wagte es Huma, sie zu öffnen – und riß sie immer weiter zu einem ungläubigen Glotzen auf.

Die Sturmwolken lösten sich auf. Schnell. Zu seinem Schrekken merkte Huma, daß die Sonne hell auf seine Rüstung schien. War das richtig? Seiner Schätzung nach mußte später Nachmittag sein. Die Sonne hätte untergehen müssen, doch sie stand dort oben, hoch am Himmel.

Für beide Seiten war dies ein eindeutiges Signal, wem sich das Glück zuneigte. Die Drachen der Finsternis büßten ihren Schwung ein, wichen zurück und begannen, sich einzeln oder paarweise aus dem Kampf zurückzuziehen. Nicht einmal mehr die große Furcht vor ihrer Herrin hielt sie davon ab. Paladin erwies sich als der mächtigere Gott.

Die Oger jedoch fochten mit berserkerhafter Wut. Die Drachen konnten vielleicht fliehen, um später einmal weiterzukämpfen, nicht aber die Oger und ihre menschlichen Verbündeten. Sie konnten sich nirgendwo verstecken, wo die Ritter sie nicht aufspüren würden. Für sie gab es nur Sieg oder Verderben.

Kaz und Bennett ritten rechts und links hinter Huma. Dieser berührte das Medaillon, das Fürst Avontal ihm gegeben hatte. Die Wärme war weiterhin deutlich spürbar. Aus einer Eingebung heraus beugte er sich vor und berührte die Drachenlanze damit.

Eine Welle der Kraft durchflutete ihn.

Die Berge lagen genau vor ihnen. Irgendwie war die grüne Kugel die ganze Zeit bei ihnen geblieben, ohne sich vom Sturm oder vom Wüten der Drachenkönigin beeinflussen zu lassen. Huma suchte aufmerksam nach jedem Zeichen eines Schlosses.

Er hatte keine Ahnung, wie weit es noch war, und das Schloß würde sicher eine gute Verteidigung haben.

Plötzlich schoß von einem der kleineren Gipfel im Südwesten ein Energieblitz hoch. Huma drehte sich in die Richtung, weil er hoffte, daß die Lanze seine Macht brechen würde, als ein zweiter Blitz den ersten traf. Die beiden löschten einander aus. Humas Blick wanderte zur Quelle des zweiten Ausbruchs. Noch während er zusah, begannen die Gruppen auf den beiden Gipfeln zu kämpfen. Nach ein paar Sekunden begriff Huma. Mit grimmigem Lächeln drehte er sich Kaz zu.

»Die Schwarzen Roben führen ihren Schlag aus! Sie haben sich gegen Galan Drakos und seine Meute erhoben!« Er wiederholte die Nachricht für Bennett, der sie an die Getreuen hinter sich weitergab.

Ein Dutzend roter Drachen, alle mit Reiter, stürmte plötzlich aus den Bergen. Alle Reiter waren schwarz gekleidet, und – zum Entsetzen von Huma und seinen Gefährten – jeder hatte eine Drachenlanze.

Sie hatten sie zweifellos den Toten abgenommen. Er hätte die Gefahr erkennen müssen, fluchte Huma. Eine Lanze war immer tödlich, egal wessen Hand sie führte.

Es waren doppelt so viele wie Humas Gruppe.

Bennett und die anderen rückten neben Huma auf. Der augenscheinliche Anführer der Wachen, der einen Mantel und einen Helm mit Visier und zwei scheußlichen Hörnern trug, gab den anderen ein Zeichen. Abwechselnd stiegen und fielen die Drachen, wodurch zwei Ebenen entstanden. Die Strategie war sofort ersichtlich. Welche Gruppe Humas Männer auch angriffen – sie würden sich dadurch einem Gegenangriff der anderen aussetzen.

Als die roten Drachen näher kamen, hob Huma beide Arme

hoch und legte dann seine Hände aneinander, als wenn er klatschen würde.

Die Ritter teilten sich in zwei Gruppen, eine links, eine rechts.

Dieses Manöver stiftete unter den Gegnern Verwirrung. Die bösen Drachen zauderten. Dann begann ihre Schlachtordnung zu zerbröckeln, weil jeder möglichst seine eigene Flanke vor den tödlichen Lanzen schützen wollte. Da sie so eng beieinander flogen, war dieses Verhalten noch nachteiliger. Zwei rote Drachen stießen mit einem anderen zusammen. Huma spießte das eine, hilflose Wesen auf. Auch die anderen griffen an. Bei diesem Kampf war Geschwindigkeit das Wichtigste.

Die Ritter verschwendeten weder Zeit noch Gelegenheit. Indem er sich vor dem Flammenstoß eines wilden roten Drachen duckte, brachte der Silberdrache Huma und die Lanze direkt an dessen Unterbauch. Die Drachenlanze fuhr widerstandslos hinein, und der rote Drache erzitterte. Sein Reiter, der die Nutzlosigkeit seiner Lanze bei diesem Winkel erkannte, zerrte verzweifelt an dem Bogen auf seinem Rücken. Ihm blieb keine Zeit mehr. Sein Drache sackte zusammen und ging zu Humas Überraschung in Flammen auf, wodurch Mann und Wurm zu Asche wurden.

Huma erhaschte einen kurzen Blick auf den Kommandanten der Garde, als dieser einen allzu sorglosen, goldenen Drachen mit einer der erbeuteten Lanzen in den Hals traf. Der Drache zuckte wild, wodurch er sich von der Drachenlanze losreißen konnte. Die Wunde war tief. Der goldene Drache schlug um sich, wobei er seinen Reiter abwarf. Die Wunde schien zu explodieren. Huma konnte nichts mehr für den hilflosen Reiter oder den Drachen tun, denn der Gegner wendete seinen Drachen jetzt ihm zu.

Das Blut des Golddrachens tropfte von der Lanzenspitze. Huma stellte fest, daß die Waffe zum ersten Mal besudelt war. Dann brüllten beide Drachen und zeigten einander ihre ausgefahrenen Klauen und die aufgerissenen Mäuler.

Silberdrache gegen roten Drachen. Beide Lanzen waren perfekt ausgerichtet. Huma fand keine Möglichkeit, den Tod von Gwyneth abzuwenden – denn das war sie jetzt für ihn. Als die Lanzen vorschossen, stieß er ein einziges Wort als Gebet zu Paladin hervor.

Die Spitze der gestohlenen Drachenlanze berührte die rechte Seite der ungeschützten Drachenbrust – und rutschte dann zur Seite, um an ihr entlang zu kratzen und den Flügel zu treffen.

Humas Lanze stach glatt durch. Sie stieß so tief, daß sie aus dem Rücken des roten Drachen wieder heraus trat. Daher mußte Gwyneth sich der sterbenden Kreatur erwehren, bis sie sich selbst befreien konnte. Ihr verwundeter Flügel machte diese Aufgabe noch schwieriger.

Der schwarz gekleidete Reiter wußte seine Chance zu nutzen. Er band sich von dem sterbenden Drachen los und kroch schnell vorwärts. Weil das Drachenweibchen mit seinem Gegner beschäftigt war, bemerkte er ihn erst, als er auf sie und hinter Huma sprang. Da konnte sie aber schon nichts mehr tun, was Huma nicht gefährdet hätte.

Der Angreifer hielt sich gut an ihrer Schulter fest und griff hinter sich. Das Schwert, das er hervorzog, war eine scheußliche Waffe mit kleinen Zähnen an den Rändern.

Humas eigene Klinge schien dagegen völlig unzureichend, doch weil er nichts anderes hatte, drehte er sich um und stellte sich dem schwarzen Ritter. Die beiden Waffen trafen aufeinander, und Huma wäre fast sein Schwert aus der Hand gerissen worden, weil es an den Zähnen fest hing.

Mit einer gewaltigen Anstrengung riß sich der Silberdrache schließlich von dem schweren Leichnam los. Noch während dieser nach unten trudelte, versuchte Gwyneth, den Schwarzgekleideten abzuwerfen, ohne dabei auch Huma zu verlieren.

Bis jetzt hatte noch keiner der zwei Kämpfer einen Vorteil errungen. Huma saß stabiler, aber er konnte sich nicht so leicht umdrehen. Der Mann, der auf der hinteren Hälfte des Drachens hockte, mußte an Ort und Stelle verharren, um nicht loszulassen. Er hatte keine Möglichkeit, sich zu sichern.

Der Ritter zerrte gewaltsam an den Gurten, die ihn im Sattel hielten, und kroch vorwärts, um etwas Raum zu gewinnen, während er sich umdrehte. Der andere schlug mit seiner gezahnten Klinge zu, traf jedoch daneben. Huma, der seinem Gegner jetzt gegenüber saß, führte einen Schlag über den Sattel gegen die Seite des Kriegers. Sein Gegner parierte den Angriff und erwischte Humas Klinge mit den Sägezähnen. Sie rangen miteinander. Jeder versuchte, dem anderen das Schwert zu entreißen.

Dieser neue Kampf erwies sich als tödlicher Fehler für den Schwarzen. Humas Position gestattete ihm, beide Hände zu benutzen, was der andere nicht konnte. Der schwarze Ritter langte mit der anderen Hand hoch, um das Schwert fester zu packen, verlor das Gleichgewicht und rutschte vom Rücken des Silberdrachens. Er versuchte, nach den Flügeln zu greifen, doch sie bewegten sich außer Reichweite, so daß der Kommandant der Schwarzen Garde nur noch wild in der Luft herumrudern konnte, bevor er schreiend abstürzte.

Huma sah nach oben. Kaz und Blitz hatten die Szene triumphierend beobachtet.

Überraschenderweise hatten die Lanzenkämpfer in diesem Gefecht nur den einen Mann verloren. Huma sprach ein Dankgebet, daß niemand sonst gefallen war, fragte sich jedoch, was noch vor ihnen liegen mochte.

Dann fing überall um sie herum die Luft zu schimmern an, so daß Huma, der sich gerade wieder an den Sattel schnallte, kurz glaubte, sie würden schon wieder angegriffen. Das Schimmern raubte ihnen die Orientierung und war von starker Kälte begleitet. Die ganze Gebirgsregion wirkte wie verzerrt, als würden sie gleichzeitig in verschiedene Richtungen fliegen. Huma konnte sich nur festhalten und beten, daß es bald vorüber war.

Vielleicht hatte Paladin ihn gehört, oder sie hatten endlich das Ende des seltsamen Zaubers von Drakos erreicht, denn auf einmal ließ das merkwürdige, schlechte Wetter nach, und als Huma wieder die Augen aufschlug, waren die Berge wieder normal.

Bis auf eins – eine hohe, pechschwarze Burg, die an der Seite einer zerklüfteten Bergspitze klebte.

Die Zitadelle von Galan Drakos, Abtrünniger und Diener von Takhisis, der Drachenkönigin.

Der Ort des endgültigen Sieges – oder der ewigen Niederlage.

Kapitel 13

Das Schloß hing wie eine schwärende Wunde an der nördlichsten Ecke des rauhen Gipfels. Schwärzer als die Nacht, schwärzer als die Rüstungen der Garde – es war so verrucht, daß es nur mit dem Abgrund aus Humas Träumen zu vergleichen war. Huma fragte sich, ob er vielleicht besser gewartet hätte, bis er mehr Lanzenreiter hatte. Doch jetzt gab es kein Zurück. Die Drachenkönigin mußte gestellt werden.

»Was jetzt, Huma?« Die silberne Drachenfrau sah sich zu

ihm um. Tod stand in ihren Augen – nicht für ihn, sondern eher für sich selbst. Er konnte sehen, daß sie alle Hoffnung aufgegeben hatte, sein zu werden. Der Ritter wollte etwas sagen, irgend etwas, aber er konnte es nicht. Nicht zu diesem Reptiliengesicht, das so fremd wirkte. Er fühlte Scham.

»Wir finden einen Weg hinein. Wir finden Galan Drakos.«

Aus der Nähe betrachtet war das Schloß noch scheußlicher. Es schien vor ihren Augen zu verrotten. Von Zeit zu Zeit fielen Mörtelstücke hinunter, aber dennoch ging nichts von der Substanz verloren. Dürre Weinranken bedeckten die Außenmauern, und während Huma noch überlegte, wie Wein in dieser eisigen Höhe existieren konnte, bemerkte er, daß sie schon längere Zeit verwelkt waren.

Auf den Zinnen wachten grausige Gargyle. Beim näheren Hinsehen erwiesen sie sich als die Werke eines verrückten Bildhauers, nicht als dämonische Wesen.

Zwei Türme überragten alles andere an diesem Bauwerk. Einer schien der Wachturm zu sein, denn er stand am jenseitigen Ende, vom Berg abgewandt, wodurch er denen in der Spitze einen großartigen Ausblick sowohl auf die Bergkette als auch auf die Länder im Osten gewährte.

Der andere Turm wirkte völlig fehl am Platz. Er war so breit, daß er fast ein Viertel der Innenfläche bedeckte. Während der Rest des Schlosses altersschwach wirkte, erschien dieser Turm neu und fast makellos. Huma zweifelte nicht daran, daß dort der Abtrünnige zu finden sein würde.

»Es gibt keine Wachen!« rief Bennett.

Nicht ein einziger Posten war auf den Mauern. Weder im Wachturm noch auf dem Hof waren Soldaten der Garde zu sehen. Das ganze Gebilde sah verlassen aus, doch Huma wußte, daß Galan Drakos sie erwartete.

Huma drehte sich zu den anderen um. »Verteilt euch! Ich gehe alleine rein!«

Unter ihm bebte der Silberdrache, sah jedoch stur geradeaus. Kaz konnte seinen Mund hingegen nicht halten.

»Verteilen? Bist du verrückt? Glaubst du, wir lassen dich allein?«

»Drakos will mich. So soll es denn sein.«

Bennett hatte seinen Drachen herangelenkt. »Das erlaube ich dir nicht, Huma.«

»Es ist wirklich Wahnsinn, Huma«, bemerkte der goldene Drache, der Bennett diente.

Huma konnte gerade noch nach dem Sattelknauf greifen, als der Silberdrache plötzlich und völlig unerwartet zum Schloß hinunterstieß und die anderen mit offenen Mündern zurückließ. Gwyneth hatte ihnen die Entscheidung abgenommen. Sie konnten folgen, aber sie würden sie nicht einholen können.

Der Hof lag direkt unter ihnen. Huma wunderte sich über die Größe der Burg. Galan Drakos konnte nicht so mächtig sein, daß er seine Zitadelle ständig auf einen Gipfel stellen und vor den Augen der Menschen verbergen und dabei immer noch die Kraft für all das haben konnte, was er vollbracht hatte.

Er dachte immer noch nach, als ihn und Gwyneth etwas mit gewaltiger Macht traf. Er wurde von einer Art riesiger Hand aus dem Sattel gehoben.

Die Welt vor seinen Augen verschwand.

Er erwachte in einem schmalen Gang. Nur eine einzige Fackel beleuchtete den düsteren Korridor. Die nackten Wände waren aus kaltem, feuchten Stein, und der Ort roch muffig. Huma wurde übel.

Warum war er hier? Wenn es eine von Drakos geschaffene

und ausgelöste Falle war, warum hatte man den Ritter dann nicht ohne Waffen und Rüstung in eine Kerkerzelle gesperrt?

Waffen. Er griff an seine Seite, wo er das Heft seines Schwertes ertastete. Nach einer kurzen Überprüfung stellte er fest, daß ihm auch seine Messer geblieben waren. Was hatte das zu bedeuten?

Metallgeschepper machte ihn auf die Anwesenheit von Gestalten in Rüstungen in einem Seitengang aufmerksam. Huma zog leise sein Schwert. Er traute diesen Korridoren nicht genug, um sie blind entlang zu rennen. Sie erinnerten ihn zu sehr an die Tunnel in der Höhle, wo Wyrmvater ihn gehetzt hatte.

Mit erhobenem Schwert und angehaltenem Atem stand er auf der rechten Seite der Biegung. Seiner Einschätzung nach waren es mindestens zwei. Er konnte hoffen, einen oder auch zwei – aber nicht drei – zu erwischen, ohne daß Alarm ausgelöst wurde.

Ein dunkler Stiefel kam in Sicht. Die bekannte ebenholzfarbene Rüstung bog nach links ab. Eine zweite Wache folgte der ersten. Huma hielt die Luft an.

Eine Hand fuhr blitzartig zu dem langen, scheußlichen Schwert, das jenem glich, das Huma zuvor in den Händen des Drachenreiterhauptmanns gesehen hatte. Die erste Wache drehte sich bei dem Geräusch um und zog ihr eigenes. Obwohl der zweite Mann Huma bemerkt hatte, konnte er sein Schwert nicht schnell genug ziehen. Huma schnitt ihm die Kehle durch, bevor die gezackte Klinge auch nur halb aus der Scheide war.

Die Wände dröhnten, nachdem Huma sich vor einem Hieb des anderen Angreifers geduckt hatte. Die Klinge der Wache schnitt tief in den Stein ein, glitt jedoch leicht wieder heraus. Huma parierte einen zweiten Schlag, um dann selbst zum Angriff überzugehen.

Sein Gegner war gut, aber nicht so gut wie ein geschulter Ritter von Solamnia. Seine Paraden wurden immer ungeschickter, als er merkte, daß er nicht gewandt genug war, um den Eindringling zu erledigen. Huma zwang das Schwert des anderen hoch und trat zu. Der Gang war so eng, daß der Mann nicht ausweichen konnte. Als Humas Gegner zurückstolperte und nach Luft schnappte, stieß der Ritter zu.

Der Lärm würde sicher jemanden herbeirufen.

Huma sah den Gang hinunter, aus dem die Wachen gekommen waren, und den, den sie an der Kreuzung eingeschlagen hatten. Beide schienen endlos weiterzugehen.

So leise wie möglich folgte er dem Gang. Es war völlig dunkel, und Huma mußte sich an den Wänden entlang tasten, um sicherzugehen, daß er keine Seitengänge oder Kreuzungen verpaßte.

Wo war der Silberdrache? Nein, wo war Gwyneth, korrigierte sich der Ritter. Welche Gestalt sie auch annahm, es war Gwyneth, soviel begriff er, auch wenn er seine eigenen Gefühle nicht wirklich verstand. Sie mußte irgendwo hier sein, überlegte Huma. Vielleicht wanderte sie wie er auf der vergeblichen Suche nach ihm ziellos durch irgendeinen finsteren Teil der Zitadelle.

Spontan zog er das Medaillon heraus und hielt es fest. Die Wärme des Medaillons erfüllte ihn. Es begann, so intensiv zu leuchten wie die Drachenlanzen. Genau in diesem Moment hallte eine Stimme durch den Gang.

Zwei Stimmen unterhielten sich wispernd. Keine Mitglieder der Schwarzen Garde des Kriegsherrn, denn die redeten selten, wie Huma aufgefallen war. Zauberer – aber waren es Abtrünnige oder jene, die geschworen hatten, der Ritterschaft zu helfen?

Er hielt sein Schwert bereit, wobei er im stillen den Mangel an Licht verfluchte. Die Dunkelheit war ein Verbündeter der Zauberer, denn diese waren wie Meuchelmörder für ihre Tricks bekannt. Huma hoffte, er würde die beiden überwältigen können.

»Es muß hier sein!«

»Warum hast du das gemacht?«

»Der Abtrünnige hatte sie beide. Er – aaahhh!«

Der vordere der beiden Zauberkundigen merkte plötzlich, daß er eine Schwertspitze unterm Kinn hatte. Sein Begleiter machte keine Anstalten, Huma anzugreifen.

»Keine falsche Bewegung«, flüsterte der Ritter.

»Er *ist* es!« zischte der andere Zauberer seinem Kollegen zu.

»Das sehe ich!« meinte der Magier, um dann zu Huma zu sagen: »Wir sind Verbündete! Hat Gunther dir das nicht gesagt?« Das Gesicht des Zauberkundigen war in der Dunkelheit schwer zu erkennen, aber Huma meinte zu sehen, daß seine Augen vor Furcht weit aufgerissen waren.

»Gunther?«

»Schmächtig mit tierartigem Gesicht. Kahl.«

Eine einfache, aber ziemlich zutreffende Beschreibung. Das bedeutete jedoch nicht, daß die beiden Freunde waren.

»Er hat dir eine kleine Smaragdkugel gegeben.«

»In Ordnung.« Es war riskant, aber Huma entschied sich, das Schwert zu senken. Die Zauberer atmeten hörbar auf. Beide waren normal groß, der eine ziemlich dick, doch Huma konnte kaum Einzelheiten wahrnehmen.

»Unter anderen Umständen hätten wir dir beigebracht, was es heißt, einen vom Orden Nuitaris zu bedrohen«, schimpfte der Dicke. »Aber jetzt sind wir gezwungen, dir beizustehen!«

»Das geht mir genauso wie euch.«

»Drakos wußte, daß du den leeren Hof als Einladung zum Landen ansehen würdest, aber er hatte eine Überraschung für dich vorbereitet. Wir hatten keine Zeit, euch beide zu retten, deshalb haben wir uns auf dich als den Wichtigeren konzentriert. Um zu verhindern, daß einer der Abtrünnigen dich aufspürt, mußten wir dich an einen abgelegenen Ort des Schlosses teleportieren und das Beste hoffen.«

»Ich hatte eine sehr genaue Vorstellung davon, wo du landen würdest; es gab keinen Grund zur Sorge.« Der dünnere Magier zog verächtlich die Nase hoch.

»Manche von uns haben mitunter einfach Glück.« Die Worte des untersetzten Zauberers zielten auf seinen Kollegen ab, und Huma hatte den unbestimmten Eindruck, daß sie nicht nur Ordensbrüder, sondern auch leibliche Brüder waren. »Sei es, wie es ist, wir wollen, daß du –«

»Ihr wollt?« Humas Griff um sein Schwert wurde fester, und er erhob es auf Halshöhe der Zauberer. »Von Schwarzen Roben nehme ich keine Befehle entgegen. Wir arbeiten zusammen, gut, aber als Gleiche unter Gleichen.«

Doppelseufzer. Auf solche Verbündete hätte Huma gern verzichtet, doch sie hatten ihm gerade das Leben gerettet.

»Was ist mit dem Drachen passiert, auf dem ich geritten bin?«

»Das Ungeheuer?« fragte der erste Magier. »Der ist eingefroren. Gelähmt. Galan Drakos verschwendet kein Rohmaterial.«

»Was soll das heißen?« Der Gedanke, daß in diesem Augenblick etwas Schreckliches mit Gwyneth geschehen konnte, versetzte Huma fast in Panik. Die Zauberer hielten seine Panik irrtümlich für mörderische Wut und taten rasch ihr Bestes, um ihn zu besänftigen.

»Nichts! Im Moment ist er viel zu beschäftigt! Er hat irgendeinen genialen Spruch, mit dem er Krynn angeblich für immer verändern will. Für den Drachen hat er keine Zeit.«

Huma atmete tief durch und beruhigte sich wieder. »Ihr wart mir eine unschätzbare Hilfe, aber ich fürchte, ihr habt euch kompromittiert. Inzwischen verdächtigt er doch bestimmt alle Schwarzen Roben?«

Der dünne Zauberer schniefte wieder. »Er weiß nicht, wie stark der Widerstand schon ist. Er nimmt an, daß es nur ein paar enttäuschte Mitglieder unseres Ordens sind. Deshalb hat er keine Ahnung, daß es sich um eine große Revolte handelt. Wir beugen uns nicht als Sklaven diesem Teufel und seiner Herrin.«

»Sei still«, zischte der andere. »Du erregst Ihre Aufmerksamkeit, und das ist das einzige, womit wir nicht fertig werden!«

»So?« Huma sah die beiden mit Abscheu an und wünschte sich, sie könnten seinen Gesichtsausdruck richtig sehen. »Aha. Ihr denkt also immer noch, daß ich die ganze Arbeit für euch mache. Schön. Wo geht es zu Galan Drakos?«

»So verrückt kannst du doch nicht sein!« Es war schwer zu sagen, welcher von den beiden gesprochen hatte.

»Wo lang?«

»Wir haben ihn hierher gebracht«, sagte der erste zum zweiten. »Wir können es genauso gut hinter uns bringen.«

»So war es nicht geplant.«

»Ist von Anfang an irgend etwas, was wir geplant hatten, so gelaufen, wie wir es uns gedacht hatten? Sagathanus ist gleich beim ersten Mal gestorben, als er den Abtrünnigen widersprochen hat – und er war es, der sie rekrutiert und ihnen versprochen hat, daß wir sie dulden würden! Daß sie nicht länger gejagt und vernichtet werden würden, wenn sie sich nicht den Drei Orden anschließen und die Richtlinien der Versammlung der Zauberer nicht befolgen wollen!«

»Das war unser Fehler! Wir haben ihnen die Freiheit versprochen, ihre schändlichen Experimente fortzuführen – Experimente, die sogar unsere Grenzen überschreiten.«

Huma verhinderte, daß der Streit sich ausweitete, indem er die Spitze seines Schwerts zwischen die beiden zankenden Magier hielt. Sofort wurden sie mucksmäuschenstill.

»Galan Drakos! Zum letzten Mal. Wo?«

Der dicke Zauberer ratterte eine Abfolge von Ecken und Strecken herunter, wiederholte sie noch einmal und fragte Huma dann, ob er sich alles gemerkt hatte. Das hatte er.

»Wir werden uns bemühen, den Drachen zu befreien, sofern das möglich ist. Wenn nicht...« Der Magier zuckte mit den Schultern.

»Was ist mit meinen anderen Gefährten?«

»Sie haben gewendet, als die Falle ausgelöst wurde. Ich kann nicht sagen, ob sie zurückkehren werden. Vielleicht sind sie zurück nach Vingaard geflogen.«

Huma überging den Seitenhieb. Er war sicher, daß die anderen in der Nähe einen Plan schmiedeten. Am besten nahm er sein gegenwärtiges Vorhaben wieder auf.

Schritte hallten durch den Gang. Die beiden Zauberkundigen sprangen regelrecht hoch.

»Weg«, flüsterte der Dünnere.

Mit langen Schritten entfernte sich Huma von den Schwarzen Roben. Er hörte leise ein paar Stimmen und erkannte, daß die beiden ihm soviel Vorsprung wie möglich verschaffen wollten.

Vor sich sah er die Schatten von Männern in Rüstungen. Huma huschte zurück in einen anderen Gang und wartete ab.

Sechs Wachen marschierten leise vorbei. Sie konzentrierten sich auf ihre Pflichten, was immer die auch sein mochten.

Die Schwarzen Roben steckten in größerer Gefahr, als ihnen klar war. Wenn Huma die Lage richtig beurteilte, begannen die Wachen, sie allmählich zu umzingeln – wenn sie sie nicht unverzüglich töten wollten. Dann würde Huma es allein mit Galan Drakos und der Königin der Finsternis aufnehmen müssen.

An der nächsten Biegung blieb Huma stehen: Drei hellerleuchtete Korridore lagen vor ihm. Stimmen. Huma schlich näher. Dann erstarrte er, als er die eine erkannte.

»Du weißt, was mit dem Edelstein zu tun ist, Gharis?«

»Es ist ein Platz gewählt worden, Meister Galan. Wir werden dort auf Euer Zeichen warten.«

»Es ist nur eine Sicherheitsvorkehrung, Gharis. SIE hat sie gefordert, aber du wirst *meinem* Zeichen gehorchen, wenn die Zeit gekommen ist. Verstanden?«

Derjenige namens Gharis antwortete nuschelnd. Huma argwöhnte, daß Drakos seinen Befehlen mit einer Art Hypnose Nachdruck verleihen mußte.

Nachdem er sichergestellt hatte, daß man ihm gehorchen würde, befahl Galan Drakos dem anderen, zu verschwinden. Huma wich rasch zurück, doch Gharis – dem Anschein nach ein Abtrünniger wie sein Meister, denn er trug eine braune Robe, keine schwarze – nahm nicht diesen Ausgang. Statt dessen verklangen seine Schritte in einer anderen Richtung.

Es gab mehr als einen Zugang zu diesem Raum. Zögernd näherte sich Huma dem Zimmer über einen weiteren Gang. Als er sich langsam herangeschlichen hatte, spähte er hinein.

Der Raum war ein Gebilde des Irrsinns, so wie der Rest der Burg. Riesige, dämonische Gestalten säumten die Wände, jede offenbar bereit, sich auf jeden unbedachten Eindringling zu stürzen. Der Gedanke ließ Huma erschauern. Das größte Kunstwerk war eine Plattform aus schwarzem Kristall, aus der sich vier Stufen erhoben. Auf der obersten von ihnen lag eine strahlende Smaragdkugel.

Der Ritter fuhr rasch zurück. Drakos war wirklich da und stand mit dem Rücken zu Huma vor der Kristallkugel. Den Magier hatte er erwartet, aber hinter der Kugel saß etwas, das dreimal so groß war wie ein Mensch und genau zusah: ein grüner Drache.

Huma hatte noch nie einen solchen Drachen gesehen und war deshalb beunruhigt.

»Du siehst jetzt, warum ich immer die obere Hand hochgehalten habe, nicht wahr, mein kleiner Freund?«

»Groß ist Meister Galan«, zischte der junge Drache. Selbst für einen seiner Rasse hatte er eine äußerst verschlagene Stimme. Das wenige, was Huma von grünen Drachen gehört hatte, beschrieb sie als gerissen, weil sie meistens mit Betrug arbeiteten. Offener Zweikampf war nicht ihre Sache, obwohl ihre körperlichen Kräfte ebenso gefürchtet waren wie ihr Verstand – ihr verdrehter, verräterischer Verstand.

»Cyan Blutgeißel lernt viel durch Zusehen, Meister Galan.«

Das Lachen des Abtrünnigen war genauso kalt wie die Stimme des jungen Drachen. »Cyan Blutgeißel wird niemals ihre volle Kraft entfalten, wenn er glaubt, mich jemals besiegen zu können. Du bist ein Experiment, Cyan. Durch mich hast du gelernt, das Denken von Menschen, Elfen, Zwergen und all den anderen Rassen besser zu verstehen als jeder andere deiner Art. Wenn du ausgewachsen bist, wird dein Name selbst ihre Träume heimsuchen – aber nicht, wenn du *mich* verärgerst.«

Jemand begann heftig zu husten. Huma fragte sich, ob der Drache vielleicht beschlossen hatte, den arroganten Wortschwall des Zauberers zu unterbrechen. Einen Augenblick später hörte er, wie Cyan Blutgeißel sich eilends entschuldigte.

»Meister Galan ist allmächtig! Nicht noch mal! Bitte!«

»Dein nach Chlor stinkender Atem verpestet die Luft. Raus mit dir! Ich werde dich rufen, wenn ich deine Anwesenheit wieder wünsche.«

»Meister!« Flügelschlagen. Huma erkannte, daß der Raum weiter oben eine Verbindung nach draußen haben mußte.

Der Klang von Schritten sagte ihm, daß Drakos fort ging. Huma wagte es, nochmals um die Ecke zu spähen, und sah gerade noch den Rücken des Zauberers, bevor dieser durch einen weiteren Torbogen verschwand. Die Fackeln in der Kammer schienen schwächer zu leuchten, nachdem er gegangen war.

Huma machte einen vorsichtigen Schritt in den Raum. Eigentlich rechnete er mit einer Zauberfalle, aber es flackerte noch nicht einmal etwas auf.

Mit sorgfältig bemessenen Schritten ging er zu der schwarzen Kristallplattform und starrte die große Kugel an. Vielleicht, dachte er, war es das, was seinen kleinen Führer angezogen hatte. Vielleicht versteckte Drakos damit das Schloß vor der Außenwelt – oder vielleicht...

Eine Woge der Ablehnung traf ihn, die ihn taumeln ließ, wobei er fast sein Schwert fallen gelassen hätte. Wie er mühsam erkannte, kam sie aus der Kugel selbst. Huma schloß kurz die Augen und konzentrierte sich.

Der Haß verschwand, um durch Verachtung und Belustigung ersetzt zu werden, weil jemand ihn verspottete, seine ganze Existenz verhöhnte. Huma öffnete gewaltsam wieder die Augen, obwohl er wußte, was er sehen würde, und weil er nicht verzagen wollte.

Sie war da, starrte ihn von irgendwoher an, starrte ihn durch die Kugel an.

Takhisis.

Humas erster Gedanke drehte sich komischerweise darum, ob Galan Drakos wußte, daß sie in diese Kammer gelangen konnte. Ahnte sie – wie Huma gerade zu begreifen begann –, daß Drakos etwas gegen sie ausheckte, wie man aus seinen Befehlen an den hypnotisierten Diener entnehmen konnte? Bestimmt ahnte sie, daß jemand, der so ehrgeizig war wie der Abtrünnige, nie zufrieden sein würde, bevor er alles beherrschte. War das etwa der Grund für ihr Lächeln?

Lächeln? Zuerst war kein echtes Gesicht dagewesen. Aber das hier waren die fein gemeißelten Züge einer Königin der Königinnen, einer wahrhaft Unsterblichen. Ein Mann konnte sich an eine solche Schönheit durchaus verlieren – für alle Ewigkeit. Um so einen geringen Preis. Hatte ihm die Ritterschaft denn etwas anderes gegeben als Leid? Ihretwegen hatte er seine Eltern verloren, dazu Rennard und zahllose Kameraden, einschließlich Buoron. Selbst seine Liebe war ihm genommen worden –

Lügen! Der Nebel um seinen Verstand lichtete sich, und er sah die Lügen hinter der angeblichen Wahrheit. Rennard war schon lange vor seiner Ritterschaft verloren gewesen. Humas Vater, Durak, war gestorben, als er für etwas kämpfte, an das er mit aller Inbrunst glaubte, etwas, für das er den Tod in Kauf nahm. Was Gwyneth anging – dieser Gedanke blieb offen.

Anstatt ihn niederzustrecken, lächelte die Dunkle Königin nur.

Das Gesicht verschwand. Nur ein Hauch der Bosheit, die die Drachenkönigin verkörperte, blieb zurück, um ihn daran zu erinnern, was er gerade erlebt hatte.

»Ich finde, es wird Zeit, dieses Spiel zu beenden«, bemerkte Galan Drakos plötzlich.

Kapitel 14

Galan Drakos starrte den Ritter mit verschränkten Armen an. Seine dünnen Lippen waren zu einem raubtierhaften Lächeln verzogen.

Der abtrünnige Zauberer zog die Kapuze seiner Robe zurück, so daß sein Gesicht ganz sichtbar wurde. Sein dünnes Haar klebte ihm strähnig am Kopf. Der spitze Haaransatz reichte bis in die Stirn. Der Kopf an sich war lang gezogen, fast unmenschlich. Der Zauberer griff hinunter und tätschelte den knochenweißen Kopf des einen von zwei Schreckenswölfen, die ihn flankierten; diese Bewegung enthüllte lange, knochige Finger, die in Klauen endeten.

»Und so kommen wir zum Ende. Ich hätte es mir nicht anders wünschen können. Du mußtest hier sein, um meinen Sieg zu sehen – den endgültigen Sieg.«

»Du wußtest, daß ich hier war?«

»Die Anhänger Nuitaris machen ihrem Gott keine Ehre. Sie sind so von ihrer eigenen Wichtigkeit überzeugt, daß sie nicht erkennen, was einer vermag, der nicht von den Gesetzen eingeschränkt wird, die von diesen Obertrotteln der Versammlung der Zauberer erlassen werden.«

Während Drakos sprach, ging Huma seine Möglichkeiten durch – und das waren nicht viele. Ein Plan, den nur die Verzweiflung gebären konnte, fuhr ihm durch den Kopf. Huma ging einen Schritt zurück und hielt seine freie Hand über die große Kugel, von der der Ritter nur Augenblicke zuvor die Vision der Drachenkönigin empfangen hatte. »Keine Bewegung, sonst zertrümmere ich sie. Was dann mit deinen Träumen?«

»Sie würden buchstäblich zu Staub zerfallen – wenn du es wirklich schaffst, die Kugel zu zerbrechen. Ich gebe dir Gelegenheit zu einem Versuch.«

Huma schlug, so fest er konnte, auf die Oberfläche der Smaragdkugel. Sein Handschuh prallte ab. Auf der Kugel war nicht einmal ein Kratzer zu sehen.

»Siehst du?«

Huma nickte und ließ seine freie Hand wie beiläufig zum Gürtel sinken.

»Ich finde –«, konnte Galan Drakos gerade noch sagen, bevor Huma einen scharfen Dolch herauszog und ihn direkt auf den Zauberer warf.

Der Dolch war gut geworfen. Doch der Abtrünnige hob bloß einen Finger, da wurde die Klinge langsamer, drehte sich – und zischte auf Huma zu. Der Ritter warf sich hin und kullerte die Stufen der Kristallplattform hinunter. Das Messer prallte von der riesigen, grünen Kugel ab und fiel klirrend zu Boden.

»Schlapp. Ich hatte eigentlich mehr von dir erwartet.« Bevor Huma wieder richtig stand, schnipste Drakos mit den Fingern. Plötzlich wurde der Ritter von festen, anscheinend steinernen Händen von hinten gepackt. Er wand sich, um den dicken, monsterhaften Fingern zu entkommen. Das bedrohliche Wesen, das er übersehen hatte, ließ nicht locker. Humas Rüstung begann, in sein Fleisch einzuschneiden.

»An diese Wand«, zeigte Drakos.

Huma wurde umgedreht und hochgehoben. Etwas Kaltes, Steinernes hielt seine Handgelenke und dann die Knöchel fest. Der Ritter saß in der Falle.

Die schnellen, gezielten Bewegungen hatten Huma keine Zeit gelassen, einen Blick auf den Diener des Zauberers zu werfen. Jetzt merkte Huma zu seinem Entsetzen, daß sein Gegner tatsächlich einer der Gargyle an den Wänden war. Unter Humas Augen kehrte der Gargyl langsam zu seiner Nische zurück. Über die Schulter blickend, sah Huma, daß ein anderer Gargyl, der eigentlich nur aus Armen bestand, ihn an der Wand festhielt.

»Ich sehe, daß du meine Kunstwerke bewunderst.« Drakos trat näher, und der gefangene Ritter sah, daß sein Gesicht von einer dünnen Schuppenschicht bedeckt war. Der Abtrünnige war dem Aussehen nach fast ein Reptil, und Huma fragte sich, wieviel von seiner Menschlichkeit der Zauberer wohl für Macht hingegeben hatte.

»Um gerecht zu sein, ich habe dich anfangs unterschätzt. Ich dachte, du wärst nur ein Lakai von Magus, ein alter Freund, der ihm mal wieder nützlich erschien. Stell dir vor, wie überrascht ich war, als ich merkte, daß du nicht nur kein Lakai warst, sondern daß unser beider Freund dir tatsächlich vertraute.«

Das Gerede über Magus ließ Huma wieder wütend zappeln, doch die Pranken des Gargyls ließen nicht locker. Hilflos funkelte er den Abtrünnigen an, der nur noch befriedigter dreinschaute.

»Er hat sich von allem losgesagt, was er je getan hat, weißt du. Ich glaube kaum, daß es in seinen letzten paar Tagen auf ganz Krynn eine weißere Robe gab. Schade. Du hättest seine Schreie hören müssen. Meine – Assistenten – können phantasievoll sein. Einen mußte ich wegen seines Übereifers bestrafen. Er hätte unseren Freund fast getötet.« Der Abtrünnige kicherte. »Ich hasse es allerdings, Ideenreichtum zu unterbinden. Nicht, daß es da noch etwas ausgemacht hätte. Ich fürchte, danach war Magus nicht mehr richtig bei uns. Er begann, mit sich selber zu reden – Sachen aus der Kindheit, vermute ich. Das hat meine Leute furchtbar geärgert. Eigentlich hat er überhaupt nicht mehr richtig gesprochen, bis ich mich mit dir getroffen habe. Du mußt ihm sehr viel bedeutet haben, wenn er dafür von jenem sicheren Hafen zurückgekehrt ist, in dem er seinen Geist in Sicherheit gebracht hatte.«

Drakos zuckte mit den Schultern. »Genug von diesem Gerede über die Vergangenheit. Laß uns zur Zukunft übergehen – für diejenigen unter uns, die noch eine haben.«

Huma gab das Lächeln des Magiers zurück, obwohl sich sein Kopf vor Sorgen drehte. »Die Drachen sind besiegt; deine Abtrünnigen sind geschlagen; Crynus und die meisten aus seiner Schwarzen Garde sind tot. Du hast verloren. In ein paar Wochen wird dieser Krieg nur noch Legende sein.«

Drakos' Augen blitzten auf, und Huma erkannte, daß er einen wunden Punkt getroffen hatte. Als der Zauberkundige wieder sprach, war seine Stimme rauh und wütend.

»In allen Punkten richtig, bis auf einen: Die Oger werden sich zurückziehen; sie sind im Grunde Maulhelden und damit Feiglinge. Sie sind nur Lanzenfutter, sonst nichts, und sie wären ziemlich überrascht, wenn sie wüßten, wie unwichtig sie in meiner Welt sein würden.«

»Deiner Welt?«

»Meiner Welt – als Stimme meiner Herrin, Takhisis, natürlich.« Drakus vollzog einen perfekten, höfischen Diener.

»Du hast keine Armee.«

»Das war das Problem mit Crynus. Er hat alles als Kampf gesehen. Selbst als er den Nutzen meiner Kräfte einräumte, sah er sie nur als Mittel für seine eigenen Ziele an.«

Galan Drakos war zu der dunklen Kristallplattform hinüber gegangen und stand jetzt oben, wo er die Kugel regelrecht streichelte. Der Smaragdglanz, der von ihr ausging, bestrahlte sein Gesicht, so daß es wie eine schon lange tote Leiche aussah. Huma erschauerte unwillkürlich.

»Die Stärke meiner Macht stammt – freiwillig oder unfreiwillig – von meinen Anhängern. Als die Schwarze Robe Sagathanus mich entdeckte, war es das, was ihn zuerst an mir interessierte. Damals war ich noch ein Narr, denn ich herrschte nur über ein paar Einheimische. Ich empfand wirklich etwas für den scheußlichen Ort, weil ich dort geboren war.« Er sah zu Huma hinauf. »Hast du je von Kultairai gehört? Nein? Das überrascht mich nicht. Es ist eine kleine, ländliche Provinz mitten in Istar. Außer Hafer haben sie nur ein paar starke Kerle für Söldnertruppen zu bieten. Man stelle sich das vor! Der größte Zauberer aller Zeiten – geboren in einer armseligen Provinz!«

»Das muß schlimm für dich gewesen sein.« Huma überraschte sich selbst mit dieser Bemerkung.

Das Reptiliengesicht verzog sich zu einem herben Lächeln. »Wie wahr. Niemand anders hat das bisher verstanden. Ich nehme an, daß es daher kommt, daß du unter ähnlichen Umständen aufgewachsen bist.«

Drakos hatte anscheinend viel über ihn in Erfahrung gebracht.

Er war für dich bestimmt. Die plötzliche Klarheit dieses Gedankens überwältigte Huma. Es war nicht sein eigener, sondern klang eher nach Magus… Was war für ihn bestimmt?

Weil er etwas spürte, trottete einer der Schreckenswölfe zu ihm herüber und schnüffelte. Von dem Fäulnisgestank wurde Huma ganz übel.

Drakos seinerseits starrte etwas in der Kugel an, das vielleicht nur er selbst sehen konnte.

Das Geräusch langer, ledriger Flügel ließ beide aufblicken. Cyan Blutgeißel war ohne die Erlaubnis seines Meisters zurückgekehrt. Der Blick des jungen, grünen Drachen verriet seine Angst.

»Meister Galan! Die Oger fangen an, davonzurennen! Meine Brüder fliehen voller Panik, diese Feiglinge! Was sollen wir tun?«

Drakos frohlockte. »Die Zeit ist gekommen. Es herrscht ein solches Chaos wie zuletzt vor dem Zeitalter der Träume.« Zu dem ängstlichen Drachen sagte er wieder: »Weg mit dir! Ich will nicht, daß dein Gestank schon wieder die Luft verpestet!«

Der junge Drache verschwand eilig. Drakos rief die beiden Schreckenswölfe, die zu zittern begonnen hatten.

Huma sah mit einer Mischung aus Abscheu und Erstaunen zu. Er konnte regelrecht mitverfolgen, wie die Lebenskraft –

wenn man das so nennen konnte – aus den beiden ghulischen Kreaturen schwand. Sie kämpften nicht einmal. Galan Drakos nahm seine Hände von den beiden ausgehungerten, bewegungslosen Wesen. Die Schreckenswölfe zerfielen zu Asche.

»Angst ist Chaos. Krieg ist Chaos. Chaos ist grenzenlose Macht. Das ist eine Macht, die sogar die Götter respektieren. Verstehst du?«

Huma zwinkerte. Aufgrund seines gebannten Ekels angesichts der Vernichtung der zwei Schreckenswölfe hatte er nicht zugehört. »Was hast du vor?«

»Das.« Der Zauberer strich über die Kugel. »Das hier ist der Schlüssel für die Errichtung eines Zugangs zwischen unserer Ebene und dem Abgrund. Ein Portal oder Tor zum Reich der Drachenkönigin. Du mußt verstehen: Wenn Götter auf die Ebene der Sterblichen kommen – ich meine, wirklich hier sind –, sind sie nur noch Schatten ihres wahren Selbst. Was nicht heißt, daß sie schwach sind. Weit gefehlt. Ihre Gegner sind jedoch im Vorteil.«

Die Augen des Ritters leuchteten verstehend auf. »Deshalb entfernt sich die Drachenkönigin nie weit von dem von ihr geschaffenen Zugang. Sie fürchtet, daß Paladin sie in einem schwachen Moment erwischt. Jetzt aber hast du einen Weg gefunden, wie sie ihre volle Stärke auch hier in unserer Welt nutzen kann.«

Galan Drakos erstarrte. Dann lächelte er kalt. Ein Erdbeben schien die Zitadelle zu erschüttern, doch der Magier schenkte ihm keine Beachtung. »Du bist schlauer, als ich dachte. Aber deine kleine Einmischung wird trotzdem bald Geschichte sein.«

Fast! Ein unscharfes Bild formte sich in Humas Gedächtnis.

»Betrachte dich als geehrt. Du wirst Zeuge eines Ereignisses, das *ganz* Krynn verändern wird!«

Bei dieser Bemerkung glühte die große Smaragdkugel auf. Galan Drakos zog seine Kapuze über und rief einen bleichen, knochenfarbenen Stab aus der Luft herbei.

Humas Augen konzentrierten sich völlig auf den Stab des Abtrünnigen. Das war der Schlüssel! Der Stab von Magus. Den sein Gefährte bei seiner Gefangennahme durch die Schwarze Garde fallen gelassen hatte. Fallen gelassen? Wahrscheinlich eher zurückgelassen. Magus hätte ihn jederzeit leicht herbeirufen können, genau wie Galan Drakos seinen gerufen hatte.

»Takhisis, Herrin der Finsternis, die Zeit ist gekommen, um das Portal ganz zu öffnen! Die Zeit ist gekommen, deine ganze Macht von deinem Reich in dieses fluten zu lassen!«

Der Stab von Magus war für den Moment vergessen. Fassungslos sah Huma zu, wie die Wand hinter der Kugel sich wie in einem wahnsinnigen Alptraum zu verformen begann. Dann schien dieser Teil des Gebäudes völlig zu verschwinden.

Es waren jedoch nicht die Berge, die von dem Spruch enthüllt wurden. Statt dessen war es eine dunkle, chaotische Landschaft, die in ein klaffendes, endloses Loch überging, aus dem kein Licht entweichen konnte.

Vor Humas Augen veränderte sich die Landschaft wieder. Jetzt war sie bewaldet, aber die Bäume waren entweder tot oder am Sterben, und sie waren schwarz wie die Nacht.

Danach entstand eine sengende Wüste, aus der die Knochen verschollener Reisender ragten. In Sekundenschnelle wuchs es zu einem richtigen Knochenmeer heran.

»Was ist das?« Huma glaubte, es zu wissen, aber er hoffte, daß der Zauberer es abstreiten würde.

Galan Drakos wandte sich von der irren Szenerie ab und starrte den Ritter durch zusammengekniffene Augen an. »Das ist das Reich meiner Herrin – das ist der Abgrund.«

»Es verändert sich dauernd.«

»Es ist dein Kopf, in dem es sich verändert. Der Abgrund beruht auf persönlichen Erlebnissen. In diesem Falle, deinen. Ich habe gelernt, solche unbewußten Gedanken zu beherrschen.«

Galan Drakos trat von der Plattform herunter und näherte sich Huma, der vergeblich versuchte, sich loszureißen. Die Zitadelle erbebte wieder, doch Drakos schien das immer noch nicht zu bemerken. Er griff mit seiner Klauenhand nach der Stirn des Ritters.

»Mach dir keine Sorgen.« Die Stimme des Abtrünnigen war herablassend. »Ich habe jetzt weder Zeit noch Kraft für dich. Ich will nur deine Gedanken vor dem Abgrund abschirmen. Wie wenn man eine Wand aufstellt.«

Humas Kopf wurde von einer heftigen Kraft zurückgeworfen. Einen kurzen Moment lang war jeder Gedanke vergessen. Dann stand Drakos wieder oben auf der Plattform. Er klopfte zweimal mit dem Elfenbeinstab auf den Boden und begann, in einer Zaubersprache zu murmeln. Die Smaragdkugel strahlte wie eine winzige Sonne. Das Schloß erbebte wieder.

»Das Band zum Abgrund ist fest geknüpft!« rief der Abtrünnige triumphierend aus. In der Kugel glitzerte etwas. Drakos ließ seinen Stab verschwinden und legte beide Hände auf den leuchtenden Gegenstand. Er starrte darauf, ohne auf das fast blendend helle Licht zu achten. Wieder begann er zu murmeln.

Huma rief in Gedanken den Stab herbei.

Er konnte nicht beurteilen, ob es seine eigene Idee oder die des rachsüchtigen Geistes von Magus war. Er wußte nur, daß er sich darauf konzentrieren mußte, den Stab des toten Zauberers zu rufen, und daß er es jetzt tun mußte.

So einfach – jetzt, wo er es wußte. In der einen Minute waren seine Hände leer, in der nächsten hielt er in der Linken den Stab in seiner kompakten Form. Seine Augen wurden plötzlich größer, als er ein Zittern in der Handfläche spürte, die den magischen Gegenstand umklammerte. Als ob er sich mit Eigenleben bewegte, drehte er sich in seiner Hand und klopfte gegen die steinerne Tatze, die sein Handgelenk festhielt.

Der Gargyl ließ los.

Galan Drakos wendete sein Gesicht immer noch der Kugel zu. Seine Hände waren ausgestreckt, als würde er einen persönlichen Gott beschwören.

Huma befreite seine rechte Hand.

Drakos schrie etwas Unverständliches. Der Glanz der Kugel hatte sich ausgebreitet und den Zauberer erfaßt, der zu wachsen schien. Huma starrte die Kugel an. In ihr schien ungebändigte Energie zu wirbeln. Wieder erbebte die Zitadelle.

»Nein!« Drakos redete scheinbar mit jemandem. »Die Flut ist zu stark! Ich brauche mehr Macht, sonst überwältigt sie mich!«

Huma begriff diese Worte nicht, wußte aber, daß er die Verbindung zwischen den beiden Ebenen unterbrechen mußte. Wenn Takhisis diese Macht nutzen konnte –

Beim nächsten Mal war das Beben so stark, daß mehrere Gargyle nach vorne kippten und am Boden zerschmetterten. Galan Drakos' Miene veränderte sich nicht, als er merkte, daß Huma frei war. Er murmelte einfach etwas vor sich hin und widmete sich dann sofort wieder seinem Zauber.

Sobald Huma frei war, begann sich der Stab zu dehnen und zu strecken, als wenn er lebendig wäre. Er wuchs, wie er es schon einmal getan hatte.

Plötzlich traten die Gargyle aus ihren Nischen und bildeten ein Sammelsurium von Monstern, deren einziger Gedanke Humas Tod war.

Da dieser mit dem Bauernspieß umzugehen wußte, sah Huma in dem Zauberstab eine geeignete Waffe. Bei jeder Berührung flogen die Splitter, und die Gargyle hätten genauso gut aus Butter sein können, so leicht glitt er durch sie durch. Doch ein verletztes Bein oder eine Enthauptung reichten nicht aus, um auch nur einen von ihnen aufzuhalten. Aus allen Richtungen drangen sie auf ihn ein, und Huma wußte, daß dem Abtrünnigen die untoten Diener in unermeßlicher Zahl zur Verfügung standen. Dennoch focht er entschlossen weiter, im festen Glauben an Paladin.

Huma wußte, daß er nur einen einzigen treffsicheren Hieb auf Drakos landen mußte, doch die Gargyle umringten ihn von allen Seiten, und auf diese kurze Distanz war der Stab praktisch nutzlos. Wenn nichts passierte, würde er in Kürze von einer der Steinkreaturen zermalmt werden.

»Huuuuuummmaaa!«

Die Stimme kam von oben und übertönte selbst den Lärm in der Zitadelle. Was machte Drakos nur? Mußte er die Berge selbst niederringen?

»Huuuuummmaaa!«

Jetzt konnte Huma sie sehen.

»Gwyneth!«

Sie entdeckte ihn und schraubte sich hinunter, als ein Gargyl Huma gerade den Stab aus der Hand schlug. Der silberne Drache brüllte und schlug nach den nächsten der Steinkreaturen. Sie zersprangen zu Sand. Gwyneth flog hoch, wendete und kam zurück, um noch einmal anzugreifen. Mehrere Gargyle ließen von Huma ab, um diesen neuen Feind anzugreifen. Gwyneth wurde vom Gewicht der Wesen heruntergezogen, die sich zu viert an ihrem Bauch festgekrallt hatten. Mit lautem Gebrüll, mehr vor Ärger als vor Schmerz, wirbelte sie in dem großen

Raum so gut wie möglich herum, um die Gargyle abzuschütteln. Sie klammerten sich jedoch fest, so daß sie hinausfliegen mußte, um sie loszuwerden.

Damit hatte der silberne Drache Huma schon Zeit genug verschafft. Er schnappte sich den Stab des Magus und wirbelte wieder herum, wobei er den nächsten Angreifer mit dem ersten Schlag außer Gefecht setzte. Die anderen wagten sich wieder näher heran.

Eine Anzahl Männer kamen angerannt. Die Schwarze Garde. Die schwarzgekleideten Gestalten blieben im Torbogen stehen und starrten mit offenem Mund auf die Szene vor ihnen.

Huma sah den irren Ausdruck von Drakos, als er sich rasch den Soldaten zuwandte. Ein Licht wie das der grünen Smaragdkugel glitzerte in seinen Augen. Er sagte ein einziges Wort, und selbst diese kleine Anstrengung ließ ihn zusammenzucken.

Ein dünner, tödlicher Blitz aus grüner Energie, der aus der Kugel stammte, zuckte mit furchtbarer Geschwindigkeit auf die nichtsahnenden Krieger zu. Er teilte sich in zwei, dann in vier einzelne Pfeile, noch ehe er halb bei ihnen war. Zu spät erkannten die Soldaten die Gefahr und versuchten davonzurennen. Vier hatten keine Zeit mehr dazu. Sie wurden von den Energieblitzen wie Fische auf eine Harpune aufgespießt und in den Raum gezogen. Huma erschauerte. Der Zauberspruch schien Galan Drakos genauso zu beherrschen, wie dieser den Spruch. Der Ritter bezweifelte, daß der Abtrünnige überhaupt wußte, was er getan hatte. Alles, was für Drakos jetzt zählte, war Macht.

Die anderen Wachen flohen. Von seinem Standort aus sah Huma hilflos zu, wie ein weiterer Blitz heranzuckte, diesmal in seine Richtung.

Er traf ihn auf die Brust, und der Aufprall ließ den Blitzschlag auf einen Haufen Gargyle überspringen. Zuerst fühlte sich Huma, als würde ihm die Lebenskraft davonrinnen. Doch dann warf etwas den gefräßigen Blitz zurück und sandte ihn zuckend wieder in die Kugel. Huma griff sich an die Brust, wo er das Medaillon entdeckte, das Avontal ihm gegeben hatte. Das Medaillon eines Paladin-Klerikers.

»Huma! Das Schloß bricht auseinander!«

Ein Gargyl fiel auf die Knie. Ein anderer brach einfach zusammen. Als Huma herumfuhr, sah er Galan Drakos vor sich. Aus dem schon vorher kaum noch menschenähnlichen Gesicht des Abtrünnigen sprach der pure Wahnsinn.

»Ich – ich werde sie – sie meinem Willen unterwerfen! Ich bin Drakos, der größte Magier aller Zeiten!«

Der Zauberer rief seinen Stock herbei und klopfte damit dreimal auf das Podest. »*Shurak! Gestay Shurak Kaok!*«

Die Gargyle hatten alle Lebendigkeit eingebüßt. Als sie um Huma herum zusammenbrachen, tauchte der silberne Drache wieder auf und flog auf ihn zu. Drakos griff nicht an, sah ihn nicht einmal. Statt dessen lachte er den Himmel an. Seine Gestalt sprühte vor Energie.

»Ich habe es geschafft, Herrin! Die Macht ist mein!«

Der Abtrünnige war so in seinem augenscheinlichen Triumph gefangen, daß er das Bild nicht sah, das sich in der Smaragdkugel formte. Unter Humas Augen teilte sich das Gesicht in der Kugel in zwei. Dann drei. Die Gesichter verzerrten sich, wurden echsenartig. Drachen. Mindestens fünf Köpfe. Alle spottend.

»Huma, wir müssen fort!«

»Ich kann nicht!« Huma starrte die Drachenlanzen an, die Gwyneth trug. Sie waren für seinen Zweck zu unpraktisch. Selbst die Lanze für den Fußsoldaten war unhandlich. Dann blieben seine Augen an Magus' Stab hängen. Ihm kam eine Idee.

Er ergriff den Stab. Worte, die er nicht verstand, strömten von seinen Lippen, und auf einmal leuchtete der Stab. Er warf ihn mit aller Kraft.

Der Stab verfehlte Galan Drakos, doch dieser war auch nicht das Ziel. Statt dessen flog der Stab wie ein Speer genau in den Mittelpunkt der leuchtenden Kugel. Er schien zu zögern, als das vordere Ende die Kugel berührte, doch dann versenkte er sich weiter hinein und zerbrach jeden Widerstand.

»Sieh nicht hin!« schrie Huma Gwyneth zu.

Die Smaragdkugel explodierte krachend.

Die Zitadelle bebte, und der Raum neigte sich, als sich die Auswirkungen der Zerstörung der Kugel auf das Schloß übertrugen.

»Huma!« Der Silberdrache stupste ihn an. »Wir müssen fliehen! Schnell!«

Er kam wieder auf die Beine, wobei er sich an ihrem einen Flügel festhielt. Ein rascher Blick zeigte ihm, daß die Plattform von einem grünlichen Inferno umgeben war, das die ganze Wand zu verdecken schien.

Draußen brüllte etwas.

»Paladin!« flüsterte er. Das konnte nicht sein! Huma konnte sich nur ein Wesen vorstellen, das einen so ohrenbetäubenden, erderschütternden Schrei ausstoßen konnte. Ein Drache. Ein riesiger Drache. Ein Titan mit fünf Köpfen, fürchtete er. Takhisis.

»Iiiiiaaaauuuu!«

Huma vergaß das Brüllen und fuhr herum zu der Feuersbrunst, aus der dieser neue Schrei gekommen war.

Langsam stieg etwas aus dem Smaragdfeuer. Es glühte, aber

es brannte nicht. Es ging auf zwei Beinen, war jedoch nicht einmal mehr entfernt menschenähnlich. Es hob eine klauenbewehrte Tatze, die einst eine Hand gewesen war. Ein dämonisches Gesicht mit verzerrten Gesichtszügen wie die einer verrenkten Schlange war unter den zerrissenen Fetzen einer Kapuze zu erkennen.

»Hhhuuuummmaaaa!«

Galan Drakos taumelte vorwärts.

»Ich will deinen Tod!«

Etwas mit Tentakeln schoß auf ihn zu – und wurde von etwas abgewehrt, was kurz einem silbrigen Schild ähnelte. Galan Drakos ging einen Schritt zurück.

»Du hast auch deinen – deinen Schirmherrn! Schade, daß es für Krynn zu spät ist!« Das Gesicht verzog sich.

Huma ging einen Schritt vor. Gwyneth wollte aufbegehren, doch ein Blick des Ritters brachte sie zum Schweigen. Dann begann er, langsam auf den irren Zauberer zuzugehen.

»Zu viele Menschen sind deinetwegen gestorben, Galan Drakos. Paladin ist mein Zeuge, daß ich dich nicht laufen lassen kann. Es muß ein Ende haben.«

Als Drakos schließlich sprach, hatte er seine Stimme unter Kontrolle. Er starrte in die Weite.

»Ja. Es wird ein Ende haben. Mit dem siegreichen – mit der Aufdeckung meines Verrats. Ich habe gespielt und verloren.« Drakos wendete sich wieder Huma zu und zuckte mit den Schultern.

Der Abtrünnige taumelte zurück zum Rand des Infernos. Seine Beine trugen ihn kaum noch. Er stützte sich immer stärker auf seinen Stab.

Huma ging direkt auf ihn zu. »Ich kann dich nicht gehen lassen.«

Der deformierte Magier lachte, ein Lachen, das viel zu lange zu dauern schien. Die Augen von Galan Drakos waren enge, leuchtende Schlitze. »Ich warte nicht auf die Gerechtigkeit der Königin. Da ziehe ich die Vergessenheit vor. Sie soll meinen verdammten Geist nicht bekommen, um damit bis in alle Ewigkeit zu spielen.«

Galan Drakos, Magiermeister und Abtrünniger, sprach ein einziges Wort.

Die Smaragdflammen umfingen ihn. Jedweder Schutz, den er gehabt hatte, war abgelegt. Huma bedeckte die Augen, als das Feuer heller flackerte. Als er wieder hinsah, war von dem Zauberer nichts mehr übrig.

»Er hat sich verbrannt.«

»Nein.« Der silberne Drache schüttelte den Kopf. »Er existiert nicht mehr. Das war sein letzter Spruch. Es ist, als wäre er niemals gewesen. Schon bald wird keiner, der ihn mal kannte, sich mehr an ihn erinnern – außer seiner einstigen Herrin, denke ich.« Der Drache runzelte die Stirn. »Er ist der Drachenkönigin wirklich entkommen. Erstaunlich.«

Die Zitadelle machte einen weiteren Ruck.

»Huma!« Als Gwyneth die Gefahr erkannte, war ihre Faszination dahin.

»Ja!« Er wollte auf ihren Rücken klettern, hielt dann aber inne. »Nein! Der Stab von Magus! Ich muß ihn suchen...«

»Ist das der kleine Ast an deinem Gürtel?«

Er sah hinunter. An seiner rechten Seite steckte fest im Gürtel ein vertrauter, einen Fuß langer Stock. »Wie –«

Gwyneths Geduld war jetzt zu Ende. »Ich erkläre dir ein andermal etwas über Magie! Huma, Paladin ist *mein* Zeuge, daß ich dich liebe! Ich werde nicht zusehen, wie du hier stirbst, wenn ich es verhindern kann!«

Bei diesen Worten krabbelte er umständlich hoch. Mit jedem Moment, den sie dablieb, riskierte sie ihr eigenes Leben – und wofür? Sein Zögern, seine Ängste.

Aber sie liebte ihn.

Der Silberdrache hob rasch ab.

»Leg dich flach auf mich – und halt die Drachenlanze gerade!« rief sie.

Die Zitadelle kippte weiter, während sie langsam abrutschte. Die Gargyle wurden wie Putzlumpen durcheinandergeschmissen. Teile des Raumes begannen aufzubrechen. Ein Stück des oberen Ausgangs brach ein. Jetzt konnte der Silberdrache nicht mehr durch die enge Öffnung entkommen.

Huma hörte sie etwas in einer Zaubersprache rufen. Er hörte Gebälk einstürzen, dann flogen ihm die Steine um die Ohren.

»Festhalten! Jetzt geht's los!«

Er fühlte, wie die Drachenlanze in die dicke Steinmauer stieß und das Loch erweiterte. Gwyneth faltete die Flügel zusammen und stieß hindurch wie ein Pfeil. Huma wußte, daß sie ihn so gut wie möglich mit ihrem eigenen Körper abschirmte.

Dann waren sie draußen. Huma merkte, daß er den Atem angehalten hatte, und holte tief Luft. Der silberne Drache schraubte sich höher. Von oben konnten sie sehen, wie eine grüne Feuersbrunst jetzt einen Großteil des Schlosses erfaßt hatte.

Was von der Zitadelle des Zauberers noch übrig war, hing noch einen Augenblick am Berg. Dort wankte es, um dann langsam hinunterzukippen. Zuerst fiel der Turm, ein langer Schaft, der sich vorwärts neigte und dann umfiel.

Huma richtete seine Augen zum Himmel. »Paladin!«

Plötzlich war eine neue, größere Finsternis eingetreten.

»Huma...« Die Stimme des Silberdrachen zitterte.

Er folgte ihrem Blick zum obersten Gipfel des Berges, von dem die Burg von Galan Drakos abgerutscht war. Etwas Gigantisches mit vielen Köpfen, die Bosheit ausstrahlten, starrte in ihre Richtung.

Huma – Liebling von Paladin. Komm zu mir. Komm in meine Arme.

Takhisis.

Kapitel 15

Die fast hypnotische Wirkung des Rufes der Drachenkönigin wurde von einer unbekannten Stimme aufgehoben. »Huma! Den Göttern sei Dank! Wir hatten schon Angst, du wärst mit der Zitadelle abgestürzt!«

Er drehte sich im Sattel um. Bennett und Kaz flogen neben ihm. Kaz erklärte das rasch: »Wir haben die anderen losgeschickt, um Hilfe zu holen. Allerdings – Sargas! Was ist das denn?«

Bennetts Stimme war völlig kalt. »Das ist die Drachenkönigin, nicht wahr?«

Huma nickte nur. Er starrte auf das schattenhafte Monster dort oben. Das Portal, durch das die Drachenkönigin eingetreten war, wurde größer, und sie schien irdischer, realer zu werden.

Dem Ritter kam ein Gedanke. Er griff nach dem kompakten Stab von Magus an seiner Seite und händigte ihn Bennett aus. »Bring das nach Burg Vingaard zurück. Es muß der Versammlung der Zauberer übergeben werden. Als Oberhäupter der Orden werden sie wissen, was damit zu tun ist. Es hat Magus gehört, und ich fürchte, daß es mir nicht mehr viel nützen wird.«

Kaz und Bennett sahen einander an.

Huma fixierte beide mit seinem Blick. »Sie müssen erfahren, daß Drakos nicht mehr existiert. Du mußt für mich die Lanzenreiter organisieren, Bennett. Du bist der Sohn eines Großmeisters und Neffe eines weiteren. Du bist zum Anführer geboren.

Ich werde den Zorn der Dunklen Königin so lange wie möglich auf mich nehmen, aber ein Massenangriff bleibt unsere einzige wirkliche Chance. Es dürften noch mindestens hundert Lanzen übrig sein. Dann, so Paladin es will, werden wir wirklich etwas wert sein.«

Bennett schüttelte den Kopf. »Huma, das ist eine Göttin! Wir sind für sie nicht mehr als ein Windhauch!«

»Aber wir sind Ritter von Solamnia«, erwiderte Huma, »eine Ritterschaft, die vom heiligen Triumvirat gegründet wurde, dessen Ältester Paladin ist. Unsere Mission ist es, die Gerechtigkeit zu erhalten und dafür zu sorgen, daß das Böse nie auf Krynn Einzug halten kann. *Das* ist unsere letzte Prüfung. *Das* ist es, wo wir uns selbst wirklich am Kodex und am Maßstab messen.«

Der andere Ritter konnte nichts darauf antworten. Bennetts Gesicht war rot angelaufen.

»Ich habe keine Zeit für Diskussionen. Reite zurück, Bennett. Kaz, du gehst mit ihm.«

Der Minotaurus sah auf sein Reittier hinunter, dann wieder zu Huma. »Ich stimme zu, daß einer von uns zurück muß, und es ist richtig, daß dieser eine Bennett ist. Aber ich bleibe. Auch ich habe einen Schwur geleistet, und ich habe ihn bis jetzt noch nicht eingelöst. Und Blitz denkt wie ich.«

Huma seufzte. »Dagegen kann ich nichts sagen, Kaz. Bennett, tu deine Pflicht.«

Bennett biß die Zähne zusammen, nickte jedoch. Auf sein Zeichen drehte der Silberdrache ab – doch erst nachdem er Gwyneths Blick begegnet war. Eine stille Botschaft ging von einen zum anderen, und Huma erinnerte sich, daß die beiden verwandt waren. Der Abschied fiel ihnen nicht leicht.

Als Bennett fort war, drehte sich Huma zum Minotaurus um. »Jetzt.«

Die beiden Drachen stiegen höher. Über ihnen schien Takhisis' fünfköpfige Drachengestalt zu verschwimmen. Der ganze Berg wurde von einem riesigen Loch im Himmelsgewebe verzerrt. Das Tor, durch das die Drachenkönigin in dieser Welt Gestalt angenommen hatte. Das Portal, durch das sie mit Hilfe des unbetrauerten Galan Drakos ihre absolute Macht gezogen hatte. Von der ganzen Fülle ihrer Macht war sie abgeschnitten, weil Huma die Smaragdkugel zerschmettert hatte, doch das Tor blieb. Und Takhisis war bereits im Besitz der Macht, die sie bis dahin hatte herüberschaffen können. Bei keinem Einfall in die Ebene der Sterblichen war sie je so stark gewesen.

Bezaubernd. Noch interessanter als euer ständiges Bedürfnis, miteinander über hoffnungslose Fälle zu streiten.

Die grausamen Gedanken drangen in Humas Geist ein.

Ich muß mir ein paar von euch suchen und dieses lustige, flüchtige Ding untersuchen, das man Liebe nennt. Es erscheint mir so – verschwenderisch.«

Wenigstens blieb Huma die Genugtuung, zu wissen, daß Takhisis keines seiner Gefühle je selbst empfinden konnte. Für jemanden wie sie würden sie immer ein Geheimnis bleiben. Hierin war sie weniger als ein Sterblicher.

Dann bring's mir doch bei.

Obwohl er wußte, daß ihre Drachengestalt immer noch auf dem Berg lauerte, sah er auch die hinreißende, graziöse Figur einer dunkelhaarigen Zauberin in allerfeinster, schwarzer Seide. Als sie lächelte, kam es ihm so vor, als wäre es das erste, wahre Lächeln auf der Welt.

Ich kann alles sein, was du dir von mir wünschst. Du kannst mir diese Liebe zeigen, von der du so viel hältst. Ich wäre eine sehr gelehrige Schülerin.

In seinem Kopf drehte sich die verführerische Gestalt etwas zur Seite, wobei sie neue, provozierende Posen einnahm. Huma war es unmöglich, sich zu konzentrieren. Sie war wirklich unvergleichlich schön, und sie wollte lernen, was Liebe bedeutete, was es hieß, sterblich zu sein. Wenn er ihr das zeigen konnte, würde Krynn vielleicht nie wieder vom Bösen und vom Leiden heimgesucht werden.

Dazu kamen – und das wog schwer – die interessanten Aspekte, die sicher zu diesem Unterricht gehören würden.

Sie lächelte und schien ihm eine schlanke, perfekt geformte Hand entgegenzustrecken.

Huma fühlte etwas Warmes auf seiner Brust. Unwillkürlich griff er danach. Ein vertrauter Gegenstand rutschte geradewegs in seine Hand.

»Nein!« schrie er spontan. »Glaube nicht, daß ich auf deine dunklen Künste hereinfalle! Du kannst das Leben oder die Liebe niemals kennenlernen, und ich will von dir nichts haben. Meine Liebe gehört einer anderen!«

Er fühlte einen Ruck unter sich, als wenn Gwyneth zusammengezuckt wäre. Er hatte keine Zeit mehr, an sie zu denken, denn wieder griff die Drachenkönigin nach seinen Gedanken.

Du hättest Freuden kennengelernt, wie sie kein Mann je erlebt hat. Du hättest meine Armeen anführen können, denn kein Krieger hat sich als so erfinderisch, anpassungsfähig und entschlossen erwiesen wie du. Du wärst gleich nach mir gekommen, und ich hätte dich weit höher belohnt, als du erwartet hast.

Ein schrecklicher Wind erhob sich. Der silberne Drache wurde fast gegen die Bergwand gedrückt, und Kaz und Blitz fielen hinter ihnen zurück. Huma ergriff mit einer Hand die Drachenlanze und befingerte mit der anderen das Medaillon von Paladin. Mit diesen beiden konnte er noch Hoffnung hegen.

Na schön! Du hast mich abgewiesen. Du hast deiner eigenen Vernichtung Tür und Tor geöffnet – und deiner Liebe.

Die Dunkle Königin kannte zwar keine Liebe, doch der Haß war ihr nur allzu vertraut.

»Huuummmaaa!«

Der Ritter drehte sich kurz um und sah, daß Blitz gezwungen war, auf einem Felsvorsprung zu landen. Kaz klammerte sich hilflos am Sattel fest.

Das ist eine Sache zwischen uns, du, ach so sterblicher Ritter von Solamnia! Du wirst um Vergebung flehen für alles, was du getan hast! Du wirst mich anbetteln, der Qual ein Ende zu bereiten, aber erst am Ende der Ewigkeit werde ich das auch nur in Erwägung ziehen.

Huma rief sich die Wahl ins Gedächtnis, die Galan Drakos getroffen hatte: lieber Körper und Seele verlieren, als sich der zartfühlenden ›Gerechtigkeit‹ der Königin der Finsternis auszuliefern. Und das von einem, der kein Mitleid kannte, der Magus grausam gefoltert und Tausende und Abertausende in einen sinnlosen Tod geschickt hatte. Am Ende hatte Drakos nur noch Furcht gekannt, die Furcht, der Rache seiner Herrin ausgeliefert zu sein.

Als erstes werde ich deinen Körper zu Brei zerstampfen – aber du wirst nicht sterben. Dann nehme ich deinen Geist und enthülle ihm die ganze, schwarze Schönheit meines Reiches. Wahnsinn wird dich nicht retten. Das werde ich nicht zulassen. Dann nehme ich deine Liebste und amüsiere mich auf das Feinste mit ihr – während du hilflos zuschaust.

Huma hatte Wunder und Schrecken gesehen wie nur wenige Männer, und nur sein Glaube an Paladin, an die Gerechtigkeit und das Gute, das sein Gott verkörperte, hatte ihn gerettet. Jedesmal hatte dieser Glaube ihn bestärkt. Huma hatte gelernt, Krynn so sehr zu lieben wie Paladin selbst, und er war bereit, alles um dieser Welt willen zu opfern, wenn er dadurch die Finsternis besiegen konnte.

Anstatt Gwyneth zurückzuhalten, trieb Huma sie weiter.

Die silberne Drachendame gehorchte. Sie würde ihn nicht im Stich lassen.

Ihr seid Dummköpfe. Größere Dummköpfe als Drakos, der glaubte, er könnte ein Gott werden. Seine Flucht in die Vergessenheit hat ihn vor meiner begrenzten Milde gerettet. Was wird euch retten?

Es war, als würde plötzlich ein Vorhang weggezogen. Die Drachenkönigin stand wartend da, atemberaubend schön und schrecklich zugleich.

Jeder Kopf des gigantischen Drachen verhöhnte ihn. Fünf insgesamt, und jeder stand für eines ihrer Kinder. Das verschlagene, grausame Grün. Zähes Weiß. Mächtiges, zerstörerisches Rot. Unberechenbares Schwarz. Herrisches Blau.

Sie schlängelten sich geschmeidig vor und zurück, als würden sie einen Bannzauber wirken. Keiner ließ Huma aus den Augen. Kein einziger Kopf hielt auch nur einmal still.

Die Dunkle Königin bestand aus gut zwanzig Metern reiner Macht. Jede Bewegung war die Verkörperung von Anmut und Kraft. Mit jeder leisesten Bewegung enthüllte sie, wie dumm der Versuch war, ihrem Willen zuvorzukommen.

Jetzt siehst du es. Jetzt weißt du es.

Der schnelle, kleinere, weiße Drache blies plötzlich in ihre Richtung. Huma sah den eisigen Kältekegel kaum, der auf ihn zielte, doch Gwyneth wendete blitzschnell und flog außer Reichweite.

Der Drache von allen Farben und keiner – ihr alter Name fiel Huma wieder ein – lachte schneidend. Dieser Angriff war für die Göttin ein reines Spiel gewesen, wie die Katze mit der Maus spielt, bevor sie sie ganz verschlingt.

Der Wind peitschte weiter auf sie ein, und der silberne Drache trieb gefährlich nah an die Bergflanke. Die Köpfe der Drachenkönigin lachten belustigt.

Es lag ein gewisses Zögern in den Handlungen des göttlichen Ungeheuers, als Huma sich ein Herz faßte. Sie verspottete ihn auch nicht länger. Jedes Augenpaar fixierte ihn genauer, als ob sie ihn von neuem einzuschätzen suchte. Die gewaltigen Schwingen breiteten sich aus. Bei einem normalen Drachen hätte Huma diese Haltung als Nervosität interpretiert.

Huma gab Gwyneth ein Zeichen. Sie wendete, damit sie viel Raum vor der schrecklichen Gestalt der Drachenkönigin bekam, wendete wieder und sah die Göttin an. Humas Hand richtete die Drachenlanze aus. Die fünf Köpfe erstarrten.

Wieder gab der Ritter ein Zeichen.

Das von der Drachenkönigin entfesselte Unwetter wurde noch zehnmal stärker, wodurch Kaz und Blitz gezwungen waren, am innersten Teil des Vorsprungs Schutz zu suchen. Sie konnten nur einen kurzen Blick auf den Silberdrachen werfen, der den unberechenbaren Winden und dem plötzlichen, sintflutartigen Regenguß trotzte und mit immer größerer Geschwindigkeit vorwärts flog. Dann verschwanden Ritter und Drache, als sie sich dem Berggipfel näherten.

Kaz murmelte ein Gebet zu jedem Gott in Paladins Haus, an den sein benebeltes Gedächtnis sich erinnern konnte. Das letzte und längste sparte er für den Platindrachen auf – den Gott, den die Menschen als Paladin kannten.

Eiseskälte. Schnelle, tödliche Blitze. Ein zischender Strom Giftgas. Lodernde Flammen. Spritzende Säure.

Jeder Kopf ließ seine Kräfte gegen die beiden los. Gwyneth drehte und tauchte ab, tauchte und wendete und stieg wieder auf, um einem grauenhaften Angriff nach dem anderen auszuweichen. Manchmal reichte nicht einmal ihre Flugkunst aus. Säure ätzte unzählige winzige Löcher in ihre Flügel. Flammen versengten ihren Rücken. Huma hielt trotz allem die Drachenlanze fest.

Bis jetzt hatten sie noch keinen Treffer gegen die Drachenkönigin landen können. Daß diese sie trotz all ihrer Kräfte noch nicht erledigt hatte, war jedoch ein lebenswichtiger Punkt. Das bedeutete, daß die Königin der Finsternis ihre Kraft kaum kontrollieren konnte. Sie wollte zu viel auf einmal, breitete ihre

Macht zu weit aus, verteilte sie auf zu viele grundverschiedene Sprüche.

Gwyneth ließ einen Kältekegel gegen den grünen Kopf der Göttin los, der ihn wie ein Blatt abschüttelte.

Zwei Kiefer klappten gefährlich nah neben ihnen aufeinander. Huma sah gerade noch den Kopf eines roten Drachen, als Gwyneth außer Reichweite floh.

Als sie sich erneut der Drachenkönigin zuwandte, sah Huma, daß die Riesenkreatur nun doch noch vom Gipfel abhob. Die Dunkle Herrin glaubte nicht mehr, daß ihr der Sieg sicher war. Sie trug den Kampf zu Huma, weil sie entschlossen war, ihn nicht mehr länger als notwendig auszudehnen.

In der Luft betrachtet, war die Drachenkönigin mindestens zehnmal so groß wie der silberne Drache. Ihre ausgebreiteten Flügel verdeckten den Himmel. Jede ihrer Vorderklauen konnte leicht den Kopf von Humas Gefährtin ergreifen und zerquetschen.

Ich habe das Spielchen satt. Du flatterst wie ein Schmetterling.

Der silberne Drache zuckte zusammen, und Huma wurde klar, daß Takhisis zum ersten Mal Gwyneth angesprochen hatte.

Der schwarze Kopf von Takhisis schrie etwas in einer Zaubersprache. Ritter und Drache waren plötzlich in Finsternis getaucht.

Ein Brüllen.

Klauen zertrennten die Luft über Huma. Der silberne Drache tauchte im letzten Moment ab. Die Drachenlanze leuchtete immer noch, die einzige Lichtquelle am Himmel.

Licht? Du kannst kein Licht haben!

Nicht einmal Huma hatte es zuerst bemerkt, aber es stimmte.

Die Dunkelheit wich einem Schatten, und dieser wurde wieder zu Licht. Takhisis schwebte einen Augenblick nur in der Luft, so wütend war sie über die Macht der Drachenlanze.

Paladin kann dich nicht für immer beschützen.

»Huma«, rief der silberne Drache ihm zu. Sein Atem ging schmerzhaft schnell. »Ich kann ihr nicht mehr lange ausweichen.«

Huma berührte das Medaillon, das mitten auf seiner Brust hing. Er nickte. »Es wird Zeit, daß wir ihr entgegentreten.«

Dann kommt zu mir. Kommt in meine Arme.

»Ich biete dir dieselbe Chance an, die ich Galan Drakos geboten habe, Dunkle Königin. Ich biete dir an, dich zu ergeben.«

Du scherzt angesichts deines Todes, sterblicher Huma. Ich finde deinen Humor interessant. Ich werde mich eine ganze Ewigkeit lang amüsieren können.

Huma hielt die Drachenlanze so, daß sie direkt auf die Mitte der großen Gestalt der Drachenkönigin zeigte.

»Warte ab, ob ich scherze. Das hier ist Paladins Macht. Keine Waffe eines Sterblichen kann dich töten – aber die Drachenlanze ist nicht von Sterblichen gemacht.«

Aber du bist sterblich, Ritter von Solamnia.

Huma nickte zustimmend.

»Ich bin ein Ritter von Solamnia. In dieser Welt bin ich die Hand von Paladin, Kiri-Jolit und Habakuk. Du bist auf Krynn. Du gehörst mir, Königin der Finsternis.«

Er trat Gwyneth in die Seite, und sie stürmte nach vorn. Die Drachenlanze erstrahlte hell.

Etwas Seltsames geschah.

Huma kam es so vor, als würde seine Rüstung heller. Sie fühlte sich anders an. Dem Anschein nach war sie aus Platin. Fort waren die Beulen und Risse, die sich in den Gefechten angesammelt hatten. Sein Handschuh schien ebenso hell zu strahlen wie die Lanze. Da erinnerte er sich an seine Vision und an die Skulptur, der er die erste Lanze abgenommen hatte.

Gwyneth unter ihm hatte sich ebenfalls verändert. Sie war länger, schlanker und viel schöner. Sie war ein glänzend weißes Streitroß, ein Platindrache, ein majestätischer Eisvogel.

Alles, was er sah, konnte reine Illusion sein – aber sah die Drachenkönigin dasselbe?

Er war sich nicht sicher. Huma wußte nur, daß das riesige, vielfarbige Tier erneut zögerte. Dieses Mal traf Drache auf Drache. Klauen und Zähne wurden eingesetzt. Die Drachenlanze war nur kurz behindert. Huma rüstete sich für den Treffer.

Die Drachenkönigin hatte ihren eigenen, gewaltigen Schwung nicht einberechnet. Ihr Körper kippte nach vorn, so daß die Drachenlanze plötzlich den ungeschützten Hals des Kopfes in der Mitte traf.

Göttliches Blut spritzte über Huma. Ein Teil davon verbrannte sein verletztes Bein, was ihn kurz aus seinem tranceähnlichen Zustand riß. Huma verdrängte den Schmerz aus seinem Bewußtsein.

Takhisis erbebte, als sie der Schmerz durchzuckte.

Ihr Schrei erschütterte buchstäblich die Berge selbst und mußte meilenweit zu hören sein. Vier Köpfe drehten sich blind der Quelle dieses Schmerzes zu. Der fünfte, der Blaue, baumelte jetzt nutzlos herunter. Takhisis schlug wild mit den Klauen zu. Vergeblich versuchte sie, die Drachenlanze aus ihrer Verankerung zu reißen, aber der silberne Drache wich nicht zurück. Die vier übrigen Köpfe bissen nach dem silbernen Drachen, nach Gwyneth.

Huma wurde klar, daß die Königin der Finsternis noch nie Schmerz gespürt hatte.

In ihrer Qual schlug und biß Takhisis wild um sich. Huma gab Gwyneth das Zeichen zum Rückzug. Zu seinem Entsetzen stellte er fest, daß die Lanze sich nicht löste. Der silberne Drache blutete stark, und Huma sah, daß seine Freundin mit unzähligen tiefen, gefährlichen Wunden übersät war. Ihre löchrigen Flügel schlugen langsamer, und ihr Atem wurde flacher.

Die Drachenkönigin schrie unablässig weiter, und ihre Flügel peitschten vor und zurück. Die Halterung der Drachenlanze bog sich beträchtlich. Huma versuchte vergeblich, die Lanze gerade zu halten. Plötzlich schnellte das hintere Ende der Waffe nach oben und traf ihn kräftig am Kopf. Huma sackte benommen und blutend zusammen.

Er hörte etwas knacken.

Mit übergroßer Anstrengung zog er sich nach vorn und stellte dort fest, daß von der Halterung nur noch Splitter geblieben waren. Takhisis hatte ihnen die Lanze entrissen.

Wo war sie?

»Hu-uma.«

»Gwyneth!« Er beugte sich vor. Sie atmete unregelmäßig. Bei jeder Mundbewegung tropfte Blut heraus.

»Sie – ich – runter. Ich – kann nicht –«

Ihre Flügel blieben mitten in der Bewegung stehen.

Sie begannen, auf die Bergflanke zuzurasen. Er schrie einmal ihren Namen, bevor sie aufschlugen. Dann merkte er, daß sein Körper aus dem Sattel geworfen wurde. Um ihn herum wurde es dunkel.

Als er aufwachte, war die Welt rot. Blut. Blut und Schmerz. Es kam ihm vor, als läge er seit Stunden da. Seine Augen brannten und er konnte nichts genau erkennen. Alles, was er überhaupt erkennen konnte, waren Schemen. Immer noch heulte der Wind.

Er konnte nichts gegen den Schmerz tun. Er raste durch seinen Körper. Sein verwundetes Bein war taub.

Mit großer Anstrengung richtete sich Huma zum Sitzen auf.

Danach versuchte er aufzustehen, aber er fiel wieder aufs Gesicht, auf die kühle Erde des Berghangs. Wieder benebelte der Schmerz seinen Verstand.

Dann kroch er vorwärts. Von Gwyneth oder der Drachenkönigin gab es keine Spur. Es gelang dem Ritter, Stückchen für Stückchen weiter zu kriechen.

Als er damit kämpfte, erregte etwas an der Bergspitze seine Aufmerksamkeit.

Eine Hand. Eine menschliche Hand.

Er war nicht ganz sicher, wo die Energiereserven herkamen, aber er schaffte es, sich zu der Gestalt zu ziehen, die an einem Felsvorsprung lag.

»Gwyneth.«

Sie hatte ihre menschliche Gestalt angenommen. Die Wunden, die ihren nackten Körper bedeckten, waren nicht weniger schrecklich als seine. Ihr Gesicht war jetzt so bleich wie ihr silbernes Haar. Ihr Atem kam in kurzen Zügen. Hin und wieder zuckte sie unvermittelt, und leise Wimmerlaute wie die eines Tieres entrangen sich ihren aufgesprungenen, blutigen Lippen. Ihr ganzer Körper war mit blutenden Wunden und dunklen Blutergüssen bedeckt. Es war ein Wunder, daß sie lebte.

Während sein Mund sich zu einem unhörbaren Schrei öffnete, zog Huma sich an ihre Seite, wobei er seine aufgerissenen, blutigen Hände und den Schmerz, der ständig in ihm tobte, nicht beachtete.

Als er sie berührte, merkte er zu guter Letzt, daß sie mit ihrem unversehrten Arm die Drachenlanze des Fußsoldaten umklammert hielt, als wäre sie das Leben selbst. Trotz ihrer Verletzungen hatte Gwyneth die kleinere Drachenlanze gerettet, weil sie wußte, daß es die einzige Waffe war, die sie retten konnte, falls die Drachenkönigin zurückkam.

Er wiederholte ihren Namen.

Etwas brüllte. Gwyneth öffnete weit die Augen, und sie starrte ins Leere.

»Huma?«

»Bleib still liegen. Kaz oder irgend jemand wird kommen.«

»Nein!« Ihre Augen tränten. »Takhisis! Du darfst sie nicht fortlassen!«

Der Ritter sah nach oben. Hinter der Felsnase tobte etwas. Etwas Riesiges, das schreckliche Schmerzen litt. Das Gebrüll ertönte wieder.

»Sie –«, Gwyneth hustete Blut. »Früher oder später wird sie die Drachenlanze überwunden haben. Du mußt etwas tun – bevor ihr das gelingt.«

»Was kann ich denn tun?« Huma konnte sich kaum hochstützen.

»Nimm das hier.« Sie zeigte auf die kleine Drachenlanze. »Ich – es ist mir gelungen, sie zu retten.« Gwyneth klammerte sich plötzlich an ihn. »Bist du schwer verletzt? Laß mich dir helfen!«

»Vergiß mich. Vergiß die Drachenkönigin. Was ist mit dir? Warum bist du Mensch? Heilst du dich selber?«

»Das – das ist egal. Der Fall hat – den Schaden nur verschlimmert. Ich danke nur Paladin, daß – du noch lebst.«

»Sag jetzt nichts mehr.«

Sie konnte doch nicht sterben, dachte Huma erschüttert.

Ich – ich kann sie retten, Sterblicher!

Plötzlich war der Wind eisig. Huma schwieg regungslos, als die Worte in ihn eindrangen. ›Wie?‹ dachte er.

Sie – der Schmerz! Ich kann sie noch erreichen! Befreie mich von – von dieser Pein, dann werde ich euch gern beide heilen! Ich schwöre es bei – beim Allerhöchsten! Ich schwöre es, Gott der Götter!

Als Huma hinunter sah, merkte er, daß Gwyneth ihn durchdringend anschaute. Ihr Atem ging flach.

»Was ist los?«

»Sie bietet uns – dir – dein Leben an.«

»Wogegen?«

Er zögerte. »Ihre Freiheit.«

»Hu –« Gwyneth hustete krampfhaft. Sie schloß die Augen. Einen Augenblick lang befürchtete der Ritter, sie wäre tot. Dann aber machte sie die Augen wieder auf und sah ihm fest in die Augen. »Du kannst sie nicht töten – das ist unmöglich. Aber du kannst sie auch nicht freilassen. Ganz Krynn wird ihre Marter büßen. Mein Leben ist das – nicht wert.«

Sie hielt inne. Die Anstrengung des Sprechens brauchte die letzte Kraft auf, die ihr geblieben war.

Huma schützte sie mit seinem Körper, damit der rauhe Wind sie nicht mit seiner ganzen Härte treffen konnte. »Ich lasse dich nicht sterben.«

»Du hast keine Wahl.« Sie lächelte gequält.

»Das kannst du nicht tun«, stammelte Huma, um dann endlich die Worte auszusprechen, die er sich vor langer Zeit schon eingestanden hatte. »Ich liebe dich. Ich schäme mich, daß ich es dir nicht früher sagen konnte. Ich will dich nicht verlieren.«

Ihr Gesicht strahlte trotz der grauenhaften Wunden.

»Ich will – will –, daß du dich so an mich erinnerst, wie ich jetzt – jetzt bin, denn das ist mein wahres Selbst. Als Mensch habe ich zum ersten Mal wirklich gelebt.« Sie holte tief Luft. »Als Mensch habe ich geliebt.«

Ihre Hand glitt aus seiner. »Ich will als Mensch sterben – im Wissen, daß du doch –«, Gwyneth schloß die Augen, weil der Schmerz sie peinigte. Huma hielt sie fest, als sie erzitterte. »– daß du –«

Das Zittern ließ nach. Der Ritter lockerte seinen Griff. Gwyneth hatte die Augen geschlossen, und auf ihrem todesblassen Gesicht lag jetzt eine seltsame Gelassenheit.

»Gwyneth?«

Steerbliicherr! Es isss nicht zu spät!

Huma legte ihren Kopf hin.

Ein Schwanz kam kurz in Sicht und verschwand dann wieder hinter der Anhöhe. Der Himmel war wieder düster. Das anfangs so bösartig majestätische Portal, Takhisis' Zugang zum Abgrund, war zu einem Schatten seiner selbst verblaßt – doch es war noch da.

Huma ergriff die Drachenlanze und begann, den Abhang hinaufzuklettern. Er bewegte sich automatisch; sein Verstand hatte nur eine vage Vorstellung von dem, was wohl geschehen war. Er war gar nicht mehr richtig anwesend. Ihm wurde noch nicht einmal bewußt, daß er die Anhöhe erreicht hatte, bevor er sich der Drachenkönigin gegenübersah.

Sie lag etwas weiter weg in einem von ihrem Aufprall verursachten Krater.

Huma lag lange einfach nur da. Das Atmen fiel ihm schwer, und er merkte, daß er sich die Rippen gebrochen haben mußte. Immer wieder verschwamm die Szene vor seinen Augen.

Irgendwie brachte er es fertig, die Drachenlanze an den Rand des Kraters zu ziehen und sie mit der Spitze nach vorn darüber zu legen. Der kalte Wind machte ihm nichts mehr aus. Er diente nur dazu, ihm einen klaren Kopf für sein Vorhaben zu verschaffen.

Was – was tust du?

Die Gedanken der Drachenkönigin flimmerten plötzlich durch seinen Kopf. Er war so überrascht, daß die Lanze beinahe über den Kraterrand fiel. Statt dessen zog er sie zurück, um sich damit in eine wacklige, aufrechte Haltung hinzustellen.

Mit der wie ein Speer angelegten Drachenlanze starrte Huma auf die wilde Göttin herab.

Sie lag auf dem Rücken, die Flügel waren verrenkt unter ihr eingeklemmt. Die vier verbliebenen Köpfe schnappten wild nach der abgerissenen Drachenlanze, die immer noch aus ihrem Körper ragte. Jedes Mal, wenn die Köpfe näher kamen, sprühte die Lanze Funken, und immer wieder fuhren sie vor Schmerz zurück.

»Hör mir zu«, sagte Huma.

Zuerst hörte er nur ihr Wüten und die schrecklichen Wut- und Schmerzensschreie.

»Hör mir zu«, wiederholte er.

Sterblicher... was willst du?

Der riesige Drache versuchte aufzustehen. Es gelang ihm nicht.

»Du bist besiegt, Takhisis, Drachenkönigin.«

Das bin ich nicht! Das kann nicht sein!

»Deine Armeen werden gerade aufgerieben. Die Abtrünnigen sind tot oder in alle Winde zerstreut. Die Versammlung der Zauberer wird nach ihnen suchen. Sie werden in Zukunft viel genauer beobachtet werden. Es wird nie wieder einen Galan Drakos geben.«

Weitere Zeit verstrich. Die Drachenkönigin kämpfte sichtlich um ihre Beherrschung.

Was willst du, Sterblicher?

»Das Gleichgewicht muß bestehen bleiben. Ohne das Gute

kann das Böse nicht wachsen. Ohne das Böse tritt das Gute auf der Stelle. Ich weiß, daß ich dich nicht töten darf.«

Dann laß mich frei!

Huma taumelte vor dieser Inbrunst kurz zurück. Die Drachenlanze rutschte ihm fast aus der Hand.

»Erst mußt du dich ergeben.«

Der Wind hatte sich gelegt. Der Himmel war seltsam klar. Sonnenlicht wärmte Humas Körper.

Das Portal war kaum noch zu erkennen.

Die Gestalt der Drachenkönigin regte sich nicht mehr. Sie schien fast – tot. Huma zog die Lanze vom Rand zurück und beugte sich vor.

Ein smaragdgrüner Drachenkopf schoß herauf. Huma fuhr zu spät zurück.

Ein dicker, zischender Strom aus giftigem, grünem Gas schoß heraus und umnebelte ihn, bevor er auch nur einen Gedanken fassen konnte. Er stürzte nach vorn, und diesmal ließ er die Lanze wirklich los. Sie rollte den Abhang hinunter. Auch der hilflose Ritter fiel der Drachenkönigin entgegen.

Bei jedem Aufschlag auf die von Steinen übersäte Kraterwand schrie er auf.

Wenn er vorher Schmerzen gehabt hatte, lernte er nun, was wahre Qualen waren. Er schrie und schrie, aber er starb nicht.

Du lebst immer noch! Wie kann man dich überhaupt umbringen? Du bist doch nur sterblich!

Trotz seiner Schmerzen mußte er jetzt lachen.

»Ich gehöre Paladin. Ich gehöre Gwyneth. Keiner von beiden wird zulassen, daß du mich je bekommst.«

Huma zog sich hoch. Er hustete, und seine Hände zitterten. Er hatte viel von dem Gas eingeatmet. Der Fall hatte seinen Körper geschwächt, und er konnte nur noch sitzen bleiben, so entsetzlich drehte sich ihm der Kopf. Er wußte, daß ihm trotz seiner Worte nicht mehr viel Zeit blieb.

»Sie kommen, Takhisis.«

Wer?

»Die anderen Drachenlanzen. Über hundert. Hundertmal Schmerz und Qual. Ich habe dir eine Chance gegeben. Sie werden sich darauf nicht einlassen. Das weißt du.«

Sie können mich nicht töten!

»Sie können dir endlose Qualen bereiten.«

Das dürfen sie nicht! Das Gleichgewicht! Du hast es gesagt.

»Was kümmert sie das Gleichgewicht? Dann doch lieber Frieden, werden sie sagen.«

Langes Schweigen. Huma wollte die Augen schließen, überwand sich jedoch, sie ein letztes Mal zu öffnen.

»Du wirst dich nicht befreien können, bevor sie kommen. Auch wenn ich sterbe, werden sie dich erwischen. Eine Göttin, die der Gnade von Sterblichen ausgeliefert ist.«

Was willst du?

Sie hatte offenbar Mühe weiterzumachen. Nur ein Kopf starrte noch in Humas Richtung. Die anderen drei wackelten krampfhaft.

»Zieh dich aus Krynn zurück.«

Ich –

»Zieh dich sofort zurück!«

Na gut.

»Ruf auch deine Drachen zurück. Sie dürfen nie wieder nach Krynn kommen. Nimm sie mit.«

Lange Pause.

»Schwöre es«, setzte er hinzu.

Sie zögerte.

Einverstanden.

»Ich will hören, wie du bei dem schwörst, was für dich das Heiligste ist.«

Beide bemerkten den einzelnen Drachen über ihnen und hörten den Ruf seines Reiters, eine Stimme, die Huma kannte.

Kaz. Seine Stimme klang unsicher, und der Drache war sichtlich auf der Hut, aber sie kreisten angriffsbereit über ihnen.

»Du hast nicht viel Zeit, Königin.«

Ich schwöre, daß ich mich aus – aus Krynn –, sie wand sich vor Schmerzen, und einen Augenblick lang glaubte Huma, er würde unter ihr begraben werden, *– aus Krynn mit allen meinen Kindern zurückziehen werde, solange die Welt besteht. Das schwöre ich bei –*

Sie sprach es aus: *Beim Allerhöchsten. Beim Gott der Götter.*

Blitz landete wachsam ganz in der Nähe. Kaz mißachtete die bedrohliche Gegenwart der verruchten Drachenkönigin und rannte an Humas Seite.

»Du hast gewonnen! Du hast sie besiegt!« Kaz hielt abrupt inne. Seine Miene wurde ernst. »So wahr ich dein Zeuge bin, Huma: Ich – ich werde mich daran erinnern, wie ich mich an meine Vorfahren erinnere.«

Huma brachte ihn mit einem Blick zum Schweigen. »Kaz, du mußt ihr die Drachenlanze aus dem Körper ziehen.«

»Was?« Kaz richtete sich auf und starrte den Ritter an, als ob dieser nicht ganz bei Trost wäre. »Sie befreien? Sie wird aus Rache alles vernichten! Wir werden sterben – wenn wir Glück haben!«

Huma schüttelte den Kopf. »Nein. Sie hat – es geschworen. Ich kann dir – versprechen, daß sie –«, er wollte die Augen schließen, »– daß sie verschwinden wird.«

»Das kann ich nicht!«

»Kaz«, mahnte Huma mit einer Grimasse. »Ich habe es ihr

versprochen. Es – es ist eine Frage meiner Ehre. Du verstehst doch, was Ehre ist. In der alten – alten Sprache sagen wir: ›Est Sularis Oth Mithas‹. ›Die Ehre ist mein Leben‹.«

Der Minotaurus sah von dem Ritter zu der Göttin, die jetzt still war, aber vor Schmerzen ächzte.

»Schnell. Die Lanze. Meine Ehre. Die anderen – werden es nicht zulassen.«

Widerstrebend setzte sich der Minotaurus in Bewegung.

»Die Ehre«, sagte er halb zu sich selbst, während seine Augen die Aufgabe einschätzten, »ist mein Leben.«

Die Köpfe der Drachenkönigin schwangen in seine Richtung, doch nur einer, der verräterische Grüne, fixierte Kaz. Die anderen wippten nur noch blind hin und her.

Die Lanze steckte tief im Halsansatz des blauen Kopfes. Voller Abscheu kletterte Kaz auf Takhisis, die Dunkle Königin.

Der grüne Drachenkopf beäugte ihn genau.

In einem plötzlichen Anflug verrückten Heldentums schnaubte der riesige Krieger verächtlich. Er zuckte zusammen, als es so aussah, als würde der Kopf zuschlagen, aber dann drehte sich der Kopf, um grimmig die Quelle der Qualen der Königin zu betrachten.

»Götter«, stammelte Kaz. Dann hielt er den Mund, weil er an seinen Schwur dachte. Er hatte die Drachenlanze erreicht. Nachdem er sie fest in der Hand hatte, zog der Minotaurus.

Die Lanze glitt widerstandslos heraus. Kaz verlor das Gleichgewicht und kugelte, ohne die Lanze loszulassen, von dem Ungeheuer herunter.

Ein grauenhaftes, ohrenbetäubendes Lachen gellte durch die Luft.

Kaz blieb irgendwo liegen, drehte sich um und starrte – nach oben.

Da war sie, in all ihrer höllischen Pracht. Mit ausgebreiteten Flügeln, die den Himmel verdeckten. Alle fünf Köpfe sahen himmelwärts und lachten. Der Schmerz, die Wunden – es war, als hätte es das nie gegeben.

Fünf schreckliche Drachenköpfe blickten auf den hilflosen, zerschundenen Ritter und dann auf den Minotaurus herab, der sie befreit hatte. Auf jeder Drachenmiene stand ein bösartiges Lächeln.

Der Himmel ging in Flammen auf. Kaz mußte seine Augen bedecken.

Als er sie wieder aufschlug, war der Himmel wolkenlos, und die Sonne – die so lange verschollene Sonne – strahlte in triumphierender Majestät.

Jetzt schien die Sonne. Huma war nicht mehr kalt, auch wenn ihm trotzdem nicht richtig warm wurde. Schläfrig. So fühlte er sich.

Er entdeckte das Medaillon von Fürst Avontal in seiner offenen Hand. Paladins Gesicht glänzte strahlend im Sonnenlicht. Der Glanz war zu hell. Huma schloß die Augen. Er konnte seine Hand nicht um den Talisman schließen. Das war gut so. Wenn die Sonne unterging, würde er es gern noch einmal ansehen.

Seine Gedanken glitten zu Gwyneth und dem, was sie jetzt machen könnten, nachdem der Krieg endlich vorüber war.

Kapitel 16

Ein Tempel. Sie bauen dir einen kenderverfluchten Tempel, wo du dich doch bloß noch ausruhen wolltest.«

Kaz wendete sein Pferd vor dem prächtigen Grabmal. Fürst Oswal teilte die Abneigung des Minotaurus gegen die kunstvollen Verzierungen, um die sich Huma zu Lebzeiten nie geschert hatte, aber man hatte andere Dinge berücksichtigen müssen.

»Das Volk braucht einen Helden«, hatte der Großmeister mit

einem irgendwie zweideutigen Ausdruck auf seinem gealterten Gesicht erklärt, »und die Ritterschaft braucht ein Vorbild, an dem sie wachsen kann. Huma hat beides verkörpert.«

Da fragte sich Kaz, wie lange es dauern würde, bis die Leute Huma vergessen oder nur noch die Legende kennen würden – einfach noch eine Geschichte mehr. Menschen, Zwerge, Kender, Elfen – alle hatten die Tendenz, zu vergessen oder die Wahrheit mit der Zeit zu verbrämen. Selbst Minotauren waren da nicht schuldlos.

Er betrachtete den vor ihm liegenden Weg. Bennett hatte den Glauben geäußert, die Ebenen könnten innerhalb von fünf bis sechs Jahren wieder wie vor dem Krieg sein. Kaz schätzte eher neun bis zehn Jahre. Dennoch war die Straße brauchbar, und nur das zählte. Er wollte weit weg sein, bevor die Ritter sein Fehlen entdeckten. Es gab so vieles, was noch niemand aus seinem Volk bisher gesehen hatte. Qualinesti klang interessant. Die Elfen mußten eine ganz neue Erfahrung sein.

Es war ein heller, warmer Tag, etwas, woran Kaz nicht gewöhnt war. Er war froh, daß er reichlich Wasserschläuche mitgenommen hatte. Bis er das Land besser kannte, mußte er mit seinen Vorräten vorsichtig umgehen.

Das schwere Streitroß, das Fürst Oswal ihm gegeben hatte, trabte schnell die Straße entlang. Es gab viele Schlaglöcher auf dem ausgefahrenen Weg, so daß seine Ausrüstung nur so herumtanzte. Der Beutel an seinem Gürtel, der dauernd gegen seine rechte Seite plumpste, wurde ihm so lästig, daß er ihn irgendwann herauszog. Innen schlug Metall an Metall.

Kaz zügelte sein Pferd und griff in den Beutel. Er holte zwei Dinge heraus. Das erste war ein Siegel, das auf der einen Seite das Symbol der Ritterschaft trug. Auf der Rückseite war der Namen des Minotaurus eingraviert, dazu die Tatsache, daß er wirklich ein Minotaurus war. Ein Zeichen über seinem Namen zeigte an, daß er unter dem Schutz der Ritter von Solamnia stand. Kaz hatte erst darüber gespottet, aber der Großmeister hatte ihm schnell begreiflich gemacht, daß nur wenige Leute Gutes über Minotauren zu berichten wußten. Die Geschichten von Huma, die bereits herumgingen, erwähnten Kaz mit keiner Silbe. Viele Ritter konnten sich immer noch nicht mit der Freundschaft des legendären Ritters mit einem Wesen abfinden, das gemeinhin für ein Untier gehalten wurde.

Kaz legte das Siegel sorgfältig in den Beutel zurück und betrachtete den zweiten Gegenstand. Es war das Paladin-Medaillon, das die leblose Hand des Ritters losgelassen hatte, als Kaz ihn auf den Rücken von Blitz hob. Der Minotaurus hatte es in seinem Beutel verstaut, um es sicher aufzuheben, und bis gerade eben hatte er nicht mehr daran gedacht.

Das Sonnenlicht spiegelte sich in dem Medaillon. Kaz sah zum Himmel hoch. Die Zeiten änderten sich. Die dunklen Drachen waren verschwunden, die guten auch. Blitz war ohne Abschied abgeflogen, nachdem sie die Leichen zurückgebracht hatten. Seitdem hatte keiner mehr einen Drachen gesehen.

Er trat sein Streitroß leicht in die Flanken. Während des Reitens spielten Kaz' Finger weiter mit dem Medaillon. Er hatte gedacht, er könnte es behalten, damit er immer ein Faustpfand für seine Begegnung mit Huma hatte. Aber jetzt war er sich nicht mehr so sicher, ob es von Rechts wegen ihm gehörte.

Das Medaillon steckte schon fast wieder in seinem Beutel, als er an einem einsamen Baum auf der rechten Seite der Straße vorbeikam. Die anderen drumherum waren entweder entwurzelt oder tot. Nur dieser eine barg Leben – ein paar Zweige, aus denen frisches Grün sprießte.

Spontan streckte Kaz die Hand aus. Als er auf gleicher Höhe

mit dem Baum war, hängte er den Talisman an seiner Kette an einen Zweig, der über die Straße ragte.

»*Est Sularis Oth Mithas*«, murmelte der Minotaurus.

Nachdem er seinen Blick wieder auf den Weg vor sich gerichtet hatte, trieb Kaz sein Tier zum Galopp an. Er ließ es erst wieder langsamer werden, als Baum und Grabmal längst nicht mehr zu sehen waren.

Abenteuerspiele

Joe Dever/Jan Page
Der Hexenkönig
23960

Joe Dever/Jan Page
Flucht aus dem Dunkel
23950

Steve Jackson/Ian Livingstone
Der Hexenmeister vom
flammenden Berg 24200

Joe Dever/Gary Chalk
Das Schloß des Todes
23956

GOLDMANN